射鵰英雄傳

第一卷

大漠風沙

林良「雙鷹圖」。林良，字以善，廣東人，明英宗天順年間宮廷供奉。善畫禽鳥。評者稱其筆墨遒勁，有如草書。

華喦「閒聽說舊圖」。華喦(一六八二——一七五六)，福建臨汀人，字秋岳，號新羅山人，清乾隆年間著名畫家，稱詩、書、畫三絕。

宋徽宗「桃鳩圖」(是否徽宗真蹟，存疑)。

宋徽宗像。原藏故宮南薰殿。

宋欽宗像。欽宗為徽宗之子，靖康年間與徽宗同被金兵所擄。

「山中行路之蒙古部族」：波斯畫家繪，作於十四世紀末。現藏倫敦大英博物館。成吉斯汗大軍曾征服波斯，因此波斯流傳描寫蒙古人生活及戰鬥的圖畫甚多。此圖顯示受到中國宋元畫風的影響。

大字版 射鵰英雄傳

①大漠風沙

金庸

大字版金庸作品集⑨

射鵰英雄傳 (1)大漠風沙 「公元2003年金庸新修版」

The Eagle-shooting Heroes, Vol. 1

作　　者／金　庸

*本書由明河社出版有限公司授權遠流出版公司在臺灣地區出版發行。
封面設計／唐壽南　內頁插畫／姜雲行

發 行 人／王　榮　文
出版・發行／遠流出版事業股份有限公司
臺北市中山北路一段11號13樓
電話／2571-0297　**傳真**／2571-0197　**郵撥**／0189456-1

□2003年8月1日　初版一刷
□2024年8月1日　二版十刷

大字版　每冊380元（本作品全八冊，共3040元）
〔另有典藏版共36冊（不分售），平裝版共36冊，新修版共36冊，新修文庫版共72冊〕

ISBN　978-957-32-8121-4（**套：大字版**）
ISBN　978-957-32-8113-9（**第一冊：大字版**）
Printed in Taiwan

YLib 遠流博識網
http://www.ylib.com　E-mail:ylib@ylib.com

「金庸作品集」新序

金庸

小說是寫給人看的。小說的內容是人。

小說寫一個人、幾個人、一羣人、或成千成萬人的性格和感情。他們的性格和感情從橫面的環境中反映出來，從縱面的遭遇中反映出來，從人與人之間的交往與關係中反映出來。長篇小說中似乎只有《魯濱遜飄流記》，才只寫一個人，寫他與自然之間的關係，但寫到後來，終於也出現了一個僕人「星期五」。只寫一個人的短篇小說多些，尤其是近代與現代的新小說，寫一個人在與環境的接觸中表現他外在的世界、內心的世界，尤其是內心世界。有些小說寫動物、神仙、鬼怪、妖魔，但也把他們當作人來寫。

西洋傳統的小說理論分別從環境、人物、情節三個方面去分析一篇作品。由於小說作者不同的個性與才能，往往有不同的偏重。

基本上，武俠小說與別的小說一樣，也是寫人，只不過環境是古代的，主要人物是有武功的，情節偏重於激烈的鬬爭。任何小說都有它所特別側重的一面。愛情小說寫男女之間與性有關的感情，寫實小說描繪一個特定時代的環境與人物，《三國演義》與《水滸》一類小說叙述大羣人物的鬬爭經歷，現代小說的重點往往放在人物的心理過程上。

小說是藝術的一種，藝術的基本內容是人的感情和生命，主要形式是美，廣義的、美學上的美。在小說，那是語言文筆之美、安排結構之美，關鍵在於怎樣將人物的內心世界通過某種形式而表現出來。甚麼形式都可以，或者是作者主觀的剖析，或者是客觀的叙述故事，從人物的行動和言語中客觀的表達。

讀者閱讀一部小說，是將小說的內容與自己的心理狀態結合起來。同樣一部小說，有的人感到強烈的震動，有的人卻覺得無聊厭倦。讀者的個性與感情，與小說中所表現的個性與感情相接觸，產生了「化學反應」。

武俠小說只是表現人情的一種特定形式。作曲家或演奏家要表現一種情緒，用鋼琴、小提琴、交響樂、或歌唱的形式都可以，畫家可以選擇油畫、水彩、水墨、或版畫的形式。問題不在採取甚麼形式，而是表現的手法好不好，能不能和讀者、聽者、觀賞者的心靈相溝通，能不能使他的心產生共鳴。小說是藝術形式之一，有好的藝術，也有不好的藝術。

好或者不好，在藝術上是屬於美的範疇，不屬於眞或善的範疇。判斷美的標準是美，是感情，不是科學上的眞或不眞（武功在生理上或科學上是否可能），道德上的善或不善，也不是經濟上的值錢不值錢，政治上對統治者的有利或有害。當然，任何藝術作品都會發生社會影響，自也可以用社會影響的價值去估量，不過那是另一種評價。

在中世紀的歐洲，基督教的勢力及於一切，所以我們到歐美的博物院去參觀，見到所有中世紀的繪畫都以聖經故事爲題材，表現女性的人體之美，也必須通過聖母的形象。直到文藝復興之後，凡人的形象才在繪畫和文學中表現出來，所謂文藝復興，是在文藝上復興希臘、羅馬時代對「人」的描寫，而不再集中於描寫神與聖人。

中國人的文藝觀，長期以來是「文以載道」，那和中世紀歐洲黑暗時代的文藝思想是一致的，用「善或不善」的標準來衡量文藝。《詩經》中的情歌，要牽強附會地解釋爲諷刺君主或歌頌后妃。陶淵明的〈閒情賦〉，司馬光、歐陽修、晏殊的相思愛戀之詞，或者惋惜地評之爲白璧之玷，或者好意地解釋爲另有所指。他們不相信文藝所表現的是感情，認爲文字的唯一功能只是爲政治或社會價值服務。

我寫武俠小說，只是塑造一些人物，描寫他們在特定的武俠環境（中國古代的、沒有法治的、以武力來解決爭端的不合理社會）中的遭遇。當時的社會和現代社會已大不相同，人的性格和感情卻沒有多大變化。古代人的悲歡離合、喜怒哀樂，仍能在現代讀者的心靈中引起相應的情緒。讀者們當然可以覺得表現的手法拙劣，技巧不夠成熟，描寫殊不深刻，以美學觀點來看是低級的藝術作品。無論如何，我不想載甚麼道。我在寫武俠小說的同時，也寫政治評論，也寫與歷史、哲學、宗教有關的文字，那與武俠小說完全不同。涉及思想的文字，是訴諸讀者理智的，對這些文字，才有是非、眞假的判斷，讀者或許同意，或許只部份同意，或許完全反對。

對於小說，我希望讀者們只說喜歡或不喜歡，只說受到感動或覺得厭煩。我最高興的是讀者喜愛或憎恨我小說中的某些人物，如果有了那種感情，表示我小說中的人物已和讀者的心靈發生聯繫了。小說作者最大的企求，莫過於創造一些人物，使得他們在讀者心中變成活生生的、有血有肉的人。藝術是創造，音樂創造美的聲音，繪畫創造美的視覺形象，小說是想創造人物、創造故事，以及人的內心世界。假使只求如實反映外在世界，那麼有了錄音機、照相機，何必再要音樂、繪畫？有了報紙、歷史書、記錄電視片、社會調查統計、醫生的病歷紀錄、黨部與警察局的人事檔案，何必再要小說？

武俠小說雖說是通俗作品，以大衆化、娛樂性強爲重點，但對廣大讀者終究是會發生影響的。我希望傳達的主旨，是：愛護尊重自己的國家民族，也尊重別人的國家民族；和平友好，互相幫助；重視正義和是非，反對損人利己；注重信義，歌頌純眞的愛情和友誼；歌頌奮不顧身的爲了正義而奮鬥；輕視爭權奪利、自私可鄙的思想和行爲。武俠小說並不單是讓讀者在閱讀時做「白日夢」而沉緬在偉大成功的幻想之中，而希望讀者們在幻想之時，想像自己是個好人，要努力做各種各樣的好事，想像自己要愛國家、愛社會、幫助別人得到幸福，由於做了好事、作出積極貢獻，得到所愛之人的欣賞和傾心。

武俠小說並不是現實主義的作品。有不少批評家認定，文學上只可肯定現實主義一個流派，除此之外，全應否定。這等於是說：少林派武功好得很，除此之外，甚麼武當派、崆峒派、太極拳、八卦掌、彈腿、白鶴派、空手道、跆拳道、柔道、西洋拳、泰拳等等全部應當廢除取消。我們主張多元主義，既尊重少林武功是武學中的泰山北斗，而覺得別的小門派也不妨並存，它們或許並不比少林派更好，但各有各的想法和創造。愛好廣東菜的人，不必主張禁止京菜、川菜、魯菜、徽菜、湘菜、維揚菜、杭州菜、法國菜、意大利菜等等派別，所謂「蘿蔔青菜，各有所愛」是也。不必把武俠小說提得高過其應有之份，也不必一筆抹殺。甚麼東西都恰如其份，也就是了。

撰寫這套總數三十六冊的《作品集》，是從一九五五年到七二年，前後約十三、四年，包括十二部長篇小說，兩篇中篇小說，一篇短篇小說，一篇歷史人物評傳，以及若干篇歷史考據文字。出版的過程很奇怪，不論在香港、臺灣、海外地區，還是中國大陸，都是先出各種各樣翻版盜印本，然後再出版經我校訂、授權的正版本。在中國大陸，在「三聯版」出版之前，只有天津百花文藝出版社一家，是經我授權而出版了《書劍恩仇錄》。他們校印認真，依足合同支付版稅。我依足法例繳付所得稅，餘數捐給了幾家文化機構及支助圍棋活動。這是一個愉快的經驗。除此之外，完全是未經授權的，直到正式授權給北京三聯書店出版。「三聯版」的版權合同到二〇〇一年年底期滿，以後中國內地的版本由另一家出版社出版，主因是地區鄰近，業務上便於溝通合作。

翻版本不付版稅，還在其次。許多版本粗製濫造，錯訛百出。還有人借用「金庸」之名，撰寫及出版武俠小說。寫得好的，我不敢掠美；至於充滿無聊打鬥、色情描寫之作，可不免令人不快了。也有些出版社翻印香港、臺灣其他作家的作品而用我筆名出版發行。我收到過無數讀者的來信揭露，大表憤慨。也有人未經我授權而自行點評，除馮其庸、嚴家炎、陳墨三位先生功力深厚、兼又認眞其事，我深爲拜嘉之外，其餘的點評大都與作者原意相去甚遠。好在現已停止出版，出版者正式道歉，糾紛已告結束。

有些翻版本中，還說我和古龍、倪匡合出了一個上聯「冰比冰水冰」徵對，眞正是大開玩笑了。漢語的對聯有一定規律，上聯的末一字通常是仄聲，以便下聯以平聲結尾，但「冰」字屬蒸韻，是平聲。我們不會出這樣的上聯徵對。大陸地區有許許多多讀者寄了下聯給我，大家浪費時間心力。

爲了使得讀者易於分辨，我把我十四部長、中篇小說書名的第一個字湊成一副對聯：「飛雪連天射白鹿，笑書神俠倚碧鴛」。（短篇《越女劍》不包括在內，偏偏我的圍棋老師陳祖德先生說他最喜愛這篇《越女劍》。）我寫第一部小說時，根本不知道會不會再寫第二部；寫第二部時，也完全沒有想到第三部小說會用甚麼題材，更加不知道會用甚麼書名。所以這副對聯當然說不上工整，「飛雪」不能對「笑書」，「連天」不能對「神俠」，「白」與「碧」都是仄聲。但如出一個上聯徵對，用字完全自由，總會選幾個比較有意思而合規律的字。

有不少讀者來信提出一個同樣的問題：「你所寫的小說之中，你認爲哪一部最好？最喜歡哪一部？」這個問題答不了。我在創作這些小說時有一個願望：「不要重複已經寫過的人物、情節、感情，甚至是細節。」限於才能，這願望不見得能達到，然而總是朝著這方向努力，大致來說，這十五部小說是各不相同的，分別注入了我當時的感情和思想，主要是感情。我喜愛每部小說中的正面人物，爲了他們的遭遇而快樂或惆悵、悲傷，有時會非常悲傷。至於寫作技巧，後期比較有些進步。但技巧並非最重要，所重視的是個性和感情。

這些小說在香港、臺灣、中國內地、新加坡曾拍攝爲電影和電視連續集，有的還拍了三、四個不同版本，此外有話劇、京劇、粵劇、音樂劇等。跟著來的是第二個問題：「你認爲哪一部電影或電視劇改編演出得最成功？劇中的男女主角哪一個最符合原著中的人物？」電影和電視的表現形式和小說根本不同，很難拿來比較。電視的篇幅長，較易發揮；電影則受到更大限制。再者，閱讀小說有一個作者和讀者共同使人物形象化的過程，許多人讀同一部小說，腦中所出現的男女主角卻未必相同，因爲在書中的文字之外，又加入了讀者自己的經歷、個性、情感和喜憎。你會在心中把書中的男女主角和自己或自己的情人融而爲一，而每個不同讀者、他的情人肯定和你的不同。電影和電視卻把人物的形象固定了，觀眾沒有自由想像的餘地。我不能說那一部最好，但可以說：把原作改得面目全非的最壞、最自以爲是，瞧不起原作者和廣大讀者。

武俠小說繼承中國古典小說的長期傳統。中國最早的武俠小說，應該是唐人傳奇的《虬髯客傳》、《紅線》、《聶隱娘》、《崑崙奴》等精彩的文學作品。其後是《水滸傳》、《三俠五義》、《兒女英雄傳》等等。現代比較認眞的武俠小說，更加重視正義、氣節、捨己爲人、鋤強扶弱、民族精神、中國傳統的倫理觀念。讀者不必過份推究其中某些誇張的武功描寫，有些事實上不可能，只不過是中國武俠小說的傳統。聶隱娘縮小身體潛入別人的肚腸，然後從他口中躍出，誰也不會相信是眞事，然而聶隱娘的故事，千餘年來一直爲人所喜愛。

我初期所寫的小說，漢人皇朝的正統觀念很強。到了後期，中華民族各族一視同仁的觀念成爲基調，那是我的歷史觀比較有了些進步之故。這在《天龍八部》、《白馬嘯西風》、《鹿鼎記》中特別明顯。韋小寶的父親可能是漢、滿、蒙、回、藏任何一族之人。即使在第一部小說《書劍恩仇錄》中，主角陳家洛後來也對回教增加了認識和好感。每一個種族、每一門宗教、某一項職業中都有好人壞人。有壞的皇帝，也有好皇帝；有很壞的大官，也有眞正愛護百姓的好官。書中漢人、滿人、契丹人、蒙古人、西藏人……都有好人壞人。和尚、道士、喇嘛、書生、武士之中，也有各種各樣的個性和品格。有些讀者喜歡把人一分爲二，好壞分明，同時由個體推論到整個羣體，那決不是作者的本意。

歷史上的事件和人物，要放在當時的歷史環境中去看。宋遼之際、元明之際、明清之際，漢族和契丹、蒙古、滿族等民族有激烈鬭爭；蒙古、滿人利用宗教作爲政治工具。小說所想描述的，是當時人的觀念和心態，不能用後世或現代人的觀念去衡量。我寫小說，旨在刻畫個性，抒寫人性中的喜愁悲歡。小說並不影射甚麼，如果有所斥責，那是人性中卑污陰暗的品質。政治觀點、社會上的流行理念時時變遷，人性卻變動極少。

在劉再復先生與他千金劉劍梅合寫的《父女兩地書》（共悟人間）中，劍梅小姐提到她曾和李陀先生的一次談話，李先生說，寫小說也跟彈鋼琴一樣，沒有任何捷徑可言，是一級一級往上提高的，要經過每日的苦練和積累，讀書不夠多就不行。我很同意這個觀點。我每日讀書至少四五小時，從不間斷，在報社退休後連續在中外大學中努力進修。這些年來，學問、知識、見解雖有長進，才氣卻長不了，因此，這些小說雖然改了三次，相信很多人看了還是要嘆氣。正如一個鋼琴家每天練琴二十小時，如果天份不夠，永遠做不了蕭邦、李斯特、拉赫曼尼諾夫、巴德魯斯基，連魯賓斯坦、霍洛維茲、阿胥肯那吉、劉詩昆、傅聰也做不成。

這次第三次修改，改正了許多錯字訛字、以及漏失之處，多數由於得到了讀者們的指正。有幾段較長的補正改寫，是吸收了評論者與研討會中討論的結果。仍有許多明顯的缺點無法補救，限於作者的才力，那是無可如何的了。讀者們對書中仍然存在的失誤和不足之處，希望寫信告訴我。我把每一位讀者都當成是朋友，朋友們的指教和關懷，自然永遠是歡迎的。

二〇〇二年四月　於香港

目錄

那道人哈哈大笑，忽然提起右掌，快如閃電般在槍身中間一擊，格的一聲，楊鐵心只覺虎口劇痛，急忙撒手，鐵槍已摔落雪地。

第一回　風雪驚變

錢塘江浩浩江水，日日夜夜無窮無休的從兩浙西路臨安府牛家村邊繞過，東流入海。江畔一排數十株烏桕樹，葉子似火燒般紅，正是八月天時。村前村後的野草剛起始變黃，一抹斜陽映照之下，更增了幾分蕭索。兩株大松樹下圍著一堆村民，男男女女和十幾個小孩，正自聚精會神的聽著一個瘦削的老者說話。

那說話人五十來歲年紀，一件青布長袍早洗得褪成了藍灰帶白。只聽他兩片梨花木板碰了幾下，左手中竹棒在一面小羯鼓上敲起得得連聲。唱道：

「小桃無主自開花，煙草茫茫帶晚鴉。
幾處敗垣圍故井，向來一一是人家。」

那說話人將木板敲了幾下，說道：「這首七言詩，說的是兵火過後，原來的家家戶戶，都變成了斷牆殘瓦的破敗之地。小人剛才說到那葉老漢一家四口，悲歡離合，聚了又散，散了又聚。他四人給金兵沖散，好容易又再團聚，歡天喜地的回到故鄉衛州，卻見房屋已給金兵燒得乾乾淨淨，無可奈何，只得去到京城汴梁，想覓個生計。不料想：天有不測風雲，人有旦夕禍福。他四人剛進汴梁城，迎面便過來一隊金兵。帶兵的頭兒一雙三角眼覷將過去，見那葉三姐生得美貌，跳下馬來，當即一把抱住，哈哈大笑，便將她放上了馬鞍，說道：『小姑娘，跟我回家，服侍老爺。』那葉三姐如何肯從？拚命掙扎。那金兵長官喝道：『你不肯從我，便殺了你的父母兄弟！』提起狼牙棒，一棒打在那葉四郎的頭上，登時腦漿迸裂，一命嗚呼。正是：

陰世新添枉死鬼，陽間不見少年人！

「葉老漢和媽媽嚇得呆了，撲將上去，摟住了兒子的死屍，放聲大哭。那長官提起狼牙棒，一棒一個，又都了帳。那葉三姐卻不啼哭，說道：『長官休得兇惡，我跟你回家便了！』那長官大喜，將葉三姐帶得回家。不料葉三姐覷他不防，突然搶步過去，拔出那長官的腰刀，對準了他心口，挺刀刺將過去，說時遲，那時快，這鋼刀刺去，眼見便可報得父母兄弟的大仇。不料那長官久經戰陣，武藝精熟，順手推出，葉三姐登時摔了出去。那長官剛罵得一聲：『小賤人！』葉三姐已舉起鋼刀，在脖子中一勒。可憐她：

花容月貌無雙女，惆悵芳魂赴九泉。」

他說一段，唱一段，只聽得衆村民無不咬牙切齒，憤怒嘆息。

那人又道：「衆位聽了，常言道得好：

為人切莫用欺心，舉頭三尺有神明。

若還作惡無報應，天下兇徒人吃人。

「可是那金兵佔了我大宋天下，殺人放火，奸淫擄掠，無惡不作，卻又不見他遭到甚麼報應。只怪我大宋官家不爭氣，我中國本來兵多將廣，可是一見到金兵到來，便遠遠的逃之夭夭，只賸下老百姓遭殃。好似那葉三姐一家的慘禍，江北之地，實是成千成萬，便如家常便飯一般。諸君住在江南，當眞是在天堂裏了，怕只怕金兵何日到來。正是：寧作太平犬，莫為亂世人。小人張十五，今日路經貴地，服侍衆位聽客這一段說話，叫作『葉三姐節烈記』。話本說徹，權作散場。」將兩片梨花木板啪啪啪的亂敲一陣，托出一隻盤子。

衆村民便有人拿出兩文三文，放入木盤，霎時間得了六七十文。張十五謝了，將銅錢放入囊中，便欲起行。

村民中走出一個二十來歲的大漢，說道：「張先生，你可是從北方來嗎？」說的是北方口音。張十五見他身材魁梧，濃眉大眼，便道：「正是。」那大漢道：「小弟作東，請先生去飲上三杯如何？」張十五大喜，說道：「素不相識，怎敢叨擾？」那大漢笑道：「喝上三杯，那便相識了。俺姓郭，名叫郭嘯天。」指著身旁一個白淨面皮的漢子道：「這位是楊鐵心楊兄弟。適才俺二人聽先生說唱葉三姐節烈記，果然是說得好，卻有幾句話想要請問。」張十五道：「好說，好說。今日得遇郭楊二位，也是有緣。」

郭嘯天帶著張十五來到村頭一家小酒店中，在張板桌旁坐了。

小酒店的主人是個跛子，撐著兩根拐杖，慢慢燙了兩壺黃酒，擺出一碟蠶豆、一碟鹹花生，一碟豆腐乾，另有三個切開的鹹蛋，自行在門口板凳上坐了，抬頭瞧著天邊正要落山的太陽，卻不更向三人望上一眼。

郭嘯天斟了酒，勸張十五喝了兩杯，說道：「鄉下地方，只初二、十六才有肉賣。沒了下酒之物，先生莫怪。」張十五道：「有酒便好。聽兩位口音，遮莫也是北方人。」楊鐵心道：「俺兩兄弟原是山東人氏。只因受不了金狗的骯髒氣，三年前來到此間，愛這裏人情厚，便住了下來。剛才聽得先生說道，我們住在江南，猶似在天堂裏一般，怕只怕金兵何日到來，你說金兵會不會打過江來？」

張十五嘆道：「江南花花世界，放眼但見美女，遍地皆是金銀，金兵又有那一日不想過來？只是他來與不來，拿主意的卻不是金國，而是臨安的大宋朝廷。」

郭嘯天和楊鐵心齊感詫異，同聲問道：「這卻是怎生說？」

張十五道：「我中國百姓，比女眞人多上一百倍也還不止。只要朝廷肯用忠臣良將，咱們一百個打他一個，金兵如何能夠抵擋？我大宋北方這半壁江山，是當年徽宗、欽宗、高宗他父子三人奉送給金人的。這三個皇帝任用奸臣，欺壓百姓，把出力抵抗金兵的大將罷免的罷免，殺頭的殺頭。花花江山，雙手送將過去，金人卻之不恭，也只得收了。今後朝廷倘若仍然任用奸臣，那就是跪在地下，請金兵駕到，他又如何不來？」

郭嘯天伸手在桌上重重一拍，只拍得杯兒、筷兒、碟兒都跳將起來，大聲說道：「正是！」

張十五道：「想當年徽宗道君皇帝一心只想長生不老，要做神仙，所用的奸臣，像蔡京、朱緬、王黼，是專幫皇帝搜括百姓的無恥之徒；像童貫、梁師成，是只會吹牛拍馬的太監；像高俅、李邦彥，是陪皇帝嫖院玩耍的浪子。道君皇帝正事諸般不理，整日裏若不是求仙學道，寫字畫畫，便是派人到處去找尋希奇古怪的花木石頭。一旦金兵打到眼前來，他束手無策，頭一縮，便將皇位傳給了兒子欽宗。那時忠臣李綱守住了京城汴梁，各路大將率兵勤王，金兵攻打不進，只得退兵。不料想欽宗聽信了奸臣的話，竟將李綱罷免了，又不用威名素著、能征慣戰的宿將，卻信用一個自稱能請天神天將、會得呼風喚雨的騙子郭京，叫他請天將守城。天將不理睬，這京城又如何不破？終於徽宗、欽宗都給金兵擄了去。這兩個昏君自作自受，那也罷了，可害苦了我中國千千萬萬百姓。」

郭嘯天、楊鐵心越聽越怒。郭嘯天道：「靖康年間徽欽二帝給金兵擄去這件大恥，我們聽得多了。天神天將甚麼的，倒也聽見過的，只道是說說笑話，豈難道眞有這等胡塗事？」張十五道：「那還有假的？」楊鐵心道：「後來康王在南京接位做皇帝，手下有韓世忠、岳爺爺這些忠勇大將，本來大可發兵北伐，就算不能直搗黃龍，但要收復京城汴粱，卻也並非難事。只恨秦檜這奸賊一心想議和，卻把岳爺爺害死了。」

張十五替郭、楊二人斟了酒，自己又斟一杯，一口飲乾，說道：「岳爺爺有兩句詩道：『壯志飢餐胡虜肉，笑談渴飲匈奴血。』這兩句詩當眞說出了中國全國百姓的心裏話。唉，秦檜這大奸臣運氣好，只可惜咱們遲生了六十年。」郭嘯天問道：「若是早了六十年，卻又如何？」張十五道：「那時憑兩位這般英雄氣概，豪傑身手，去到臨安，將這奸臣一把揪住，咱三個就吃他的肉，喝他的血，卻又不用在這裏吃蠶豆、喝冷酒了！」說著三人大笑。

楊鐵心見一壺酒已喝完了，又要了一壺，三人不住痛罵秦檜。那跛子又端上一碟蠶豆、一碟花生，聽他三人罵得痛快，忽然嘿嘿兩聲冷笑。

楊鐵心道：「曲三，怎麼了？你說我們罵秦檜罵得不對嗎？」那跛子曲三道：「罵得好，罵得對，有甚麼不對？不過我曾聽得人說，想要殺岳爺爺議和的，罪魁禍首卻不是秦檜。」三人都感詫異，問道：「不是秦檜？那麼是誰？」曲三道：「秦檜做的是宰相，議和也好，不議和也好，他都做他的宰相。可是岳爺爺一心一意要滅了金國，迎接徽欽二帝回來。這兩個皇帝一回來，高宗皇帝他又做甚麼呀？」他說了這幾句話，一蹺一拐的又去坐在木凳上，抬頭望天，又一動不動的出神。這曲三瞧他容貌還只四十上下年紀，可是弓腰曲背，鬢邊見白，從背後瞧去，倒似是個老頭子模樣。

只聽得門外一個女孩子的聲音叫道：「我殺老虎，殺三隻老虎給爹爹下酒！老虎來啦，老虎來啦！」一隻公鷄從門外飛撲進來，跟著一個女孩雙手挺著一柄燒火的火叉自後追進門來。那女孩五六歲年紀，頭髮紮了兩根小辮子，滿臉泥污，身上衣服也盡是泥污，似乎剛從泥潭中爬起來一般。她見了曲三，笑道：「爹，爹，我給你殺老虎！」曲三臉上露出笑容，顯得很是慈愛，笑道：「乖，乖寶，殺了幾隻老虎啦？」那女孩挺著火叉，又去追趕公鷄，叫道：「殺三隻大老虎，一隻，六隻，五隻，給爹爹下酒。乖寶自己吃一隻！」那雄鷄飛撲著逃了出門。那女孩挺火叉追了出去。

隔了半晌，張十五道：「對，對！這位兄弟說得很是。眞正害死岳爺爺的罪魁禍首，只怕不是秦檜，而是高宗皇帝。這個高宗皇帝，原本無恥得很，這種事情自然做得出來。」

郭嘯天問道：「他卻又怎麼無恥了？」張十五道：「當年岳爺爺幾個勝仗，只殺得金兵血流成河，屍積如山，只有逃命之力，更無招架之功，而北方我中國義民，又到處起兵抄韃子的後路。金人正在手忙腳亂、魂不附體的當兒，忽然高宗送到降表，投降求和。金人的皇帝自然大喜若狂，說道：議和倒也可以，不過先得殺了岳飛。於是秦檜定下奸計，在風波亭中害死了岳爺爺。紹興十一年十二月，岳爺爺遭害，只隔得一個月，到紹興十二年正月，和議就成功了。宋金兩國以淮水中流爲界。高宗皇帝向金國稱臣，你道他這道降表是怎生書寫？」楊鐵心道：「那定是寫得挺不要臉了。」

張十五道：「可不是嗎？這道降表，我倒也記得。高宗皇帝名叫趙構，他在降表中寫道：『臣構言：既蒙恩造，許備藩國，世世子孫，謹守臣節。每年皇帝生辰並正旦，遣使稱賀不絕。歲貢銀二十五萬兩，絹二十五萬匹。』他不但自己做奴才，還叫世世子孫都做金國皇帝的奴才。他做奴才不打緊，咱們中國百姓可不是跟著也成了奴才？」

砰的一聲，郭嘯天又在桌上重重拍了一記，震倒了一隻酒杯，酒水流得滿桌，怒道：「不要臉，不要臉！這鳥皇帝算是那一門子的皇帝！」

張十五道：「那時候全國軍民聽到了這訊息，無不憤慨之極。淮水以北的百姓眼見河山恢復無望，更是傷心泣血。高宗見自己的寶座從此坐得穩若泰山，便道是秦檜的大功。秦檜本來已封到魯國公，這時再加封太師，榮寵無比，權勢薰天。高宗傳孝宗，孝宗傳光宗，金人佔定了我大半邊江山。光宗傳到當今天子慶元皇帝手裏，用的是這位韓侂胄韓宰相，今後的日子怎樣？嘿嘿，難說，難說！」說著連連搖頭。

郭嘯天道：「甚麼難說？這裏是鄉下地方，儘說無妨，又不比臨安府城裏，怕給人聽了去惹禍。韓侂胄這賊宰相，那一個不說他是大大的奸臣？說到禍國殃民的本事，跟秦檜是拜把子的兄弟。」

張十五說到了眼前之事，卻有些膽小了，不敢再那麼直言無忌，喝了一杯酒，說道：「叨擾了兩位，小人卻有一句話相勸，兩位是血性漢子，說話行事，卻得小心，免惹禍端。時勢既是這樣，咱們老百姓也只有混口苦飯吃，挨日子罷啦，唉！正是：

山外青山樓外樓，西湖歌舞幾時休？

南風薰得遊人醉，直把杭州作汴州。」

楊鐵心問道：「這四句詩，說的又是甚麼故事？」張十五道：「那倒不是故事。說的是我大宋君臣只顧在西湖邊上飲酒作樂，觀賞歌舞，打算世世代代就把杭州當作京師，再也不想收復失地、回汴梁舊京去了。」

張十五喝得醺醺大醉，這才告辭，腳步踉蹌，向東往臨安而去，他口中兀自喃喃的唸著岳飛所作〈滿江紅〉中的句子：「靖康恥，猶未雪；臣子恨，何時滅？……」

郭嘯天付了酒錢，和楊鐵心並肩回家。他兩人比鄰而居，行得十餘丈，便到了家門口。

郭嘯天的渾家李氏正在趕鷄入籠，笑道：「哥兒倆又喝飽了酒啦。楊叔叔，你跟嫂子一起來我家吃飯吧，咱們宰一隻雞。」

楊鐵心笑道：「好，今晚又擾嫂子的。我家裏那個養了這許多雞鴨，只白費糧食，不捨得殺他一隻兩隻，老是來吃你的。」李氏道：「你嫂子就是心好，說這些雞鴨從小養大的，說甚麼也狠不下心來宰了。」楊鐵心笑道：「我說讓我來宰，她就哭哭啼啼的，也眞好笑。今兒晚我去打些野味，明兒還請大哥大嫂。」郭嘯天道：「自己兄弟，說甚麼還請不還請？今兒晚咱哥兒一起去打。」

當晚三更時分，郭楊二人躲在村西七里的樹林子中，手裏拿著弓箭獵叉，只盼有隻野豬或是黃麖夜裏出來覓食。兩人已等了一個多時辰，始終不聽到有何聲息。正有些不耐煩了，忽聽得林外傳來一陣鐸鐸鐸之聲，兩人心中一凜，均覺奇怪：「這是甚麼？」

便在此時，忽聽得遠處有幾人大聲吆喝：「往那裏走？」「快給我站住！」接著黑影晃動，一人閃進林中，月光照在他身上，郭楊二人看得分明，不由得大奇，原來那人撐著兩根拐杖，卻是村頭開小酒店的那跛子曲三。只見他左拐在地下一撐，發出鐸的一聲，便即飛身而起，躲在樹後，這一下實是高明之極的輕身功夫。郭楊兩人不約而同的伸出一手，互握了一下，都驚詫萬分：「我們在牛家村住了三年，全不知這跛子曲三武功竟如此了得！」躲在長草之中，不敢稍動。

只聽得腳步聲響，三個人追到林邊，低聲商議了幾句，便一步步踏入林來。三人都是武官裝束，手中青光閃爍，各握單刀。一人大聲喝道：「兀那跛子，老子見到你了，還不跪下投降？」曲三只躲在樹後不動。三名武官揮動單刀，呼呼虛劈，漸漸走近，突然間波的一聲，曲三右拐從樹後戳出，正中一名武官胸口，勢道勁急。那武官一下悶哼，便向後飛了出去，摔在地下。另外兩名武官揮動單刀，向曲三砍去。

曲三右拐在地下一撐，向左躍開數尺，避開了兩柄單刀，左拐向一名武官面門點去。那武官武功也自不弱，挺刀擋架。曲三不讓他單刀碰到拐杖，左拐收回著地，右拐掃向另一名武官腰間。只見他雙拐此起彼落，快速無倫，雖然一拐須得撐地支持身子，只餘一拐空出來對敵，卻絲毫不落下風。

郭楊二人見他背上負著個包裹，甚是累贅，鬥了一會，一名武官鋼刀砍去，削在他包裹之上，噹啷一聲，包裹破裂，散出無數物事。曲三乘他歡喜大叫之際，右拐揮出，啪的一聲，那武官頂門中拐，撲地倒了。餘下那人大駭，轉身便逃。他腳步甚快，頃刻間奔出數丈。曲三右手往懷中一掏，跟著揚手，月光下只見一塊圓盤似的黑物飛將出去，托的一下輕響，嵌入了那武官後腦。那武官慘聲長叫，單刀脫手飛出，雙手亂舞，仰天緩緩倒下，扭轉了幾下，就此不動，眼見是不活了。

郭楊二人見跛子曲三於頃刻之間連斃三人，武功之高，生平從所未見，心中都是怦怦亂跳，大氣也不敢喘上一口，均想：「這人擊殺命官，犯下了滔天大罪。我們倘若給他發覺，只怕他要殺人滅口，我兄弟倆可萬萬不是敵手。」

卻見曲三轉過身來，緩緩說道：「郭兄，楊兄，請出來吧！」郭楊二人大驚，只得從草叢中長身而起，手中緊緊握住了獵叉。楊鐵心向郭嘯天手中獵叉瞧了一眼，隨即踏上兩步。曲三微笑道：「楊兄，你使楊家槍法，這獵叉還將就用得。你義兄使的是一對短戟，兵刃可太不就手了，因此你擋在他身前。好好，有義氣！」楊鐵心給他說穿了心事，不由得有些手足無措。曲三又道：「郭兄，就算你有雙戟在手，你們兩位合力，鬥得過我嗎？」郭嘯天搖頭道：「鬥不過！我兄弟倆有眼無珠，跟你老兄在牛家村同住了一年有餘，全沒瞧出你老兄是位身懷絕技的高手。」原來曲三是一年多之前，因死了妻子，不願再在原地住，搬到牛家村來開了家小酒店。

曲三搖搖頭，嘆了口氣，說道：「我雙腿已廢，還說得上甚麼絕技不絕技？」顯得意興闌珊，又道：「若在當年，要料理這三個宮中的帶刀侍衛，又怎用得著如此費事？唉，不中用了，不中用了。」郭楊二人對望一眼，不敢接口。曲三道：「請兩位幫我跛子一個忙，將屍首埋了，行不行？」郭楊二人又對望一眼，楊鐵心道：「行！」

二人用獵叉在地下掘了個大坑，將三具屍體搬入。搬到最後一具時，楊鐵心見那黑色盤形之物兀自嵌在那武官後腦，深入數寸，右手運勁，拔了出來，著手重甸甸地，原來是個鐵鑄的八角形八卦，在屍身上拭去了血漬，拿過去交給曲三。

曲三道：「勞駕！」將鐵八卦收入囊中，解下外袍攤在地下，撿起散落的各物，一一放入袍中包起。郭楊二人搬土掩埋屍首，斜眼看去，見有三個長長的卷軸，另有不少亮晶晶的金器玉器。曲三留下一把金壺、一隻金杯不包入袍中，分別交給郭楊二人，道：「這些物事，是我從臨安皇宮中盜來的。皇帝害苦了百姓，拿他一些從百姓身上搜括來的金銀，算不得是賊贓。這兩件金器，轉送給了兩位。」

郭楊二人聽說他竟敢到皇宮中去劫盜大內財物，不由得驚呆了，都不敢伸手去接。

曲三厲聲道：「兩位是不敢要呢？還是不肯要？」郭嘯天道：「我們無功不受祿，不能受你的東西。至於今晚之事，我兄弟倆自然決不洩漏一字半句，老兄儘管放心。」曲三道：「哼，我怕你們洩漏了秘密？你二人的底細，我若非早就查得清清楚楚，今晚豈能容你二位活著離開？郭兄，你是梁山泊好漢地佑星賽仁貴郭盛的後代，使的是家傳戟法，只不過變長爲短，化單爲雙。楊兄，你祖上楊再興是岳爺爺麾下的名將。你二位是忠義之後，北方淪陷，你二人流落江湖，其後八拜爲交，義結金蘭，一起搬到牛家村來住。是也不是？」

郭楊二人聽他將自己身世來歷說得一清二楚，更覺驚訝，只得點頭稱是。

曲三道：「你二位的祖宗郭盛和楊再興，本來都是綠林好漢，後來才歸順朝廷，爲大宋出力。劫盜不義之財，你們的祖宗都幹過了的。這兩件金器，到底收是不收？」楊鐵心尋思：「倘若不收，定要得罪了他。」雙手接過，說道：「多謝了！」

曲三霽然色喜，提起包裹縛在背上，說道：「回去吧！」

三人並肩出林。曲三道：「今晚大有所獲，得到了道君皇帝所畫的兩幅畫，又有他寫的一張字。這傢伙做皇帝不成，翎毛丹青，瘦金體的書法，卻委實妙絕天下。」

郭楊二人也不懂甚麼叫作「翎毛丹青」與「瘦金體書法」，只唯唯而應。

走了一會，楊鐵心輕聲道：「日間聽那說話的先生言道，我大宋半壁江山，都送在這道君皇帝手裏，他畫的畫、寫的字，又是甚麼好東西了？老兄何必干冒大險，巴巴的到皇宮去盜了出來？」曲三微笑道：「這個你就不懂了。」郭嘯天道：「這道君皇帝既然畫得一筆好畫，寫得一手好字，定是聰明得緊的，只可惜他不專心做皇帝。我小時候聽爹爹說，一個人不論學文學武，只能專心做一件事，倘若東也要抓，西也要摸，到頭來少不免一事無成。」

曲三道：「資質尋常的，當然是這樣，可是天下儘有聰明絕頂之人，文才武功，琴棋書畫，算數韜略，以至醫卜星相，奇門五行，無一不會，無一不精！只不過你們見不著罷了。」說著抬起頭來，望著天邊一輪殘月，長嘆一聲。

月光映照下，郭楊二人見他眼角邊忽然滲出了幾點淚水。

郭楊二人回到家中，將兩件金器深深埋入後院地下，對自己妻室也不吐露半句。兩人此後一如往日，耕種打獵爲生，閒來習練兵器拳腳，便只兩人相對之時，也決不提及此事。兩人有時也仍去小酒店對飲幾壺，那跛子曲三仍燙上酒來，端來蠶豆、花生等下酒之物，然後一蹺一拐的走開，坐在門邊，對著大江自管默默想他的心事，那晚林中夜鬥，似乎從來就不曾有過這回事。郭楊二人照樣會鈔，一如往日，只是瞧向他的眼色，自不免帶上了幾分敬畏之意。他那個五六歲的小女兒，也常常捉鷄、追狗，跟爹爹胡言亂語一番。曲三沒了妻室，要照顧這樣一個小女兒，可著實不易。

秋盡冬來，過一天冷似一天。這一日晚間颳了半夜北風，便下起雪來。第二日下得更大，銀絮飛天，瓊瑤匝地，四下裏都白茫茫地。楊鐵心跟渾家包氏說了，今晚整治酒肴，請義兄夫婦過來飲酒賞雪。吃過中飯後，他提了兩個大葫蘆，到村頭酒店去沽酒，到得店前，卻見一對板門關得緊緊地，酒帘也收了起來。

楊鐵心打了幾下門，叫道：「曲三哥，跟你沽三斤酒。」卻不聽得應聲。走到窗邊向內一張，見桌上灰塵積得厚厚地，心想：「幾天沒到村頭來，原來曲三不在家。可別出了事才好。」但見他那小女兒坐在地下，口中唱著兒歌，在獨自玩弄泥巴。楊鐵心心想這女孩顚顚儍儍，平日裏儘胡說八道，料想問不出甚麼，便衝風冒雪，到五里外的紅梅村去買了酒，就便又買了一隻鷄，回到家來，殺了鷄要渾家整治。

他渾家包氏，閨名惜弱，是紅梅村私塾中教書先生的女兒，嫁了給楊鐵心還只一年。當晚包氏將一隻鷄和著白菜、豆腐、粉絲放入大瓦罐中，在炭火上熬著，再切了一盤臘魚臘肉。到得傍晚，到隔壁去請郭嘯天夫婦飲酒。

郭嘯天欣然過來。他渾家李氏卻因有了身孕，這幾日只是嘔酸，吃了東西就吐，便推辭不來，好在她身子壯健，也無別礙。李氏的閨名單字一個萍字，包惜弱和她有如姊妹一般，兩人在房中說了好一陣子話。包惜弱給她泡了壺熱茶，這才回家來張羅，卻見丈夫和郭嘯天把炭爐搬在桌上，燙了酒，兩人早在吃喝了。

郭嘯天道：「弟妹，我們不等你了。快來請坐。」郭楊二人交好，又都是豪傑之士，鄉下人家更不講究甚麼男女避嫌的禮法。包惜弱微笑答應，在炭爐中添了些炭，拿一隻酒杯來斟了酒，坐在丈夫下首。郭嘯天見菜好，三人吃得熱鬧，回家去把妻子也拉了來。郭楊二人說不多久，便即拍桌大罵。李萍笑問：「又有甚麼事，惹得哥兒倆生氣了？」楊鐵心道：「我們正在說臨安朝廷中的混帳事。」

郭嘯天道：「昨兒我在衆安橋頭喜雨閣茶樓，聽人說到韓侂胄這賊丞相的事。那人說得有頭有尾，想來不假。他說不論那一個官員上書稟報，公文上要是不註明『並獻某某物』的字樣，這賊丞相壓根兒就不瞧他的文書。眞正豈有此理！」楊鐵心嘆道：「有這樣的皇帝，就有這樣的丞相；有這樣的丞相，就有這樣的官吏。臨安湧金門外的黃大哥跟我說，有一日他正在山邊砍柴，忽然見到大批官兵擁著一羣官兒們過來，卻是韓丞相帶了百官到郊外遊樂，他自管砍柴，也不理會。忽聽得那韓侂胄歎道：『這裏竹籬茅舍，眞是絕妙的山野風光，就可惜少了些鷄鳴犬吠之聲！』他話剛說完不久，忽然草叢裏汪汪汪的叫了起來。」包惜弱笑道：「這狗兒倒會湊趣！」楊鐵心道：「是啊，眞會湊趣。那狗子叫了一會，忽然草叢中又有公鷄的啼聲，跟著一個人從草叢裏鑽將出來，你道是甚麼狗子？甚麼公鷄？卻原來是咱們臨安府的堂堂府尹趙大人。」包惜弱笑彎了腰，直叫：「啊喲！」郭嘯天道：「趙大人這一扮狗叫鷄啼，指日就要高升。」楊鐵心道：「這個自然。」

四人喝了一會酒，見門外雪下得更大了。熱酒下肚，四人身上都暖烘烘地，李萍有孕，不敢多飲，只是湊興，略略沾脣。忽聽得東邊大路上傳來一陣踏雪之聲，腳步起落極快，四人轉頭望去，見是個道士。

那道士頭戴斗笠，身披簑衣，全身罩滿了白雪，背上斜揷一柄長劍，劍把上黃色絲縧在風中筆直揚起，風雪滿天，大步獨行，氣概非凡。郭嘯天道：「這道士身上很有功夫，看來也是條好漢。只沒個名堂，不好請教。」楊鐵心道：「不錯，咱們請他進來喝幾杯，交交這個朋友。」兩人都生性好客，當即離座出門，見那道人走得好快，晃眼間已在十餘丈外，卻也不是發足奔跑，如此輕功，實所罕見。

兩人對望了一眼，都感驚異。楊鐵心揚聲大叫：「道長，請留步！」喊聲甫歇，那道人倏地回身，點了點頭。楊鐵心道：「天凍大雪，道長何不過來飲幾杯解解寒氣？」

那道人冷笑一聲，健步如飛，頃刻間來到門外，臉上竟盡是鄙夷不屑之色，冷然道：「叫我留步，是何居心？爽爽快快說出來罷！」

楊鐵心心想我們好意請你喝酒，你這道人卻恁地無禮，揚頭不睬。郭嘯天抱拳道：「我們兄弟正自烤火飲酒，見道長冒寒獨行，斗膽相邀，衝撞莫怪。」

那道人雙眼一翻，朗聲道：「好好好，喝酒就喝酒！」大踏步進來。

楊鐵心更是氣惱，伸手抓住他左腕，往外一帶，喝道：「還沒請教道長法號。」忽覺那道人的手滑如游魚，竟從自己掌中溜出，知道不妙，正待退開，突然手腕上一緊，已給道人反手抓住，霎時之間，便似讓一個鐵圈牢牢箍住，又疼又熱，疾忙運勁抵禦，不料整條右臂已酸麻無力，腕上奇痛徹骨。

郭嘯天見義弟忽然滿臉脹得通紅，知他吃虧，心想本是好意結交，若貿然動手，反得罪了江湖好漢，忙搶過去道：「道長請這邊坐！」那道人又冷笑兩聲，放脫楊鐵心手腕，走到堂上，大模大樣居中而坐，說道：「你兩個明明是山東大漢，卻躲在這裏假扮臨安鄉農，只可惜滿口山東話卻改不了。莊稼漢又怎會武功？」說話也是山東口音。

楊鐵心又窘又怒，走進內室，在抽屜裏取了一柄匕首放在懷裏，這才回到外堂，篩了三杯酒，自己乾了一杯，默然不語。

那道人眼望門外大雪，既不飲酒，也不說話，微微冷笑。郭嘯天見他滿臉敵意，知他疑心酒中作了手腳，取過道人面前酒杯，將杯中酒一口乾了，說道：「酒冷得快，給道長換一杯熱的。」說著又斟了一杯，那道人接過一口喝了，說道：「酒裏就有蒙汗藥，也迷我不倒。」楊鐵心更加焦躁，發作道：「我們好意請你飲酒，難道起心害你？你這道人說話不三不四，快請出去吧。我們的酒不會酸了，菜又不會臭了沒人吃。」

那道人「哼」了一聲，也不理會，取過酒壺，自斟自酌，連乾三杯，忽地解下簑衣斗笠，抛在地下。楊郭兩人細看道人時，只見他三十來歲年紀，雙眉斜飛，臉色紅潤，方面大耳，目光炯炯。他跟著解下背上革囊，側過一倒，咚的一聲，楊郭二人跳起身來。原來革囊中滾出來的，竟是個血肉模糊的人頭。

包惜弱驚叫：「哎唷！」逃進內堂，李萍也跟了進去。楊鐵心伸手去摸懷中匕首，那道人將革囊又是一抖，跌出兩團血肉模糊的東西來，一塊是心，一塊是肝，看來不像是豬心豬肝，只怕便是人心人肝。楊鐵心喝道：「好賊道！」匕首出懷，疾向那道人胸口刺去。道人冷笑道：「鷹爪子，動手了嗎？」左手掌緣在他手腕上一擊。楊鐵心腕上一陣酸麻，五指無力，匕首已給他夾手奪去。

郭嘯天看得大驚，心想義弟是名將之後，家傳的武藝，平日較量武功，自己尚稍遜他一籌，這道人竟視他有如無物，剛才這一手顯然是江湖上相傳的「空手奪白刃」絕技，這功夫只曾聽聞，可從來沒見過，惟恐義弟受傷，俯身舉起板凳，只待道人匕首刺來，便舉凳去擋。

不料那道人並不理會，拿起匕首一陣亂剁，把人心人肝切成碎塊，一聲長嘯，聲震屋瓦，提起右手，揮掌劈落，騰的一聲，桌上酒杯菜盆都震得跳了起來，那人頭已給他手掌擊得頭骨碎裂，連桌子中間也裂開一條大縫。

兩人正自驚疑不定，那道人喝道：「無恥鼠輩，道爺今日大開殺戒了！」

楊鐵心怒極，那裏還忍耐得住，抄起靠在屋角裏的鐵槍，搶到門外雪地裏，叫道：「來來來，教你知道楊家槍法的厲害。」

那道人微微冷笑，說道：「憑你這公門鼠輩，也配使楊家槍！」縱身出門。

郭嘯天奔回家去提了雙戟，見那道人空手站在當地，袍袖在朔風裏獵獵作響。楊鐵心喝道：「拔劍吧！」那道人道：「兩個鼠輩一齊上來，道爺也只空手對付。」

楊鐵心使個旗鼓，一招「毒龍出洞」，槍上紅纓抖動，捲起碗大槍花，往道人心口直搠過去。那道人一怔，讚道：「好！」斜身避向左側，左掌翻轉，逕自來抓槍頭。

楊鐵心在這桿槍上曾下過苦功，已頗得祖傳技藝。楊家槍非同小可，北宋山後楊老令公、楊六郎等爲時已久，槍法失傳，不去說他；南宋名將楊再興，學的也是家傳楊家槍法，當年楊再興憑一桿鐵槍，率領三百宋兵在小商橋大戰金兵四萬，奮力殺死敵兵二千餘名，刺殺萬戶長撒八孛菫、千戶長、百戶長一百餘人，其時金兵箭來如雨，他身上每中一枝敵箭，便隨手折斷箭桿再戰，最後馬陷泥中，這才力戰殉國。金兵焚燒他的屍身，竟燒出鐵箭頭二升有餘。這一仗殺得金兵又敬又怕，楊家槍法威震中原。

楊鐵心雖不及先祖威勇，卻也已頗得槍法心傳，只見他攢、刺、打、挑、攔、搠、架、閉，槍尖銀光閃閃，槍纓紅光點點，好一路槍法！

楊鐵心把那槍使發了，招數靈動，變幻巧妙。但那道人身隨槍走，趨避進退，卻那裏刺得著他半分？七十二路楊家槍法堪堪使完，楊鐵心不禁焦躁，倒提鐵槍，回身便走，那道人果然發足追來。楊鐵心大喝一聲，雙手抓住槍柄，斗然間擰腰縱臂，回身出槍，直刺道人面門，這一槍剛猛狠疾，正是楊家槍法中臨陣破敵、屢殺大將的一招「回馬槍」。當年楊再興身爲大盜，在降宋之前與岳飛對敵，曾以這一招刺殺岳飛之弟岳翻，端的厲害無比。

那道人見一瞬間槍尖已到面門，叫聲：「好槍法！」雙掌合攏，啪的一聲，已把槍尖夾在雙掌之間。楊鐵心猛力挺槍往前疾送，竟紋絲不動，不由得大驚，奮起平生之力往裏回奪，槍尖卻如已鑄在一座鐵山之中，那裏更拉得回來？他脹紅了臉連奪三下，槍尖始終脫不出對方雙掌挾持。那道人哈哈大笑，忽然提起右掌，快如閃電般在槍身中間一擊，格的一聲，楊鐵心只覺虎口劇痛，急忙撒手，鐵槍已摔落雪地。

那道人笑道：「你使的果然是楊家槍法，得罪了。請教貴姓。」楊鐵心驚魂未定，隨口答道：「在下便姓楊，草字鐵心。」道人道：「楊再興楊將軍是閣下祖上嗎？」楊鐵心道：「那是先曾祖。」

那道人肅然起敬，抱拳道：「適才誤以爲兩位乃是歹人，多有得罪，卻原來竟是忠良之後，當眞失敬，請教這位高姓。」這時郭嘯天已搶到兩人身邊，拄戟在地，說道：「在下姓郭，賤字嘯天。」楊鐵心道：「他是我義兄，是梁山泊好漢賽仁貴郭盛頭領的後人。」那道人道：「貧道可眞魯莽了，這裏謝過。」說著又施一禮。

郭嘯天與楊鐵心躬身還禮，說道：「好說，好說，請道長入內再飲三杯。」楊鐵心一面說，一面拾起鐵槍。道人笑道：「好！正要與兩位喝個痛快！」

包惜弱與李萍掛念楊鐵心與人爭鬥，提心吊膽的站在門口觀看，見三人釋兵言歡，心中大慰，忙入內整治杯盤。

三人坐定，郭楊二人請教道人法號。道人道：「貧道姓丘名處機……」楊鐵心叫了一聲：「啊也！」跳起身來。郭嘯天也吃了一驚，叫道：「遮莫不是長春子麼？」丘處機笑道：「這是道侶相贈的賤號，貧道愧不敢當。」郭嘯天道：「原來是全眞派大俠長春子，眞是有幸相見。」兩人撲地便拜。

丘處機急忙扶起，笑道：「今日我手刃了一個奸人，官府追得甚緊，兩位忽然相招飲酒，這裏是帝王之都，兩位又不似是尋常鄉民，是以起了疑心。」郭嘯天道：「我這兄弟性子急躁，進門時試了道長一手，那就更惹道長起疑了。」丘處機道：「常人手上那有如此勁力？我只道兩位必是官府鷹犬，喬裝改扮，在此等候，要捉拿貧道。適才言語無禮，委實魯莽得緊。」楊鐵心笑道：「不知不怪。」三人哈哈大笑。

三人喝了幾杯酒。丘處機指著地下血肉模糊的人頭，說道：「這人名叫王道乾，是個大漢奸。去年皇帝派他去向金主慶賀生辰，他竟跟金人勾結，圖謀侵犯江南。貧道追了他十多天，才把他幹了。」楊郭二人久聞長春子丘處機武功卓絕，爲人俠義，這時見他一片熱腸，爲國除奸，更是敬仰。兩人乘機向他討教些功夫，丘處機直言無隱。

楊家槍法乃兵家絕技，用於戰場上衝鋒陷陣，固所向無敵，當者披靡，但以之與江湖上武學高手對敵，畢竟尙有不足。丘處機內外兼修，武功雖未登峯造極，卻也已臻甚高境界，楊鐵心又如何能與他拆上數十招之多？卻是丘處機見他出手不凡，暗暗稱奇，有意引得他把七十二路槍法使完，以便確知他是否楊家嫡傳，倘若眞的對敵，數招之間就已把他鐵槍震飛了；當下說明這路槍法的招數本意用於馬上，若爲步戰，須當更求變化，不可拘泥成法。楊郭二人聽得不住點頭稱是。楊家槍是傳子不傳女的絕藝，丘處機所知雖博，卻也不明槍法中的精奧，當下也向楊鐵心請教了幾招。

三人酒酣耳熱，言談投機。楊鐵心道：「我們兄弟兩人得遇道長，真是平生幸事。道長可能在舍下多盤桓幾日麼？」丘處機正待答話，忽然臉色一變，說道：「有人來找我了。不管遇上甚麼事，你們無論如何不可出來，知道麼？」郭楊二人點頭答應。

丘處機俯身拾起人頭，開門出外，飛身上樹，躲在枝葉之間。

郭楊二人見他舉動奇特，茫然不解。這時只聽得門外朔風虎虎，過了一陣，西面傳來隱隱的馬蹄之聲，楊鐵心道：「道長的耳朵好靈。」又想：「這位道長的武功果然是高得很了，但若與那跛子曲三相比，卻不知是誰高誰下？」又過一會，馬蹄聲漸近，只見風雪中十餘騎急奔而來，乘客都是黑衣黑帽，直衝到門前。

當先一人突然勒馬，叫道：「足跡到此為止。剛才有人在這裏動過手。」後面數人翻身下馬，察看雪地上的足跡。

為首那人叫道：「進屋去搜！」便有兩人下馬，來拍楊家大門。突然間樹上擲下一物，砰的一聲，正打在那人頭頂。這一擲勁力奇大，那人竟為此物撞得腦漿迸裂而死。眾人一陣大嘩，幾個人圍住了大樹。一人拾起擲下之物，驚叫：「王大人的頭！」

為首那人抽出長刀，大聲吆喝，十餘人把大樹團團圍住。他叫出一聲口令，五個人彎弓搭箭，五枝羽箭齊向丘處機射去。

楊鐵心提起鐵槍要出屋助戰，郭嘯天一把拉住，低聲道：「道長叫咱們別出去。要是他寡不敵衆，咱們再出手不遲。」話聲甫畢，只見樹上一枝羽箭飛將下來，卻是丘處機閃開四箭，接住了最後一箭，以甩手箭手法投擲下來，只聽得「啊」的一聲，一名黑衣人中箭落馬，滾入草叢。

丘處機拔劍躍下，劍光起處，兩名黑衣人已然中劍。爲首的黑衣人叫道：「好賊道，原來是你！」唰唰唰三枝短弩隨手打出，揮動長刀，勒馬衝來。丘處機劍光連閃，又兩人中劍落馬。楊鐵心只看得張大了口合不攏來，心想自己也練過了十多年武藝，這位道爺出劍如此快法，別說抵擋，連瞧也沒能瞧清楚，剛才如不是他手下容情，自己早就送了性命了。

但見丘處機來去如風，正和騎馬使刀那人相鬥，那使刀的也甚了得，一柄刀遮架砍劈，甚爲威猛，他下屬紛紛上前助戰。再鬥一陣，郭楊兩人已看出丘處機存心與那使刀軍官纏鬥，捉空兒或出掌擊、或以劍刺，殺傷對方一人，用意似要把全部來敵盡數殲滅，生怕傷了爲頭之人，餘黨一鬨而散，那就不易追殺了。

只過半頓飯時間，來敵已只賸下六七名。那使刀的知道不敵，撮唇唿哨，撥轉馬頭就逃。丘處機左掌前探，拉住他馬尾，手上使勁，身子倏地飛起，還未躍上馬背，一劍已從他後心揷進，前胸穿出。丘處機拋下敵屍，勒韁控馬，四下兜截趕殺，但見鐵蹄翻飛，劍光閃爍，驚呼駭叫聲中，一個個屍首倒下，鮮血把白雪皚皚的大地片片染紅。

丘處機提劍四顧，惟見一匹匹空馬四散狂奔，再無一名敵人膌下，他哈哈大笑，向郭楊二人招手道：「殺得痛快麼？」

郭楊二人開門出來，神色間驚魂未定。郭嘯天道：「道長，那是些甚麼人？」丘處機道：「你在他們身上搜搜。」

郭嘯天往那持刀人身上抄摸，掏出一件公文來，抽出來看時，卻是那裝狗叫的臨安府趙府尹所發的密令，內稱大金國使者在臨安府坐索殺害王道乾的兇手，著令捕快會同大金國人員，剋日拿捕兇手歸案。郭嘯天正看得憤怒，那邊楊鐵心也叫了起來，手裏拿著幾塊從屍身上撿出來的腰牌，上面刻著金國文字，卻原來這批黑衣人中，有好幾人竟是金兵。

郭嘯天道：「敵兵到咱們國境內任意逮人殺人，我大宋官府竟要聽他們使者的號令，那還成甚麼世界？」楊鐵心嘆道：「大宋皇帝既向金國稱臣，我文武百官還不都成了金人的奴才嗎？」丘處機恨恨的道：「出家人本來不可濫殺，可是一見了害民奸賊、敵國仇寇，貧道便不能手下留情。」郭楊二人齊聲道：「殺得好，殺得好！」

小村中居民本少，天寒大雪，更無人外出，就算有人瞧見打鬥，也早逃回家去閉戶不出，誰敢過來察看詢問？楊鐵心取出鋤頭鐵鍬，三人把十餘具屍首埋入江邊土中。

李萍和包惜弱拿了掃帚掃除雪上血跡，掃了一會，包惜弱突覺血腥氣直衝胸臆，眼前金星亂冒，呀的一聲，坐倒雪地。楊鐵心吃了一驚，忙搶過扶起，連聲問道：「怎麼？」包惜弱閉目不答。楊鐵心見她臉如白紙，手足冰冷，不禁驚惶。

丘處機過來拿住包惜弱右手手腕，搭了搭脈搏，大聲笑道：「恭喜，恭喜！」楊鐵心愕然問道：「甚麼？」這時包惜弱「嚶」的一聲，醒了過來，見三個男人站在身周，不禁害羞，李萍扶著她回進屋內，給她斟茶。

丘處機微笑道：「尊夫人有喜啦！」楊鐵心喜道：「當眞？」丘處機笑道：「貧道平生所學，稍足自慰的只有三件。第一是醫道，煉丹不成，於藥石倒因此所知不少。第二是做幾首歪詩，第三才是這幾手不成章法的武藝。」郭嘯天道：「道長這般驚人武功倘若仍算不成章法，我兄弟倆只好說是小孩兒舞竹棒了！」三人一面說笑，一面掃雪滅跡。掃雪完畢後入屋重整杯盤。丘處機今日殺了不少金人，大暢心懷，意興甚豪。

楊鐵心想到妻子有了身孕，笑吟吟的合不攏口來，心想：「這位道長會做詩，那是文武雙全了。」說道：「郭大嫂也懷了孩子，就煩道長給取兩個名字好麼？」丘處機微一沉吟，說道：「郭大哥的孩子就叫郭靖，楊二哥的孩子叫作楊康，不論男女，都可用這兩個名字。」郭嘯天道：「好，道長的意思是叫他們不忘靖康之恥，要記得二帝被虜之辱。」

丘處機道：「正是！」伸手入懷，摸出兩柄短劍來，放在桌上。這對劍長短形狀完全相同，都是綠皮鞘、金呑口、烏木的劍柄。他拿起楊鐵心的那柄匕首，以匕尖在一把短劍的劍柄上刻了「郭靖」兩字，在另一把短劍上刻了「楊康」兩字。

郭楊二人見他運匕如飛，比常人寫字還要迅速，剛明白他的意思，丘處機已刻完了字，笑道：「客中沒帶甚麼東西，這對短劍，就留給兩個還沒出世的孩子吧。」郭楊兩人謝了接過，抽劍出鞘，只覺冷氣森森，劍刃鋒利之極。

丘處機道：「這對短劍是我無意之中得來的，雖然鋒銳，但劍刃短了，貧道不合使，將來孩子們倒可用來殺敵防身。十年之後，貧道如尚苟活人世，必當再來，傳授孩子們幾手功夫，如何？」郭楊二人大喜，連聲稱謝。丘處機道：「金兵強據北方，對百姓暴虐殘殺，民心不附，其勢必不可久。兩位好自爲之吧。」舉杯飲盡，開門走出。郭楊二人待要相留，卻見他邁步如飛，在雪地裏早去得遠了。

郭嘯天嘆道：「高人俠士總是這般來去飄忽，咱們今日雖有幸會見，想乘機討教，卻是無緣。」楊鐵心笑道：「大哥，道長今日殺得好痛快，也給咱們出了口悶氣。」拿著短劍，拔出鞘來摩挲劍刃，忽道：「大哥，我有個傻主意，你瞧成不成？」

郭嘯天道：「怎麼？」楊鐵心道：「要是咱們的孩子都是男兒，那麼讓他們結爲兄弟，倘若都是女兒，就結爲姊妹……」郭嘯天搶著道：「若是一男一女，那就結爲夫妻。」兩人伸手相握，哈哈大笑。

李萍和包惜弱從內堂出來，笑問：「甚麼事樂成這個樣子？」楊鐵心把剛才的話說了。兩位夫人聽了，心中都甚樂意，不住叫好。

楊鐵心道：「咱們先把這對短劍掉換了再說，就算是文定之禮。如是兄弟姊妹，咱們再換回來。要是小夫妻麼……」郭嘯天笑道：「那麼對不起得很，兩柄劍都到了做哥哥的家裏啦！」包惜弱笑道：「說不定都到做兄弟的家裏呢。」當下郭楊二人換過了短劍，分別交由李萍與包惜弱收好，郭氏夫婦告別回家。其時指腹爲婚，事屬尋常，兩個孩子未出娘胎，雙方父母往往已代他們定下了終身大事。

楊鐵心把玩短劍，自斟自飲，不覺大醉。包惜弱將丈夫扶上了床，收拾杯盤，見天色已晚，到後院去收鷄入籠，待要去關後門，只見雪地裏點點血跡，橫過後門。她吃了一驚，心想：「原來這裏還有血跡沒打掃乾淨，要是給官府公差見到，豈不是天大禍事？」忙拿了掃帚，出門掃雪。

那血跡直通到屋後林中，雪地上留著有人爬動的痕跡，包惜弱愈加起疑，跟著血跡走進松林，轉到一座舊墳之後，只見地下黑黝黝的一團物事。

包惜弱走近看時，赫然是具屍首，身穿黑衣，便是剛才來捉拿丘處機的人衆之一，想是他受傷之後，當時未死，爬到了這裏。她正待回去叫醒丈夫出來掩埋，忽然轉念：「別鬼使神差的，偏偏有人這時過來撞見。」一鼓起勇氣，過去拉那屍首，想拉入草叢之中藏起，再去叫丈夫。不料她伸手一拉，那屍首忽然扭動，跟著出聲呻吟。

包惜弱這一下嚇得魂飛天外，只道是殭屍作怪，轉身要逃，可是雙腳就如釘在地上一般，再也動彈不得。隔了半晌，那屍首並不再動，她拿掃帚去輕輕碰觸一下，那屍首又呻吟了一下，聲音甚為微弱。她才知此人未死。定睛看時，見他背後肩頭中了一枝狼牙利箭，深入肉裏，箭枝上染滿了血污。天空雪花兀自不斷飄下，那人全身已罩上了薄薄一層白雪，只須過得半夜，便凍也凍死了。

她自幼便心地仁慈，只要見到受了傷的麻雀、田鷄、甚至蟲豸螞蟻之類，必定帶回家來妥為餵養，直到傷愈，再放回田野，倘若醫治不好，就會整天不樂，這性情大了仍然不改，以致屋子裏養滿了諸般蟲蟻、小禽小獸。她父親是個屢試不第的村學究，按著她性子給她取個名字，叫作惜弱。紅梅村包家老公鷄老母鷄特多，原來包惜弱飼養鷄雛之後，決不肯宰殺一隻，父母要吃，只有到市上另買，家裏每隻小鷄都得享天年，壽終正寢。她嫁到楊家以後，楊鐵心對這位如花似玉的妻子甚為憐愛，事事順著她性子，楊家後院自然也是小鳥小獸的天下了。後來楊家的小鷄小鴨也慢慢變成了大鷄大鴨，只是她嫁來未久，家中尚未出現老鷄老鴨，但大勢所趨，日後自必如此。

這時她見這人奄奄一息的伏在雪地之中，慈念登起，明知此人並非好人，但眼睜睜的見他痛死凍死，無論如何不忍。她微一沉吟，急奔回屋，要叫醒丈夫商量，無奈楊鐵心大醉沉睡，推他只是不動。

包惜弱心想，還是救了那人再說，當下撿出丈夫的止血散金創藥，拿了小刀碎布，在灶上提了半壺熱酒，又奔到墳後。那人仍伏著不動。包惜弱扶他起來，把半壺熱酒給他慢慢灌入嘴裏。她自幼醫治小鳥小獸慣了的，對醫傷倒也有點兒門道，見這一箭射得甚深，胡亂拔出，只怕當時就會噴血斃命，但如不把箭拔出，終不可治，於是咬緊牙關，用鋒利小刀割開箭旁肌肉，拿住箭桿，奮力提出。那人慘叫一聲，暈了過去，創口鮮血直噴，只射得包惜弱胸前衣襟上全是血點，那枝箭終於拔出了。

包惜弱心中突突亂跳，忙拿止血散按在創口，用布條緊緊紮住。過了一陣，那人悠悠醒轉，可是疲弱無力，連哼都哼不出聲。

包惜弱嚇得手酸足軟，實在扶不動這大男人，靈機一動，回家拿了塊門板，把那人拉到板上，然後在雪地上拖動門板，就像雪車般將他拖回家中，放入柴房。

她忙了半日，這時心神方定，換下污衣，洗淨手臉，從瓦罐中倒出一碗適才沒喝完的鷄湯，一手拿了燭台，再到柴房去瞧那漢子。見那人呼吸細微，並未斷氣。包惜弱心中甚慰，把鷄湯餵他。那人喝了半碗，忽然劇烈咳嗽。

包惜弱吃了一驚，舉燭台瞧去，燭光下見這人眉清目秀，鼻樑高聳，竟是個相貌俊美的青年男子。她臉上一熱，左手微顫，晃動了燭台，幾滴燭油滴在那人臉上。

那人睜開眼來，驀見一張芙蓉秀臉，雙頰暈紅，星眼如波，眼光中又是憐惜，又是羞澀，當前光景，宛在夢中，不禁看得獃了。包惜弱低聲道：「好些了嗎？把這碗湯喝了吧。」那人伸手要接，但手上無力，險些把湯全倒在身上。包惜弱搶住湯碗，這時救人要緊，只得用調羹餵著他一口一口的喝了。

那人喝了鷄湯後，眼中漸漸現出光采，凝望著她，顯是不勝感激。包惜弱倒給他瞧得有些不好意思了，拿了幾捆稻草給他蓋上，持燭回房。

這一晚再也睡不安穩，連做了幾個噩夢，忽見丈夫挺槍把柴房中那人刺死，又見那人提刀殺了丈夫，卻來追逐自己，四面都是深淵，無處可以逃避，幾次從夢中驚醒，嚇得身上全是冷汗。待得天明起身，丈夫早已下床，只見他拿著鐵槍，正用磨刀石磨礪槍頭，包惜弱想起夜來夢境，心驚膽戰，忙走去柴房，推開門來，一驚更甚，裏面只賸亂草一堆，那人已不知去向。

她奔到後院，只見後門虛掩，雪地裏赫然是一行有人連滾帶爬向西而去的痕跡。她望著那痕跡，不覺怔怔的出了神。過了良久，一陣寒風撲面吹來，忽覺腰酸骨軟，甚是困倦。回到前堂，楊鐵心已燒好了白粥，放在桌上，笑道：「你瞧，我燒的粥還不錯吧？」包惜弱知丈夫因自己懷孕，是以特加體惜，一笑而坐，端起粥碗吃了起來。她想若把昨晚之事告知丈夫，他嫉惡如仇，定會趕去將那人刺死，豈不是救人沒救徹？當下絕口不提。

這日午後，楊鐵心與妻子閒談，說起賣酒的曲三出了門，留下個小女兒孤苦可憐，沒人照顧。包惜弱心下不忍，帶了些糕餅前去探視，過了好幾個時辰才回，說道那女孩沒飯吃，餓得很了。她有了身孕，無力照顧，已將她帶到紅梅村娘家，託她母親照看幾天，等曲三回家才送回。楊鐵心知道曲三英雄，得能助他一臂之力，頗以為喜。

忽忽臘盡春回，轉眼間過了數月，包惜弱腰圍漸粗，愈來愈感慵困，於那晚救人之事也漸漸淡忘了。

這日楊氏夫婦吃過晚飯，包惜弱在燈下給丈夫縫套新衫褲。楊鐵心打好了兩雙草鞋，把草鞋掛到牆上，記起日間耕田壞了犁頭，對包惜弱道：「犁頭損啦，明兒叫東村的張木兒加一斤半鐵，打一打。」包惜弱道：「好！」楊鐵心瞧著妻子，說道：「我衣衫夠穿啦！你身子弱，又有了孩子，好好兒多歇歇，別再給我做衣裳。」包惜弱轉過頭來一笑，卻不停針。楊鐵心走過去，輕輕拿起她針線。包惜弱這才伸了個懶腰，熄燈上床。

睡到午夜，包惜弱矇矓間忽覺丈夫陡然坐起身來，一驚而醒，只聽得遠處隱隱有馬蹄之聲，聽聲音是從西面東來，過得一陣，東邊也傳來了馬蹄聲，接著北面南面都有了蹄聲。包惜弱坐起身來，道：「怎麼四面都有馬來？」楊鐵心匆匆下床穿衣，片刻之間，四面蹄聲越來越近，村中犬兒都吠叫起來。楊鐵心道：「咱們給圍住啦！」包惜弱驚道：「幹甚麼呀？」楊鐵心道：「不知道。」叫妻子把丘處機所贈短劍放在懷裏，道：「你帶著防身！」從牆上摘下一桿鐵槍握住。

這時東南西北人聲馬嘶，已亂成一片，楊鐵心推開窗子外望，只見大隊兵馬已把村子團團圍住，眾兵丁手裏高舉火把，七八名武將騎在馬上往來奔馳。

只聽得眾兵丁齊聲叫喊：「捉拿反賊，莫讓反賊逃了！」楊鐵心尋思：「是來捉拿曲三麼？曲三已有幾個月不在村裏了，幸好他不在，否則的話，他武功再強，也敵不過這許多兵馬。」忽聽一名武將高聲叫道：「郭嘯天、楊鐵心兩名反賊，快快出來受縛納命。」

楊鐵心大吃一驚，包惜弱更嚇得臉色蒼白。楊鐵心低聲道：「官家不知爲了何事，竟來誣害良民。跟官府是辯不清楚的，咱們只好逃命。你別慌，憑我這桿槍，定能保你衝出重圍。」他一身武藝，又是在江湖上闖蕩過的，這時臨危不亂，從壁上摘下長弓，斜負在背上，在腰間掛上箭袋，握住妻子右手。

包惜弱道：「我來收拾東西。」楊鐵心道：「還收拾甚麼？統通不要了。」包惜弱心中一酸，垂下淚來，顫聲道：「我們這家呢？」楊鐵心道：「咱們只要留得性命，我和你自可在別地重整家園。」包惜弱道：「這些小鷄小貓呢？」楊鐵心嘆道：「傻孩子，還顧得到牠們麼？」頓了一頓，安慰她道：「官兵又怎會跟你的小鷄小貓兒爲難。」包惜弱道：「他們要吃鷄。」

一言方畢，窗外火光閃耀，衆兵已點燃了兩間草房，又有兩名兵丁高舉火把來燒楊家屋簷，口中大叫：「郭嘯天、楊鐵心兩個反賊再不出來，便把牛家村燒成白地。」

楊鐵心怒氣塡膺，開門走出，大聲喝道：「我就是楊鐵心！你們幹甚麼？」

兩名兵丁嚇了一跳，丟下火把轉身退開。

火光中一名武官拍馬走近，叫道：「好，你是楊鐵心，跟我見官去。拿下了！」四五名兵丁兩旁擁上。楊鐵心倒轉槍來，一招「白虹經天」，把三名兵丁掃倒在地，又是一招「春雷震怒」，槍柄挑起一兵，摜入了人堆，喝道：「要拿人，先得說說我又犯了甚麼罪。」

那武官罵道：「大膽反賊，竟敢拒捕！」他口中叫罵，但也畏懼對方武勇，不敢逼近。他身後另一名武官叫道：「好好跟老爺過堂去，免得加重罪名。有公文在此。」楊鐵心道：「拿來我看！」那武官道：「還有一名郭犯呢？」

郭嘯天從窗口探出半身，彎弓搭箭，喝道：「郭嘯天在這裏。」箭頭對準了他

那武官心頭發毛，只覺背脊上一陣陣的涼氣，叫道：「你把箭放下，我讀公文給你們聽。」郭嘯天厲聲道：「快讀！」把弓扯得更滿了。那武官無奈，拿起公文大聲讀道：「臨安府牛家村村民郭嘯天、楊鐵心二犯，勾結巨寇，圖謀不軌，著即拿問，嚴審法辦。」郭嘯天道：「甚麼衙門的公文？」那武官道：「是臨安府府尹大人的手諭。」

郭楊二人都是一驚，均想：「甚麼事這等厲害？難道丘道長殺死官差的事發了？」郭嘯天道：「誰的首告？有甚麼憑據？」那武官道：「我們只管拿人，你們到府堂上自己分辯去。」楊鐵心叫道：「臨安府專害無辜好人，誰不知道？我們可不上這個當。」

彎弓搭箭，箭尖對準了那武官。領隊的武官叫道：「抗命拒捕，罪加一等。」

楊鐵心轉頭對妻子道：「你快多穿件衣服，我奪他的馬給你。待我先射倒將官，兵卒自然亂了。」鬆手放弦，弦聲響處，箭發流星，正中那武官胸膛。那武官啊喲一聲，撞下馬來，眾兵丁齊聲發喊，另一名武官叫道：「拿反賊啊！」眾兵丁紛紛衝來。郭楊二人箭如連珠，轉瞬間射倒六七名兵丁，但官兵勢眾，在武官督率下衝到兩家門前。

楊鐵心大喝一聲，疾衝出門，鐵槍起處，官兵驚呼倒退。他縱到一個騎白馬的武官身旁，挺槍刺去，那武官舉槍擋架。楊家槍法變化靈動，楊鐵心槍桿下沉，那武官腿上早著。他舉槍挑起，那武官一個觔斗倒翻下馬。

楊鐵心槍桿在地下一撐，飛身躍上馬背，雙腿力夾，那馬一聲長嘶，於火光中向屋門奔去。楊鐵心挺槍刺倒門邊一名兵丁，俯身伸臂，把包惜弱抱上馬背，高聲叫道：「大哥，跟著我來！」郭嘯天舞動雙戟，保護著妻子李萍，從人叢中衝殺出來。

官兵見二人勢兇，攔阻不住，紛紛放箭。

楊鐵心縱馬奔到李萍身旁，叫道：「大嫂，快上馬！」說著躍下馬來。李萍急道：「使不得。」楊鐵心那裏理她，一把將她攔腰抱起，放上馬背。義兄弟兩人跟在馬後，且戰且走，落荒而逃。

走不多時，突然前面喊聲大作，又是一彪軍馬衝殺過來。郭楊二人暗暗叫苦，待要覓路奔逃，前面羽箭颼颼射來。包惜弱叫了一聲：「啊喲！」坐騎中箭跪地，把馬背上兩個女子都抛下馬來。楊鐵心道：「大哥，你護著她們，我再去搶馬！」提槍往人叢中衝殺過去。十餘名官兵排成一列，手挺長矛對準了楊鐵心，齊聲吶喊。

郭嘯天眼見官兵勢大，心想：「憑我兄弟二人，逃命不難，但前後有敵，妻子是無論如何救不出了。我們又沒犯法，與其白白在這裏送命，不如上臨安府分辯去。上次丘處機道長殺了官兵和金兵，可沒放走了一個，死無對證，諒官府也不能定我們的罪。再說，那些官差、金兵又不是我們兄弟殺的。」縱聲叫道：「兄弟，別殺了，咱們就跟他們去！」楊鐵心一呆，拖槍回來。

帶隊的軍官下令停箭，命兵士四下圍住，叫道：「拋下兵器弓箭，饒你們不死。」楊鐵心道：「大哥，別中了他們奸計。」郭嘯天搖搖頭，把雙戟往地下一拋。楊鐵心見愛妻嚇得花容失色，心下不忍，嘆了口氣，也把鐵槍和弓箭擲在地下。郭楊二人的兵器剛離手，十餘枝長矛的矛頭立刻刺到了四人身旁。八名士兵走將過來，兩個服侍一個，將四人反手縛住。

楊鐵心嘿嘿冷笑，昂頭不理。帶隊的軍官舉起馬鞭，唰的一鞭，擊在楊鐵心臉上，罵道：「大膽反賊，當眞不怕死麼？」這一鞭只打得他自額至頸，長長一條血痕。楊鐵心怒道：「好，你叫甚麼名字？」那軍官怒氣更熾，鞭子如雨而下，叫道：「老爺行不改姓，坐不改名，姓段名天德，上天有好生之德的天德。記住了麼？你到閻王老子那裏去告狀吧。」楊鐵心毫不退避，圓睜雙眼，凝視著他。段天德喝道：「老爺額頭有刀疤，臉上有青記，都記住了！」說著又是一鞭。

包惜弱見丈夫如此受苦，哭叫：「他是好人，又沒做壞事。你……你幹麼要這樣打人呀？你……你怎麼不講道理？」

楊鐵心一口唾沫，呸的一聲，正吐在段天德臉上。段天德大怒，拔出腰刀，叫道：「先斃了你這反賊！」舉刀摟頭砍將下來。楊鐵心向旁閃過，身旁兩名士兵長矛前挺，抵住他的兩脅。段天德又是一刀，楊鐵心無處可避，只得向後急縮。那段天德倒也有幾分武功，一刀不中，隨即向前一送，他使的是柄鋸齒刀，這一下便在楊鐵心左肩上鋸了一道口子，接著第二刀又劈將下來。

郭嘯天見義弟性命危殆，忽地縱起，飛腳往段天德面門踢去。段天德吃了一驚，收刀招架。郭嘯天雖雙手遭縛，腿上功夫仍頗了得，身子未落，左足收轉，右足飛出，正踢在段天德腰裏。

段天德劇痛之下，怒不可遏，叫道：「亂槍戳死了！上頭吩咐了的，反賊倘若拒捕，格殺勿論。」衆兵舉矛齊刺。郭嘯天接連踢倒兩兵，終是雙手遭縛，轉動不靈，身子閃讓長矛，段天德自後趕上，手起刀落，把他一隻右膀斜斜砍了下來。

楊鐵心正自力掙雙手，急切無法脫縛，突見義兄重傷倒地，心中急痛之下，身上忽然生出一股巨力，大喝一聲，繩索綳斷，揮拳打倒一名兵士，搶過一柄長矛，展開了楊家槍法，這時候一夫拚命，萬夫莫當。長矛起處，登時搠翻兩名官兵。段天德見勢頭不好，先自退開。楊鐵心這時一切都豁出去了，東挑西打，頃刻間又戳死數兵。衆官兵見他兇猛，心下都怯了，發一聲喊，四下逃散。

楊鐵心也不追趕，扶起義兄，見他斷臂處血流如泉湧，全身已成了個血人，不禁垂下淚來。郭嘯天咬緊牙關，叫道：「兄弟，別管我……快，快走！」楊鐵心道：「我去搶馬，拚死救你出去。」郭嘯天道：「不……不……」暈了過去。

楊鐵心脫下衣服，要給他裹傷，但段天德這一刀將他連肩帶胸的砍下，創口佔了半個身子，竟沒法包紮。郭嘯天悠悠醒來，叫道：「兄弟，你去救你弟婦與你嫂子，我……我……不成了……」說著氣絕而死。

楊鐵心和他情逾骨肉，見他慘死，滿腔悲憤，腦海中一閃，便想到了兩人結義時的那句誓言：「但願同年同月同日死。」抬頭四望，自己妻子和郭大嫂在混亂中都已不知去向。他大聲叫道：「大哥，我去給你報仇！」挺矛向官兵隊裏衝去。

官兵這時又已列成隊伍，段天德傳下號令，箭如飛蝗般射來。楊鐵心渾不在意，撥箭疾衝。一名武官手揮大刀，當頭猛砍，楊鐵心身子一矮，突然鑽到馬腹之下。那武官大刀砍空，正待回馬，後心已給長矛刺進。楊鐵心擲開屍首，跳上馬背，舞動長矛。眾官兵那敢接戰，四下奔逃。

他趕了一陣，只見一名武官抱著一個女子，騎在馬上疾馳。楊鐵心飛身下馬，橫矛桿打倒一名兵士，在他手中搶過弓箭，火光中看準那武官坐騎，颼的一箭射去，正中馬臀，馬腿前跪，馬上兩人滾下地來。楊鐵心再是一箭，射死武官，搶將過去，只見那女子在地下掙扎著坐起身來，正是自己妻子。

包惜弱乍見丈夫，又驚又喜，撲到了他懷裏。楊鐵心問道：「大嫂呢？」包惜弱道：「在前面，給……給官兵捉去啦！」楊鐵心道：「你在這裏等著，我去救她。」包惜弱驚道：「後面又有官兵追來啦！」

楊鐵心回過頭來，果見一隊官兵手舉火把趕來。楊鐵心咬牙道：「大哥已死，我無論如何要救大嫂出來，保全郭家骨肉。天可憐見，你我將來還有相見之日。」

包惜弱緊緊摟住丈夫脖子，死不放手，哭道：「咱們永遠不能分離，你說過的，咱們就是要死，也死在一塊！是麼？你說過的。」

楊鐵心心中一酸，抱住妻子親了親，硬起心腸拉脫她雙手，挺矛往前急追，奔出數十步回頭一望，只見妻子哭倒在塵埃之中，後面官兵已趕到她身旁。

楊鐵心伸袖子一抹臉上的淚水、汗水、血水，生死置之度外，身當此時，以救義嫂為先，趕了一陣，又奪到匹馬，抓住一名官兵喝問，得知李氏正在前面。

他縱馬疾馳，忽聽得道旁樹林一個女人聲音大叫大嚷，急忙兜轉馬頭，衝入林中，只見李氏雙手已自脫縛，正跟兩名兵士廝打。她是農家女子，身子壯健，雖不會武藝，但拚命蠻打，自有一股剛勇，那兩名兵士又笑又罵，一時卻也奈何她不得。楊鐵心更不打話，衝上去一矛一個，戳死了兩兵，把李氏扶上坐騎，兩人同乘，回馬再去找尋妻子。

奔到與包氏分手之處，卻已無人。此時天色微明，他下馬察看，只見地下馬蹄印雜沓，尚有人身拖曳的痕跡，想是妻子又給官兵擄去了。

楊鐵心急躍上馬，雙足在馬腹上亂踢，那馬受痛，騰身飛馳。趕得正急間，忽然道旁號角聲響，衝出十餘名黑衣武士。當先一人舉起狼牙棒往他頭頂猛砸下來。楊鐵心舉矛格開，還了一矛。那人回棒橫掃，棒法奇特，似非中原武術所使家數。

楊鐵心以前與郭嘯天談論武藝，知道當年梁山泊好漢中有一位霹靂火秦明，狼牙棒法天下無雙，但除他之外，武林豪傑使這兵刃的向來極少，因狼牙棒份量沉重，若非有極大膂力，不易運用自如。只金兵將官卻甚喜用，以金人生長遼東苦寒之地，身強力大，兵器沉重，則陣上多佔便宜。當年金兵入寇，以狼牙棒砸擊大宋軍民。衆百姓氣憤之餘，忽然說起笑話來。某甲道：「金兵有甚麼可怕，他們有一物，咱們自有一物抵擋。」某乙道：「金兵有金兀朮。」甲道：「咱們有韓少保。」乙道：「金兵有拐子馬。」甲道：「咱們有麻札刀。」乙道：「金兵有狼牙棒。」甲道：「咱們有天靈蓋。」那天靈蓋是頭頂的腦門，金兵狼牙棒打來，大宋百姓只好用天靈蓋去抵擋，笑謔之中實含無限悲憤。

這時楊鐵心和那使狼牙棒的鬥了數合，想起以前和郭嘯天的談論，越來越疑心，瞧這人棒法招術，明明是金兵將官，怎地忽然在此現身？又鬥數合，槍招加快，挺矛把那人刺於馬下。餘衆大驚，發喊逃散。

楊鐵心轉頭去看騎在身後的李氏，要瞧她在戰鬥之中有無受傷，突然間樹叢中射出一枝冷箭，楊鐵心不及閃避，這一箭直透後心。李氏大驚，叫道：「叔叔，箭！箭！」

楊鐵心心中一涼：「不料我今日死在這裏！但死前先得把賊兵殺散，好讓大嫂逃生。」搖矛狂呼，往人多處直衝過去，背上箭傷劇痛，眼前突然漆黑，昏暈在馬背之上。

當時包惜弱給丈夫推開，心中痛如刀割，轉眼間官兵追了上來，待要閃躲，早讓幾名士兵擁上一匹坐騎。一個武官舉起火把，向她臉上仔細打量了一會，點頭說道：「是她！瞧不出那兩個蠻子倒有點本事，傷了咱們不少兄弟。」另一名武官笑道：「現下總算大功告成，這趟辛苦，每人總有十幾兩銀子賞賜罷。」那武官道：「哼，只盼上頭少剋扣些。」轉頭對號手道：「收隊罷！」那號兵舉起號角，嗚嗚嗚的吹了起來。

包惜弱吞聲飲泣，心中只掛念丈夫，不知他性命如何。這時天色已明，路上漸有行人，百姓見到官兵隊伍，都遠遠躲開。包惜弱起初擔心官兵無禮，那知衆武官居然言語舉止之間頗爲客氣，這才稍稍放心。

行不數里，忽然前面喊聲大振，十餘名黑衣人手執兵刃，從道旁衝殺出來，當先一人喝道：「無恥官兵，殘害良民，統通下馬納命。」帶隊的武官大怒，喝道：「何方大膽匪徒，在京畿之地作亂？快快滾開！」一衆黑衣人更不打話，衝入官兵隊裏，雙方混戰起來。官兵雖然人多，但黑衣人個個武藝精熟，一時之間殺得不分勝負。

包惜弱暗暗歡喜，心想：「莫不是鐵哥的朋友們得到訊息，前來相救？」混戰中一箭飛來，正中包惜弱坐騎的後臀，那馬負痛，縱蹄向北疾馳。

包惜弱大驚，雙臂摟住馬頸，只怕掉下馬來。只聽後面蹄聲急促，一騎馬追來。轉眼間一匹黑馬從身旁掠過，馬上乘客手持長索，在空中轉了幾圈，呼的一聲，長索飛出，索上繩圈套住了包惜弱的坐騎，兩騎馬並肩而馳。那人漸漸收短繩索，兩騎馬奔跑也緩慢了下來，再跑數十步，那人唿哨一聲，他所乘黑馬收腳站住。包惜弱的坐騎給黑馬一帶，無法向前，一聲長嘶，前足提起，人立起來。

包惜弱勞頓了大半夜，又是驚恐，又是傷心，這時再也拉不住韁，雙手一鬆，跌下馬來，暈了過去。

昏睡中也不知過了多少時候，等到悠悠醒轉，只覺似是睡在柔軟的床上，又覺身上似蓋了棉被，甚覺溫暖，她睜開眼睛，首先入眼的是青花布帳的帳頂，原來果是睡在床上。她側頭望時，見床前桌上點著油燈，似有個黑衣男子坐在床沿。

那人聽得她翻身，忙站起身來，輕輕揭開了帳子，低聲問道：「睡醒了嗎？」包惜弱神智尚未全復，只覺這人依稀似曾相識。那人伸手在她額頭一摸，輕聲道：「燒得好燙手，醫生快來啦。」包惜弱迷迷糊糊的重又入睡。

過了一會，似覺有醫生給她把脈診視，又有人餵她喝藥。她只是昏睡，夢中突然驚醒大叫：「鐵哥，鐵哥！」隨覺有人輕拍她肩膀，低語撫慰。

她再次醒來時已是白天，忍不住出聲呻吟。一個人走近前來，揭開帳子。這時面面相對，包惜弱看得分明，不覺吃了一驚，這人面目清秀，嘴角含笑，正是幾個月前她在雪地裏所救的那垂死青年。

包惜弱道：「這是甚麼地方，我當家的呢？」那青年搖搖手，示意不可作聲，低聲道：「外邊官兵追捕很緊，咱們現下是借住在一家鄉農家裏。小人斗膽，謊稱是娘子的丈夫，娘子可別露了形跡。」包惜弱臉一紅，點了點頭，又問：「我當家的呢？」那人道：「娘子身子虛弱，待大好之後，小人再慢慢告知。」

包惜弱大驚，聽他語氣，似乎丈夫已遭不測，雙手緊緊抓住被角，顫聲道：「他……他……怎麼了？」那人只勸道：「娘子心急無益，身子要緊。」包惜弱道：「他……他可是死了？」那人滿臉無可奈何之狀，點了點頭，道：「楊爺不幸，給賊官兵害死了。」說著搖頭嘆息。包惜弱傷痛攻心，暈了過去，良久醒轉，放聲大哭。

那人細聲安慰。包惜弱抽抽噎噎的道：「他……他怎麼去世的？」那人道：「楊爺可是二十來歲年紀，身長膀闊，手使一柄長矛的麼？」包惜弱道：「正是。」那人道：「我昨日見到他和官兵相鬥，殺了好幾個人，可惜……唉，可惜一名武官偷偷繞到他身後，出槍刺進了他背脊。」

包惜弱夫妻情重，又暈了過去，這一日水米不進，決意要絕食殉夫。那人也不相強，整日只斯斯文文的和她說話解悶。包惜弱到後來有些過意不去了，問道：「相公高姓大名？怎會知道我有難而來打救？」那人道：「小人姓顏，名烈，昨天和幾個朋友經過這裏，正遇到官兵逞兇害人。小人路見不平，出手相救，不料老天爺有眼，所救的竟是我的大恩人，也眞是天緣巧合了。」

包惜弱聽到「天緣巧合」四字，臉上一紅，轉身向裏，不再理他，心下琢磨，忽然起了疑竇，轉身說道：「你和官兵本來是一路的。」顏烈道：「怎……怎麼？」包惜弱道：「那日你不是和官兵同來捉拿那位道長、這才受傷的麼？」顏烈道：「那日也眞是冤枉。小人從北邊來，要去臨安府，路過貴村，那知道無端端一箭射來，中了肩背。如不是娘子大恩相救，眞死得不明不白。到底他們要捉甚麼道士呀？道士捉鬼，官兵卻捉道士，眞一塌胡塗。」說著笑了起來。

包惜弱道：「啊，原來你是路過，不是他們一夥。我還道你也是來捉那道長的，那天還眞不想救你呢。」當下便述說官兵怎樣前來捉拿丘處機，他又怎樣殺散官兵。

包惜弱說了一會，卻見他怔怔的瞧著自己，臉上神色痴痴迷迷，似乎心神不屬，當即住口。顏烈陪笑道：「對不住。我在想咱們怎生逃出去，可別再讓官兵捉到。」

包惜弱哭道：「我……我丈夫既已過世，我還活著幹甚麼？你一個人走吧。」

顏烈正色道：「娘子，官人為賊兵所害，含冤莫白，你不設法為他報仇，卻只一意尋死。官人生前是英雄豪傑之士，他在九泉之下，只怕也不能瞑目罷？」

包惜弱道：「我一個弱女子，又怎有報仇的能耐？」顏烈義憤於色，昂然道：「娘子要報殺夫之仇，這件事著落在小人身上。你可知道仇人是誰？」包惜弱想了一下，說道：「統率官兵的將官名叫段天德，他額頭有個刀疤，臉上有塊青記。」顏烈道：「既有姓名，又有記認，他就逃到天涯海角，也非報此仇不可。」他出房去端來一碗稀粥，碗裏有個剝開了的鹹蛋，說道：「你不愛惜身子，怎麼報仇呀？」包惜弱心想有理，接過碗來慢慢吃了。悲痛之中，迷迷糊糊的睡去。

次日早晨，包惜弱整衣下床，對鏡梳好了頭髻，找到塊白布，剪了朵白花插在鬢邊，爲丈夫帶孝，但見鏡中紅顏如花，夫妻卻已人鬼殊途，悲從中來，又痛哭起來。

顏烈從外面進來，待她哭聲稍停，柔聲道：「外面道上官兵都已退了，咱們走吧。」包惜弱隨他出屋。顏烈摸出一錠銀子給了屋主，把兩匹馬牽了過來。包惜弱所乘的馬本來中了一箭，這時顏烈已把箭創裹好。

包惜弱道：「到那裏去呀？」顏烈使個眼色，要她在人前不可多問，扶她上馬，兩人並轡向北。走出十餘里，包惜弱又問：「你帶我到那裏去？」顏烈道：「咱們先找個隱僻的所在住下，避一避風頭。待官家追拿得鬆了，小人再去找尋官人的屍首，好好爲他安葬，然後找到段天德那奸賊，殺了爲官人報仇。」

包惜弱性格柔和，自己本少主意，何況大難之餘，孤苦無依，聽他想得週到，心中好生感激，道：「顏相公，我……我怎生報答你才好？」顏烈凜然道：「我性命是娘子所救，小人這一生供娘子驅使，就粉身碎骨，赴湯蹈火，那也應該的。」包惜弱道：「只盼儘快殺了那大壞人段天德，給鐵哥報了大仇，我這就從他於地下。」想到這裏，又垂下淚來。

兩人行了一日，晚上在長安鎮上投店歇宿。顏烈自稱夫婦二人，要了一間房。包惜弱心中惴惴不安，吃晚飯時一聲不作，暗自撫摸丘處機所贈的那柄短劍，心中打定了主意：「要是他稍有無禮，我就用劍自殺。」

顏烈命店伴拿了兩捆稻草入房，等店伴出去，閂上了房門，把稻草鋪在地下，自己倒在稻草之中，身上蓋了一張氈毯，對包惜弱道：「娘子請安睡吧！」說著閉上了眼。

包惜弱的心怦怦亂跳，想起故世的丈夫，當眞柔腸寸斷，默默的坐了大半個時辰，長長歎了口氣，也不熄滅燭火，手中緊握短劍，和衣倒在床上。

次日包惜弱起身時，顏烈已收拾好馬具，命店伴安排早點。包惜弱暗暗感激他是至誠君子，防範之心登時消了大半。待用早點時，見是一碟鷄炒乾絲，一碟火腿，一碟香腸，一碟燻魚，另有一小鍋清香撲鼻的香粳米粥。她出生於淸貧之家，自歸楊門，以務農爲生，平日吃早飯只幾根鹹菜，半塊乳腐，除了過年過節、喜慶宴會之外，那裏吃過這樣考究的飲食？食用之時，心裏頗感不安。

待得吃完，店伴送來一個包裹。這時顏烈已走出房去，包惜弱問道：「這是甚麼？」店伴道：「相公今日一早出去買來的，是娘子的替換衣服，相公說，請娘子換了上道。」說罷放下包裹，走出房去。包惜弱打開包裹看時，不覺呆了，見是一套全身縞素衣裙，白鞋白襪固一應俱全，連內衣、小襖以及羅帕、汗巾等等也都齊備，心道：「難爲他一個年輕男子，怎想得如此週到？」換上內衣之時，想到是顏烈親手所買，不由得滿臉紅暈。她半夜倉卒離家，衣衫本已不整，再加上一夜糾纏奔逃，更已滿身破損塵污，換上衣衫後裏外一新，精神也不覺爲之稍振。待得顏烈回房，見他身上也已換得光鮮煥然。

兩人縱馬上道，有時一前一後，有時並轡而行。這時正是江南春日將盡，道旁垂柳拂肩，花氣醉人，田中禾苗一片新綠。

顏烈爲了要她寬懷減愁，不時跟她東談西扯。包惜弱的父親是個小鎮上的不第學究，只稍有學識，丈夫和義兄郭嘯天卻都是粗豪漢子，她一生之中，實從未遇到過如此吐屬俊雅、才識博洽的男子，但覺他一言一語無不含意雋妙，心中暗暗稱奇。只眼見一路北去，離臨安越來越遠，他卻絕口不提如何爲己報仇，更不提安葬丈夫，忍不住道：「顏相公，我夫君的屍身，不知落在那裏？」

顏烈道：「非是小人不肯去尋訪尊夫屍首，爲他安葬，實因前日救娘子時殺了官兵，眼下正是風急火旺的當口，我只要在臨安左近一現身，非遭官兵毒手不可。眼下官府到處追拿娘子，說道尊夫殺官造反，罪大惡極，拿到他的家屬，男的斬首，女的充作官妓。小人死不足惜，但若娘子沒人保護，給官兵拿了去，遭遇必定極慘。小人身在黃泉之下，也要傷心含恨了。」包惜弱聽他說得誠懇，點了點頭。顏烈道：「我仔細想過，眼下最要緊的，是爲尊夫收屍安葬。咱們到了嘉興，我便取出銀子，托人到臨安去妥爲辦理。倘若娘子定要我親自去辦這才放心，那麼在嘉興安頓好娘子之後，小人冒險前往便了。」包惜弱心想要他甘冒大險，於理不合，說道：「相公如能找到妥當可靠的人去辦，那也一樣。」又道：「我丈夫有個姓郭的義兄，同時遭難，敢煩相公一併爲他安葬，我……我……」說著垂下淚來。

顏烈道：「此事容易，娘子放心便是。倒是報仇之事，段天德那賊子是朝廷武將，要殺他著實不易，此刻他又防備得緊，只有慢慢的等候機會。」包惜弱只想殺了仇人之後，便自殺殉夫。顏烈這番話雖句句都屬實情，卻不知要等到何年何日，心下一急，哭出聲來，抽抽噎噎的道：「我也不想要報甚麼仇了。我當家的如此英雄，尚且被害，我……我一個弱女子，又……又有甚麼能耐？我一死殉夫便是。」

顏烈沉吟半晌，似也十分爲難，終於說道：「娘子，你信得過我麼？」包惜弱點了點頭。顏烈道：「眼下咱們只有前去北方，方能躲避官兵追捕。大宋官兵不能追到北邊去捉人。咱們只要過了淮河，就沒多大凶險了。待事情冷下來之後，咱們再南下報仇雪恨。娘子放心寬懷，官人的血海沉冤，自有小人一力承擔。」

包惜弱大為躊躇：自己家破人亡，舉目無親，如不跟隨他去，孤身一個弱女子又到那裏去安身立命？那晚親眼見到官兵殺人放火的兇狠模樣，若落入了他們手中，給充作官妓，那眞求生不能、求死不得了。但此人非親非故，自己是個守節寡婦，如何可隨一個青年男子同行？此刻倘若舉刃自刎，此人必定阻攔。只覺去路茫茫，來日大難，思前想後，當眞柔腸百轉。她連日悲傷哭泣，這時卻連眼淚也幾乎流乾了。

顏烈道：「娘子如覺小人的籌劃不妥，但請吩咐，小人無有不遵。」包惜弱見他十分遷就，心中反覺過意不去，除非此時自己立時死了，一了百了，否則實在也無他法，無可奈何之下，只得低頭道：「你瞧著辦吧。」

顏烈大喜，說道：「娘子的活命大德，小人終身不敢忘記，娘子……」包惜弱道：「這事以後別再提啦。」顏烈道：「是，是。」

當晚兩人在烏墩鎮一家客店中宿歇，仍同處一室。自從包惜弱答允同去北方之後，顏烈的言談舉止，已不如先前拘謹，時時流露出喜不自勝之情。包惜弱隱隱覺得有些不妥，但見他並無絲毫越禮，心想他不過是感恩圖報，料來不致有何異心。

次日午後，兩人到了嘉興府。那是浙西大城，絲米集散之地，自來就十分繁盛，古稱秀州，五代石晉時改名嘉禾郡，南宋時孝宗誕生於此，即位後改名嘉興，意謂龍興之地。地近京師臨安，市肆興旺。

顏烈道：「咱們找一家客店歇歇吧。」包惜弱一直在害怕官兵追來，道：「天色尚早，還可趕道呢。」顏烈道：「這裏的店鋪不錯，娘子衣服舊了，得買幾套來替換。」包惜弱一呆，說道：「這不是昨天才買的麼？怎麼就舊了？」顏烈道：「道上塵多，衣服穿一兩天就不光鮮啦。再說，像娘子這般容色，豈可不穿世上頂頂上等的衣衫？」

包惜弱聽他誇獎自己容貌，內心竊喜，低頭道：「我是在熱喪之中……」顏烈忙道：「小人理會得。」包惜弱就不言語了。她容貌秀麗，但丈夫楊鐵心從來沒這般當面讚美，低下頭偷眼向顏烈瞧去，見他並無輕薄神色，一時心中栗六，也不知是喜是愁。

顏烈問了途人，逕去當地最大的「秀水客棧」投店。漱洗罷，顏烈與包惜弱一起吃了些點心，兩人相對坐在房中。包惜弱想要他另要一間客房，卻又不知如何啓齒才好，臉上一陣紅一陣白，心事重重。

過了一會，顏烈道：「娘子請自寬便，小人出去買了物品就回。」包惜弱點了點頭，道：「相公可別太多花費了。」顏烈微笑道：「就可惜娘子在服喪，不能戴用珠寶，要多花錢也花不了。」

韓寶駒左足勾住馬鐙，雙手及右足托住了銅缸，使它端端正正的放在馬鞍之上，不致傾側。那黃馬跑得又快又穩，上樓如馳平地。

第二回　江南七怪

顏烈跨出房門，過道中一個中年士人拖著鞋皮，踢躂踢躂的直響，一路打著哈欠迎面過來。那士人似笑非笑，擠眉弄眼，一副憊懶神氣，全身油膩，衣冠不整，滿面都是污垢，看來少說也有十多天沒洗臉了，拿著一柄破爛的油紙黑扇，邊搖邊行。

顏烈見這人衣著明明是個斯文士子，卻如此骯髒，不禁皺了眉頭，加快腳步，只怕沾到了那人身上污穢。突聽那人乾笑數聲，聲音刺耳，經過他身旁時，順手伸出摺扇，往他肩頭拍落。顏烈一讓，竟沒避開，不禁大怒，喝道：「幹甚麼？」

那人又是幾聲乾笑，踢躂踢躂的向前去了，只聽他走到過道盡頭，對店小二道：「喂，夥計啊，你別瞧大爺身上破破爛爛，大爺可有的是銀子。有些小子偏邪門著哪，他就是仗著身上光鮮唬人。招搖撞騙，勾引婦女，吃白食，住白店，全是這等小子，你得多留著點兒神。穩穩當當的，讓他先交了房飯錢再說。」也不等那店小二答腔，便踢躂踢躂的走了。

顏烈更加心頭火起，心想好小子，這話不是衝著我來麼？那店小二聽那人一說，斜眼向他看了眼，不禁起疑，走到他跟前，哈了哈腰，陪笑道：「您老別見怪，不是小的無禮……」顏烈知他意思，哼了一聲道：「把這銀子給存在櫃上！」伸手往懷裏一摸，不禁呆了。他囊裏本來放著四五十兩銀子，一探手，竟已空空如也。店小二見他臉色尷尬，一隻手在懷裏躭著，摸不出銀兩，只道窮酸的話不錯，神色登時不如適才恭謹，挺腰凸肚的道：「怎麼？沒帶銀子麼？」

顏烈道：「你等一下，我回房去拿。」他只道匆匆出房，忘拿銀兩，那知回入房中打開包裹一看，包裹幾十兩金銀盡已不翼而飛。這批金銀如何失去，自己竟沒半點因頭，那倒奇了，尋思：「適才包氏娘子出去解手，我也去了茅房一陣，前後不到一柱香時分，怎地便有人進房來做了手腳？嘉興府的飛賊倒眞厲害。」

店小二在房門口探頭探腦的張望，見他銀子拿不出來，發作道：「這女娘是你原配妻子嗎？要是拐帶人口，可要連累我們呢！」包惜弱又羞又急，滿臉通紅。顏烈一個箭步縱到門口，反手一掌，只打得店小二滿臉是血，還打落了幾枚牙齒。店小二捧住臉大嚷大叫：「好哇！住店不給錢，還打人哪！」顏烈在他屁股上再加一腳，店小二一個觔斗翻了出去。

包惜弱驚道：「咱們快走吧，不住這店了。」顏烈笑道：「別怕，沒了銀子問他們拿。」端了張椅子坐在房門口。過不多時，店小二領了十多名潑皮，掄棍使棒，衝進院子來。顏烈哈哈大笑，喝道：「你們想打架？」忽地躍出，順手搶過一根桿棒，指東打西，轉眼間打倒了四五個。那些潑皮平日只靠逞兇使狠，欺壓良善，這時見勢頭不對，拋下棍棒，一窩蜂的擠出院門，躺在地下的連爬帶滾，惟恐落後。

包惜弱早嚇得臉上全無血色，顫聲道：「事情鬧大了，只怕驚動了官府。」顏烈笑道：「我正要官府來。」包惜弱不知他用意，只得不言語了。

過不半個時辰，外面人聲喧嘩，十多名衙役手持鐵尺單刀，闖進院子，把鐵鍊抖得嗆啷嗆啷亂響，亂嘈嘈的叫道：「拐賣人口，還要行兇，這還了得？兇犯在那裏？」顏烈端坐椅上不動。眾衙役見他衣飾華貴，神態儼然，倒也不敢貿然上前。帶頭的捕快喝道：「喂，你叫甚麼名字？到嘉興府來幹甚麼？」顏烈道：「你去叫蓋運聰來！」

蓋運聰是嘉興府的府尹，眾衙役聽他直斥上官姓名，都又驚又怒。那捕快道：「你失心瘋了麼？亂呼亂叫蓋太爺的大號。」顏烈從懷裏取出一封信來，往桌上一擲，抬頭向著屋頂，說道：「你拿去給蓋運聰瞧瞧，看他來是不來？」那捕快取過信件，見了封皮上的字，吃了一驚，但不知真偽，低聲對眾衙役道：「看著他，別讓他跑了。」隨即飛奔而出。

包惜弱坐在房中，心裏怦怦亂跳，臉色慘白。

過不多時，又湧進數十名衙役，兩名官員全身公服，搶上來向顏烈跪倒行禮，稟道：「卑職嘉興府蓋運聰、嘉興縣姜文通，磕見大人。卑職不知大人駕到，未曾遠迎，請大人恕罪。」顏烈擺了擺手，微微欠身，說道：「兄弟在貴縣失竊了些銀子，請兩位勞神查一查。」蓋運聰忙道：「是，是。」手一擺，兩名衙役托過兩隻盤子，一盤黃澄澄的全是金子，一盤白晃晃的則是銀子。

蓋運聰道：「卑職治下竟有奸人膽敢盜竊大人使費，全是卑職之罪，這點戔戔之數，先請大人賞收。」顏烈笑著點點頭，蓋運聰又把那封信恭恭敬敬的呈上，說道：「卑職已打掃了行台，恭請大人與夫人的憲駕。」顏烈道：「還是這裏好，我喜歡清清靜靜的，你們別來打擾囉唆。」說著臉色一沉。蓋運聰與姜文通忙道：「是，是！大人還需用甚麼，請儘管吩咐，好讓卑職辦來孝敬。」顏烈抬頭不答，連連擺手。蓋姜二人忙率領衙役退了出去。

那店小二早嚇得面無人色，由掌櫃的領著過來磕頭賠罪，只求饒了一條性命，打多少板子屁股也是心甘。顏烈從盤中取過一錠銀子，擲在地上，笑道：「賞你吧，快給我滾。」那店小二還不敢相信，掌櫃的見顏烈臉無惡意，怕他不耐煩，忙撿起銀子，磕了幾個頭，拉著店小二出去。

包惜弱兀自心神不定，問道：「這封信是甚麼法寶？怎地做官的見了，竟怕成這個樣子。」顏烈笑道：「本來我又管不著他們，這些做官的自己沒用。趙擴手下儘用這些膿包，江山不失，是無天理了。」包惜弱道：「趙擴，那是誰？」顏烈道：「那就是當今的慶元皇帝。」（按：慶元皇帝即後來稱為寧宗的南宋第四任皇帝，年號有慶元、嘉泰、開禧、嘉定。）包惜弱吃了一驚，忙道：「小聲！聖上的名字，怎可隨便亂叫？」顏烈見她關心自己，很是高興，笑道：「我叫卻是不妨。到了北邊，咱們不叫他趙擴叫甚麼？」包惜弱道：「北邊？」顏烈點了點頭，正要說話，突然門外蹄聲急促，數十騎馬停在客店門口。包惜弱雪白的臉頰上本已透出些血色，聽到蹄聲，立時想起那晚官兵捕拿之事，登時臉色又轉蒼白。顏烈卻眉頭一皺，好似頗不樂意。

只聽得靴聲橐橐，院子裏走進數十名錦衣軍士，見到顏烈，個個臉有喜色，齊叫：「王爺！」跪下行禮。顏烈微笑說道：「你們終於找來啦。」包惜弱聽他們叫他「王爺」，更加驚奇萬分。那些大漢站起身來，個個虎背熊腰，甚是剽健。

顏烈擺了擺手道：「都出去吧！」眾軍士齊聲唱喏，魚貫而出。顏烈轉頭對包惜弱道：「你瞧我這些下屬，跟宋兵比起來怎樣？」包惜弱奇道：「難道他們不是宋兵？」顏烈笑道：「現今我對你實說了吧，這些都是大金國的精兵！」說罷縱聲長笑，神情得意之極。

包惜弱顫聲道：「那麼……你……你也是……」

顏烈笑道：「不瞞娘子說，在下的姓氏上還得加多一個『完』字，名字中加多一個『洪』字。在下完顏洪烈，大金國六王子，封爲趙王的，便是區區了。」

包惜弱自小聽父親說起金國蹂躪我大宋河山之慘、大宋皇帝如何讓他們擄去不得歸還、北方百姓如何給金兵殘殺虐待，自嫁了楊鐵心後，丈夫對金國更切齒痛恨，那知道這幾天中與自己朝夕相處的竟是個金國王子，驚駭之餘，說不出話來。

完顏洪烈見她臉上變色，笑聲頓歛，說道：「我久慕南朝繁華，是以去年求父皇派我到臨安來，作爲祝賀元旦的使者。再者，宋主尚有幾十萬兩銀子的歲貢沒依時獻上，父皇要我前來追討。」包惜弱道：「歲貢？」完顏洪烈道：「是啊，宋朝求我國不要進攻，每年進貢銀兩絹疋，可是他們常說甚麼稅收不足，總不肯爽爽快快的一次繳足。這次我對韓侂胄不客氣了，跟他說，如不在一個月之內繳足，我親自領兵來取，不必再費他心了。」包惜弱道：「韓丞相又怎樣說？」完顏洪烈道：「他有甚麼說的？我人未離臨安府，銀子絹疋早送過江去啦，哈哈！」包惜弱蹙眉不語。完顏洪烈道：「催索銀絹甚麼的，本來也不須我來，派一個使臣就已足夠。我本意是想瞧瞧南朝的山川形勝，人物風俗，想不到竟與娘子相識，還蒙救了性命，眞是三生有幸。」包惜弱心頭思潮起伏，茫然失措，默然不語。

完顏洪烈道：「我給娘子買衣衫去。」包惜弱低頭道：「不用啦。」完顏洪烈笑道：「韓丞相私下另行送給我的金銀，如買了衣衫，娘子一千年也穿著不完。娘子別怕，客店四周有我親兵好好守著，決沒歹人敢來傷你。」說著揚長出店。

包惜弱追思自與他相見以來的種種經過，他是大金國王子，對自己一個平民寡婦如此低聲下氣，多半用意不善。丈夫慘遭非命，撇下自己一個弱女子處此尷尬境地，本來該當脫身離去，但天地茫茫，卻又到那裏去？六神無主，只好伏枕痛哭。

完顏洪烈懷了金銀，逕往鬧市走去，見城中居民人物溫雅，雖販夫走卒，形貌亦多俊秀不俗，心中暗暗稱羨。

突然間前面蹄聲急促，一騎馬急奔而來。市街本不寬敞，加之行人擁擠，街旁又擺滿了賣物的攤頭擔子，如何可以馳馬？完顏洪烈忙往街邊閃讓，轉眼之間，見一匹黃馬從人叢中直竄出來。那馬神駿異常，身高膘肥，竟是罕見的良馬。完顏洪烈暗暗喝了聲采，瞧那馬上乘客，不覺啞然。

那馬如此神采，騎馬之人卻是個又矮又胖的猥葸漢子，乘在馬上猶如個大肉團一般。此人手短足短，似沒脖子，一個頭大得出奇，卻又縮在雙肩之中。說也奇怪，那馬在人堆裏發足急奔，竟不碰到一人、亦不踢翻一物，只見牠出蹄輕盈，縱躍自如，跳過瓷器攤，跨過青菜擔，每每在間不容髮之際閃讓行人而過，鬧市疾奔，竟與曠野馳騁無異。完顏洪烈不自禁的喝了一聲采：「好！」

那矮胖子聽得喝采，回頭望了一眼。完顏洪烈見他滿臉都是紅色的酒糟粒子，一個酒糟鼻又大又圓，就如一隻紅柿子黏在臉上，心想：「這匹馬好極，我出高價買下來吧。」就在這時，街頭兩個小孩遊戲追逐，橫過馬前。那馬出其不意，吃驚提足，眼見左足將要踢到小孩身上，那矮胖子一提韁繩，躍離馬鞍，那馬身上一輕，倏然躍起，在兩個小孩頭頂飛越而過，那矮胖子隨又輕飄飄的落上馬背。

完顏洪烈一呆，心想這矮子騎術如此精絕，我大金國善乘之人雖多，卻未有及得上的，眞是人不可以貌相。如聘得此人回京教練騎兵，我手下的騎士定可縱橫天下。這比之購得一匹駿馬又好過萬倍了。他這次南來，何處可以駐兵，何處可以渡江，看得仔仔細細，一一暗記在心，甚至各地州縣長官的姓名才能，也詳爲打聽。此時見到這矮胖子騎術精妙，心想南人朝政腐敗，如此奇士棄而不用，遺諸草野，何不楚材晉用？決意以重金聘他去燕京作馬術敎頭。

他心意已決，發足疾追，只怕那馬腳力太快，追趕不上，正要出聲呼叫，見那乘馬奔到大街轉彎角處，忽然站住。完顏洪烈又覺驚奇，馬匹疾馳，必須逐漸放慢腳步方能停止，此馬竟能在急行之際陡然收步，實前所未睹，就算武功高明之人，也未必能在發力狂奔之時如此神定氣閒的驀地站定。只見那矮胖子飛身下馬，鑽入一家店內。

完顏洪烈快步走近，見店中直立一塊大木牌，上寫「太白遺風」四字，卻是一家酒樓，再抬頭看，樓頭一塊極大的金字招牌，寫著「醉仙樓」三個大字，字跡勁腴，旁邊寫著「東坡居士書」五個小字，原來是蘇東坡所題。完顏洪烈見這酒樓氣派豪華，心想：「他來到酒樓，便先請他大吃大喝一番，乘機結納，正再好不過。」忽見那矮胖子從樓梯上奔下，手裏托著一隻酒罈，走到馬前。完顏洪烈當即閃在一旁。

那矮胖子站在地下，更加顯得臃腫難看，身高不過三尺，膀闊幾乎也有三尺，那馬偏偏腿長身高，他頭頂不過剛齊到馬鐙。只見他把酒罈放在馬前，伸掌在酒罈肩上輕擊數掌，隨手提起，已把酒罈上面一小半的罈身揭下，那酒罈便如是一個深底的瓦盆。黃馬前足揚起，長聲歡嘶，俯頭飲酒。完顏洪烈聞得酒香，竟是浙江紹興的名釀女兒紅，從這酒香辨來，少說也是十年的陳酒。

那矮胖子轉身入內，手一揚，噹的一聲，將一大錠銀子擲在櫃上，說道：「給開三桌上等酒菜，兩桌葷的，一桌素的。」掌櫃的笑道：「是啦，韓三爺。今兒有松江來的四鰓鱸魚，下酒再好沒有。這銀子您韓三爺先收著，慢慢再算。」矮胖子白眼一翻，怪聲喝道：「怎麼？喝酒不用錢？你當韓老三是光棍混混，吃白食麼？」掌櫃笑嘻嘻的也不以爲忤，大聲叫道：「夥計們，加把勁給韓三爺整治酒菜哪！」衆夥計裏裏外外一疊連聲的答應。

完顏洪烈心想：「這矮胖子穿著平常，出手卻甚豪闊，衆人對他又如此奉承，看來是嘉興府一霸。要聘他北上去做馬術教頭，只怕要費點周折了。且看他請些甚麼客人，相機行事。」拾級登樓，揀了窗邊一個座兒坐下，要了一斤酒，隨意點了幾樣菜。

這醉仙樓正在南湖之旁，湖面輕煙薄霧，幾艘小舟蕩漾其間，半湖水面都浮著碧油油的菱葉，他放眼觀賞，登覺心曠神怡。這嘉興是古越名城，所產李子甜香如美酒，因此春秋時這地方稱爲檇李。當年越王勾踐曾在此大破吳王闔閭，正是吳越間的來往必經之地。當地南湖中又有一項名產，是綠色的沒角菱，菱肉鮮甜嫩滑，淸香爽脆，爲天下之冠，湖中菱葉特多。其時正當春深，碧水翠葉，宛若一泓碧琉璃上鋪滿了一片片翡翠。

完顏洪烈正賞玩風景，忽見湖心中一葉漁舟如飛般划來。這漁舟船身狹長，船頭高高翹起。完顏洪烈初時也不在意，但轉眼之間，只見那漁舟已趕過了遠在前頭的小船，竟快得出奇。片刻間漁舟漸近，見舟中坐著一人，舟尾划槳的穿了一身簑衣，卻是個女子。她伸槳入水，輕輕巧巧的一扳，漁舟就箭也似的射出一段路，船身幾如離水飛躍，看來這一扳之力少說也有一百來斤，女子而有如此勁力已甚奇怪，而一枝木槳又怎受得起如此大力？

只見她又是數扳，漁舟已近酒樓，日光照在槳上，亮晃晃的原來是一柄包黃銅的鐵槳。那漁女把漁舟繫在酒樓下石級旁的木樁上，輕躍登岸。坐在船艙裏的漢子挑了一擔粗柴，也跟著上來。兩人逕上酒樓。漁女向那矮胖子叫了聲：「三哥！」在他身旁坐下。矮胖子道：「四弟、七妹，你們來得早！」

完顏洪烈側眼打量那兩人時，見那女子大約十七八歲年紀，身形苗條，大眼睛，長睫毛，皮膚如雪，正是江南水鄉的俊美人物。她左手倒提鐵槳，右手拿了簑笠，露出一頭烏雲般的秀髮。完顏洪烈心想：「這姑娘雖不及我那包氏娘子美貌，卻另有一般天然風姿。」

那挑柴的漢子二十八九歲年紀，一身青布衣褲，腰裏束了條粗草繩，足穿草鞋，粗手大腳，神情木訥。他放下擔子，把扁擔往桌旁一靠，嘰嘰數聲，一張八仙桌竟給扁擔推動了數寸。完顏洪烈一怔，瞧那條扁擔也無異狀，通身黑油油地，中間微彎，兩頭各有一個突起的鞘子。這扁擔如此沉重，料想必是精鋼所鑄。那人腰裏插了一柄砍柴用的短斧，斧刃上有幾個缺口。

兩人剛坐定，樓梯上腳步聲響，上來兩人。那漁女叫道：「五哥、六哥，你們一起來啦。」前面一人身材魁梧，胖大異常，少說也有二百三四十斤，圍著一條長圍裙，全身油膩，敞開衣襟，露出毛茸茸的胸膛，袖子捲得高高的，手臂上全是寸許長的黑毛，腰間皮帶上插著柄尺來長的尖刀，瞧模樣是個殺豬宰羊的屠夫。後面那人五短身材，頭戴小氈帽，白淨面皮，手裏提著一桿秤，一個竹簍，似是個小商販。完顏洪烈暗暗稱奇：「瞧頭上三人都是身有武功之人，怎麼這兩個市井小人卻又跟他們兄弟相稱？」

忽聽街上傳來一陣登登登之聲，似是鐵物敲擊石板，跟著敲擊聲響上樓梯，上來一個衣衫襤褸的漢子，右手握著一根粗大鐵杖。只見他三十來歲年紀，尖嘴削腮，臉色灰撲撲地，雙目翻白，是個盲人。坐在桌邊的五人都站了起來，齊叫：「大哥。」漁女在一張椅子上輕輕一拍，道：「大哥，你座位在這裏。」那瞎子道：「好。二弟還沒來麼？」那屠夫模樣的人道：「二哥已到了嘉興，這會兒也該來啦。」漁女笑道：「這不是來了嗎？」只聽得樓梯上一陣踢躂踢躂拖鞋皮聲響。

完顏洪烈一怔，只見樓梯口先探上一柄破爛污穢的油紙扇，先搧了幾搧，接著一個窮酸搖頭晃腦的踱了上來，正是適才在客店中相遇的那人。完顏洪烈心想：「我的銀兩必是此人偷了去……」心頭正自火冒，那人咧嘴向他一笑，伸伸舌嘴，裝個鬼臉，轉頭跟眾人招呼，原來便是他們的二哥。

完顏洪烈尋思：「看來這些人個個身懷絕技，倘若能收爲己用，實是極大臂助。那窮酸偷我金銀，小事一樁，不必計較，且瞧一下動靜再說。」那窮酸喝了一口酒，搖頭擺腦的吟道：「不義之財……放他過，……玉皇大帝……發脾氣！」口中高吟，伸手從懷裏掏出一錠錠金銀，整整齊齊的排在桌上，一共掏出八錠銀子，兩錠金子。

完顏洪烈瞧那些金銀的色澤形狀，正是自己所失卻的，心下不怒反奇：「他入房去偷我金銀倒也不難，但他只用扇子在我肩頭一拍，便將我懷中銀錠都摸去了，當時我竟一無所覺。這妙手空空之技，確也罕見罕聞。」

看這七人情狀，似乎他們作東，邀請兩桌客人前來飲酒，因賓客未到，七人只喝清酒，菜肴並不開上席來。但另外兩桌上各只擺設一副杯筷，那麼客人只有兩個了。完顏洪烈尋思：「這七個怪人請客，不知請的又是何等怪客？」

過了一盞茶時分，只聽樓下有人唸佛：「阿彌陀佛！」那瞎子道：「焦木大師到啦！」站起身來，其餘六人也都肅立相迎。又聽得一聲：「阿彌陀佛！」一個形如槁木的枯瘦和尚上了樓梯。這和尚五十來歲年紀，身穿黃麻僧衣，手裏拿著一段木柴，木柴的一頭已燒成焦黑，不知有何用處。

和尚向七人打個問訊，那窮酸引他到一桌空席前坐下。和尚欠身道：「那人尋上門來，小僧自知不是他對手，多蒙江南七俠仗義相助，小僧感激之至。」

那瞎子道：「焦木大師不必客氣。我七兄弟多承大師平日眷顧，大師有事，我兄弟豈能袖手？何況那人自恃武功了得，無緣無故的來跟大師作對，渾不把江南武林中人放在眼裏。就是大師不來通知，我們兄弟知道了也決不能干休……」

話未說完，只聽得樓梯格格作響，似是一頭龐然巨獸走上樓來，聽聲音若非巨象，便是數百斤的一頭大水牛。

樓下掌櫃與衆酒保一疊連聲的驚叫起來：「喂，這笨傢伙不能拿上去！」「樓板要給你踏穿啦。」「快，快，攔住他，叫他下來！」但格格之聲更加響了。

完顏洪烈眼前一花，只見一個道人手托一口極大銅缸，邁步走上樓來，定睛看時，只嚇得心中突突亂跳，這道人正是長春子丘處機。

完顏洪烈這次奉父皇之命出使宋廷，要乘機陰結宋朝大官，以備日後入侵時作爲內應。陪他從中都南來的宋朝使臣王道乾趨炎附勢，貪圖重賄，已暗中投靠金國，到臨安後爲他拉攏奔走。不料王道乾突然給一個道人殺死，連心肝首級都不知去向。完顏洪烈大驚之餘，生怕自己陰謀已爲這道人查覺，當即帶同親隨，由臨安府的捕快兵役領路，親自追拿刺客。追到牛家村時與丘處機遭遇，這道人武功極高，完顏洪烈尚未出手，就給他一枝甩手箭打中肩頭，所帶來的兵役隨從給他殺得乾乾淨淨。完顏洪烈如不是在混戰中及早逃開，又得包惜弱相救，一個金國王子就此葬身在這小村之中了。

完顏洪烈定了定神，見他目光只在自己臉上掠過，便全神貫注的瞧著焦木和那七人，顯然並未認出自己，料想那日自己剛從人叢中探身出來，便給他羽箭擲中摔倒，並未看清楚自己面目，便稍寬心，再看他所托的那口大銅缸時，更不禁大吃一驚。

這銅缸是廟宇中常見之物，用來焚燒紙錠表章，直徑四尺有餘，只怕足足有二百來斤，缸中溢出酒香，顯是裝了美酒，份量自必更加沉重，但他托在手裏，卻也不見得如何吃力。他每跨一步，樓板就喀喀亂響。樓下這時早已亂成一片，掌櫃、酒保、廚子、打雜的、衆酒客紛紛逃出街去，只怕樓板給他壓破，砸下來打死了人。

焦木和尚冷然道：「道兄惠然駕臨，卻何以取來了小廟的燒香化紙銅缸？衲子給你引見江南七俠！」丘處機舉起左手爲禮，說道：「適才貧道到寶刹奉訪，寺裏師父言道，大師邀貧道來醉仙樓相會。貧道心下琢磨，大師定是請下好朋友來了，果然如此。久聞江南七俠威名，今日有幸相見，足慰平生之願。」

焦木和尚向七俠道：「這位是全眞派長春子丘道長，各位都是久仰的了。」轉過頭來，向丘處機道：「這位是七俠之首，飛天蝙蝠柯鎮惡柯大俠。」說著伸掌向那瞎子身旁一指，跟著依次引見。完顏洪烈在旁留神傾聽，暗自記憶。第二個便是偷他銀兩的那骯髒窮酸，名叫妙手書生朱聰。最先到酒樓來的騎馬矮胖子是馬王神韓寶駒，排行第三。挑柴擔的鄉農排行第四，名叫南山樵子南希仁。第五是那身材粗壯、屠夫模樣的大漢，叫作笑彌陀張阿生。那小商販模樣的後生姓全名金發，綽號鬧市俠隱。那漁女是越女劍韓小瑩，江南七俠中年紀最小。

焦木引見之時，丘處機逐一點首爲禮，右手卻一直托著銅缸，竟似不感疲累。

酒樓下衆人見一時無事，有幾個大膽的便悄悄踅上來瞧熱鬧。

柯鎮惡道：「我七兄弟人稱『江南七怪』，不過是怪物而已，『七俠』甚麼的，卻不敢當。我兄弟久仰全眞七子威名，素聞長春子行俠仗義，更是欽慕。這位焦木大師爲人最是古道熱腸，不知如何無意中得罪了道長？道長要是瞧得起我七兄弟，便讓我們做和事老。兩位雖然和尙道士，所拜的菩薩不同，但總都是出家人，又都是武林一脈，大家盡釋前愆，一起來喝一杯如何？」

丘處機道：「貧道和焦木大師素不相識，無冤無仇，只要他交出兩個人來，改日貧道自會到法華禪寺負荆請罪。」柯鎮惡道：「交甚麼人出來？」丘處機道：「貧道有兩個朋友，受了官府和金兵的陷害，不幸死於非命。他們遺下的寡婦孤苦無依。柯大俠，你們說貧道該不該理？」完顏洪烈聽了，端在手中的酒杯一晃，潑出了些酒水。只聽柯鎮惡道：「別說是道長朋友的遺孀，就是素不相識之人，咱們既然知道了，也當量力照顧，那是義不容辭之事。」丘處機大聲道：「是呀！我就是要焦木大師交出這兩個身世可憐的女子來！他是出家人，卻何以將兩個寡婦收在寺裏，定是不肯交出？七位是俠義之人，請評評這道理看！」

此言一出，不但焦木與江南七怪大吃一驚，完顏洪烈在旁也暗自詫異，心想：「難道他說的不是楊郭二人的妻子，另有旁人？」

焦木本就臉色焦黃，這時更加氣得黃中泛黑，一時說不出話來，結結巴巴的道：「你……你……胡言亂道……胡言……」

丘處機大怒，喝道：「你也是武林中知名人物，竟敢如此爲非作歹！」右手一送，一口數百斤重的銅缸連酒帶缸，向著焦木飛去。焦木縱身躍開避過。

站在樓頭瞧熱鬧的人嚇得魂飛天外，你推我擁，一連串骨碌碌的衝下樓去。

笑彌陀張阿生估量這銅缸雖重，自己儘可接得住，搶上一步，運氣雙臂，叫一聲：「好！」待銅缸飛到，雙臂運勁，托住缸底，肩背肌肉墳起，竟把銅缸接住了，雙臂上挺，將銅缸高舉過頂，但腳下使力太巨，喀喇一聲，左足在樓板上踏穿了個洞，樓下眾人又大叫起來。張阿生上前兩步，雙臂微曲，一招「推窗送月」，將銅缸向丘處機擲去。

丘處機伸右手接過，笑道：「江南七怪名不虛傳！」隨即臉色一沉，向焦木喝道：「那兩個女子怎樣了？你把她兩個婦道人家強行收藏在寺，到底是何居心？你這賊和尚只要碰了她們一條頭髮，我把你拆骨揚灰，把你法華寺燒成白地！」

朱聰扇子一搧，搖頭晃腦的道：「焦木大師是有道高僧，怎會做這等無恥之事？道長定是聽信小人的謠言了。虛妄之極矣，決不可信也！」

丘處機怒道：「貧道親眼見到，怎麼會假？」江南七怪都是一怔。焦木道：「你就算要到江南來揚萬立威，又何必敗壞我的名頭……你……你……到嘉興府四下裏去打聽打聽，我焦木和尚豈能做這等歹事？」丘處機冷笑道：「好呀，你邀了幫手，便想倚多取勝。這件事我是管上了，決計放你不過。你清淨佛地，窩藏良家婦女，已大大不該，何況這兩個女子的丈夫乃忠良之後，慘遭非命。」

柯鎮惡道：「道長說焦木大師收藏了那兩個女子，而大師卻說沒有。咱們大夥兒到法華寺去瞧個明白，到底誰是誰非，不就清楚了？兄弟眼睛雖然瞎了，可是別人眼睛不瞎啊。」六兄妹齊聲附和。

丘處機冷笑道：「搜寺？貧道早就裏裏外外搜了個遍，可是明明見到那個女人進去，人卻又不見了。無法可想，只有要和尚交出人來。」朱聰道：「原來那兩個女子不是人。」丘處機一楞，道：「甚麼？」朱聰一本正經的道：「她們是仙女，不是會隱身法，就是借土遁遁走啦！」餘下六怪聽了，都不禁微笑。

丘處機怒道：「好啊，你們消遣貧道來著。江南七怪今日幫和尚幫定了，是不是？」

柯鎮惡凜然道：「我們本事低微，在全眞派高手看來，自不足一笑。可是我七兄弟在江南也還有點小小名頭，知道我們的人，都還肯說一句：江南七怪瘋瘋顚顚，卻不是貪生怕死之徒。我們不敢欺壓旁人，可也不能讓旁人來欺壓了。」

丘處機道：「江南七俠名聲不壞，這個貧道早有聽聞。各位事不干己，不用趕這淌渾水。我跟和尚的事，讓貧道自行跟他了斷，現下恕不奉陪了。和尚，跟我走吧。」說著伸左手來拿焦木手腕。焦木手腕斜揮，把他這一拿化解了開去。

馬王神韓寶駒見兩人動上了手，大聲喝道：「道士，你到底講不講理？」丘處機道：「韓三爺，怎樣？」韓寶駒道：「我們信得過焦木大師，他說沒有就是沒有。武林中鐵錚錚的好漢子，難道誰還能撒謊騙人？」丘處機道：「他不會撒謊，莫非丘某就會沒來由的撒謊冤他？丘某親眼目睹那女子進了他寺廟，倘若看錯了人，我挖出這對招子來給你。我找這和尚是找定了。七位插手也是插定了，是不是？」江南七怪齊聲道：「不錯。」

丘處機道：「好，我敬七位每人一口酒。各位喝了酒再動手吧。」說著右手一沉，放低銅缸，在缸裏喝了一大口酒，叫道：「請吧！」手一抖，銅缸又向張阿生飛來。

張阿生心想：「要是再像剛才那樣把銅缸舉在頭頂，怎能喝酒？」當即退後兩步，雙手擋在胸口，待銅缸飛到，雙手向外一分，銅缸正撞在胸口。他生得肥胖，胸口纍纍的都是肥肉，猶如一個軟墊般托住了銅缸，隨即運氣，胸肌向外彈出，已把銅缸飛來之勢擋住，雙手合圍，緊緊抱住了銅缸，低頭在缸裏喝了一大口酒，讚道：「好酒！」雙手突然縮回，抵在胸前，銅缸尚未下落，已使一招「雙掌移山」，把銅缸猛推出去。這一招勁道既足，變招又快，的是外家高明功夫。完顏洪烈在一旁看得暗暗心驚。

丘處機接回銅缸，也喝了一大口，叫道：「貧道敬柯大哥一缸酒！」順手將銅缸向柯鎮惡擲去。

完顏洪烈心想：「這人眼睛瞎了，又如何接得？」卻不知柯鎮惡位居江南七怪之首，武功也為七人之冠，他聽辨細微暗器尚且不差釐毫，這口巨大的銅缸擲來時呼呼生風，自辨得清楚，他意定神閒的坐著，恍如未覺，直至銅缸飛臨頭頂，這才右手挺舉，一根鐵杖已頂在缸底。那銅缸在鐵杖上的溜溜轉得飛快，猶如耍盤子的人用竹棒頂住了瓷盤玩弄一般。突然間鐵杖略歪，銅缸微側，眼見要跌下來打在他頭頂，這一下還不打得腦漿迸裂？那知銅缸稍側，卻不跌落，缸中酒水如一條線般射將下來。柯鎮惡張口接住，上面的酒不住傾下，他骨都骨都的大口吞飲，飲了三四口，餘酒濺在衣上，鐵杖稍挪，又已頂在缸底正中，隨即向上挺送，銅缸飛起。他揮杖橫擊，噹的一聲巨響，震耳欲聾，那缸便向丘處機飛去，嗡嗡聲好一陣不絕。

丘處機笑道：「柯大俠平時一定愛玩頂盤子。」隨手接住銅缸。柯鎮惡冷冷的道：「小弟幼時家貧，靠這玩意兒做叫化子討飯。」丘處機道：「貧賤不能移，此之謂大丈夫。我敬南四哥一缸！」低頭在缸中喝一口酒，將銅缸向南山樵子南希仁擲去。

南希仁一言不發，待銅缸飛到，舉起扁擔在空中擋住，噹的一聲，銅缸在空中受阻，落了下來。南希仁伸手在缸裏抄了一口酒，就手吃了，扁擔打橫，右膝跪倒，扁擔擱在左膝之上，右手在扁擔一端扳落，扁擔另一端托住銅缸之底，扳起銅缸，又飛在空中。

他正待用扁擔將銅缸推還給丘處機，鬧市俠隱全金發笑道：「兄弟做小生意，愛佔小便宜，就不費力的討口酒吃吧。」搶到南希仁身邊，待銅缸再次落下時，也抄一口酒吃了，忽地躍起，雙足抵住缸邊，空中用力，雙腳力撐，身子如箭般向後射出，那銅缸也給他雙腳蹬了出去。他和銅缸從相反方向飛出，銅缸逕向丘處機飛去。他身子激射到板壁之上，輕輕滑下。妙手書生朱聰搖著摺扇，不住口的道：「妙哉，妙哉！」

丘處機接住銅缸，又喝了一大口酒，說道：「妙哉，妙哉！貧道敬二哥一缸。」朱聰狂叫起來：「啊喲，使不得，小生手無縛鷄之力，肚無杯酒之量，不壓死也要醉死……」呼叫未畢，銅缸已向他當頭飛到。朱聰大叫：「壓死人啦，救命，救……」伸扇子在缸中一撈，送入口中，倒轉扇柄，抵住缸邊往外送出，騰的一聲，樓板已給他蹬破一個大洞，身子從洞裏掉了下去，「救命，救命」之聲，不住從洞裏傳將上來。

衆人都知他是裝腔作勢，誰也不覺驚訝。完顏洪烈見他扇柄稍抵，銅缸便已飛回，小小一柄摺扇，所發勁力竟不弱於南希仁那根沉重的鋼鐵扁擔，暗自駭異。

越女劍韓小瑩叫道：「我來喝一口！」右足一點，身子如飛燕掠波，倏地在銅缸上空躍過，頭一低，已在缸中吸到了一口酒，輕飄飄的落在對面窗格之上。她擅於劍法輕功，膂力卻非所長，心想輪到這口笨重已極的銅缸向自己擲來，接擋固是無力，要擲還給這個道士更萬萬不能，是以乘機施展輕功吸酒。

這時那銅缸仍一股勁的往街外飛出，街上人來人往，落將下來，勢必釀成極大災禍。丘處機暗暗心驚，正擬躍到街上去接住。只聽呼的一聲，韓寶駒從身旁斜刺掠過，口中一聲唿哨，樓下那匹黃馬奔到了街口。樓上衆人都搶到窗口觀看，只見空中一個肉團和銅缸一撞，銅缸下墮之勢變爲向前斜落，肉團和銅缸雙雙落上黃馬馬鞍。那黃馬馳出數丈，稍卸重壓勁力，轉身直奔上樓，雖踏斷了不少梯級，卻未蹶躓。

馬王神韓寶駒身在馬腹之下，左足勾住蹬子，雙手及右足卻托住銅缸，使它端端正正的放在馬鞍之上，不致傾側。那黃馬跑得又快又穩，上樓如馳平地。韓寶駒翻身上馬，探頭在缸中喝了一大口酒，左臂一振，把銅缸推落樓板，哈哈大笑，一提韁，那黃馬倏地從窗口竄了出去，猶如天馬行空，穩穩當當的落在街心。韓寶駒躍下馬背，和朱聰挽手上樓。

丘處機道：「江南七俠果然名不虛傳！個個武功高強，貧道甚爲佩服。衝著七位的金面，貧道再不跟這和尚爲難，只要他交出那兩個可憐的女子，就此旣往不咎。」

柯鎭惡道：「丘道長，這就是你的不是了。這位焦木大師數十年清修，乃是有道高僧，我們素來敬佩。法華寺也是嘉興府有名的佛門善地，怎麼會私藏良家婦女？」丘處機道：「天下之大，儘有欺世盜名之輩。」韓寶駒怒道：「如此說來，道長是不信我們的話了？」丘處機道：「我寧可信自己眼睛。」韓寶駒道：「道長要待怎樣？」他身子雖矮，但話聲響亮，說來自有一股威猛之氣。

丘處機道：「此事與七位本來無干，既然橫加插手，必然自恃技藝過人。貧道不才，只好和七位見個高下，倘若不敵，聽憑各位如何了斷便了。」柯鎭惡道：「道長既一意如此，就請劃下道兒來罷。」

丘處機微一沉吟，說道：「我和各位向無仇怨，江南七怪乃英俠之士，貧道素來敬仰，動刀動拳，不免傷了和氣。這樣罷。」大聲叫道：「酒保，拿十四個大碗來！」酒保本來躲在樓下，這時見樓上再無動靜，聽得叫喚，忙不迭的將大碗送上樓來。丘處機命他把大碗都到銅缸中舀滿了酒，在樓上排成兩列，向江南七怪說道：「貧道和各位鬥鬥酒量。各位共喝七碗，貧道一人喝七碗，喝到分出勝負爲止。這法兒好不好？」

韓寶駒與張阿生等都是酒量極宏之人，首先說好。柯鎭惡卻道：「我們以七敵一，勝之不武，道長還是另劃道兒吧。」丘處機道：「你怎知一定能勝得了我？」

越女劍韓小瑩雖是女子，生性卻十分豪爽，亢聲說道：「好，先比了酒量再說。這般小覷我們七兄弟的，小妹倒第一次遇上。」說著端起一碗酒來，骨都骨都的便喝了下去。她這碗酒喝得急了，頃刻之間，雪白的臉頰上泛上了桃紅。

丘處機道：「韓姑娘眞是女中丈夫。大家請罷！」七怪中其餘六人各自舉碗喝了。丘處機碗到酒乾，頃刻間連盡七碗，每一碗酒都只咕的一聲，便自口入肚，在咽喉間竟然不稍停留。酒保興高采烈，大聲叫好，忙又裝滿了十四碗。八人又都喝了。

喝到第三個十四碗時，韓小瑩畢竟量窄，喝得半碗，右手微微發顫。張阿生接過她手中半碗酒來，道：「七妹，我代你喝了。」韓小瑩道：「道長，這可不可以？」丘處機道：「行，誰喝都一樣。」再喝一輪，全金發也敗了下去。

七怪見丘處機連喝二十八碗酒，竟面不改色，神態自若，盡皆駭然。完顏洪烈在一旁瞧著，更撟舌不下，心裏計較：「最好這老道醉得昏天黑地，那江南七怪乘機便將他殺了。」

全金發心想己方還賸下五人，然而五人個個酒量兼人，每人再喝三四碗酒還可支持，難道對方的肚子裏還裝得下二十多碗酒？就算他酒量當眞無底，肚量卻總有限，料想勝算在握，正自高興，無意中在樓板上一瞥，只見丘處機雙足之旁濕了好大一攤，不覺一驚，在朱聰耳邊道：「二哥，你瞧這道士的腳。」朱聰一看，低聲道：「不好，他是用內功把酒水從腳上逼了出來。」全金發低聲道：「不錯，想不到他內功這等厲害，那怎麼辦？」

朱聰尋思：「他既有這門功夫，便再喝一百碗也不打緊。須得另想計較。」退後一步，突然從先前踹破的樓板洞中摔了下去，只聽他大叫：「醉了，醉了！」又從洞中躍上。又喝了一巡酒，丘處機足旁全是水漬，猶如有一道清泉從樓板上汩汩流出。這時南希仁、韓寶駒等也都瞧見了，見他內功如此精深，都暗自欽服。

韓寶駒把酒碗往桌上一放，便欲認輸。朱聰向他使個眼色，對丘處機道：「道長內功出神入化，我們佩服之極。不過我們五個拚你一個，總似乎不大公平。」丘處機一怔，道：「朱二哥瞧著該怎麼辦？」朱聰笑道：「還是讓兄弟一對一的跟道長較量下去吧。」

此言一出，眾人都覺奇怪，眼見五人與他鬥酒都已處於必敗之地，怎麼他反而要獨自抵擋？但六怪都知這位兄弟雖言語滑稽，卻滿肚子是詭計，行事往往高深莫測，他既這麼說，必另有詐道，當下都不作聲。

丘處機呵呵笑道：「江南七俠當眞要強得緊。這樣吧，朱二哥陪著我喝乾了缸中之酒，只要不分勝敗，貧道就算輸了，好不好？」

這時銅缸中還賸下小半缸酒，無慮數十大碗，只怕要廟裏兩個彌勒佛的大肚子，才分裝得下。但朱聰毫不在意，笑道：「兄弟酒量雖然不行，但當年南遊，卻也曾勝過幾樣厲害傢伙，乾啊！」他右手揮舞破扇，左手大袖飄揚，一面說，一面喝酒。

丘處機跟著他一碗一碗的喝下去，問道：「甚麼厲害傢伙？」朱聰道：「兄弟有一次到天竺國，天竺王子拉了一頭大水牛出來，和我鬥飲烈酒，結果居然不分勝敗。」

丘處機知他是說笑話罵人，「呸」了一聲，但見他指手劃腳，胡言亂語，把酒一碗一碗的灌下肚去，手足之上又沒酒水滲出，顯然不是以內功逼發，但見他腹部隆起了一大塊，難道他肚子眞能伸縮自如，頗感奇怪，又聽他道：「兄弟前年到暹羅國，哈，這一次更加不得了。暹羅宰相牽了一頭大白象和我鬥酒，這蠢傢伙喝了七缸，你道我喝了幾缸？」

丘處機明知他是說笑，但見他神態生動，說得酣暢淋漓，不由得隨口問了一句：「幾缸？」朱聰神色突轉嚴重，壓低了聲音，正色道：「九缸！」忽然間又放大了聲音道：「快喝，快喝！」

但見他手舞足蹈，似醉非醉，如瘋非瘋，便在片刻之間，與丘處機兩人把銅缸中的酒喝到了底。韓寶駒等從來不知他竟有偌大酒量，無不驚喜交集。

丘處機大拇指一翹，說道：「朱兄眞是奇人，貧道拜服！」

朱聰笑道：「道長喝酒用的是內功，兄弟用的卻是外功，乃體外之功。你請看吧！」說著哈哈大笑，忽地倒翻一個觔斗，手裏已提著一隻木桶，隨手一晃，酒香撲鼻，桶裏裝的竟是半桶美酒。這許多人個個武功高強，除柯鎭惡外，無不眼光銳利，但竟沒瞧淸楚這木桶是從那裏來的，再看朱聰的肚子時，卻已扁平如常，顯然這木桶本來是藏在他大袍子底下。江南七怪縱聲大笑，丘處機不禁變色。

要知朱聰最善於鷄鳴狗盜、穿窬行竊之技，是以綽號叫做「妙手書生」。他這袍內藏桶之術，一直流傳至今。魔術家表演之時，空身走出台來，一個觔斗，手中多了一缸金魚，再一個觔斗，台上又多了一碗清水，可以變到滿台數十碗水，每一碗水中都有一尾金魚游動，令觀衆個個看得目瞪口呆，嘆爲觀止，即是師法這門妙術。朱聰第二次摔落樓下，便是將一隻木桶藏入了袍底，喝酒時胡言亂語，揮手揚扇，旨在引開丘處機的目光。魔術家變戲法之時，在千百對眼睛的睽睽注視之下，尚且不讓人瞧出破綻，那時丘處機絲毫沒防到他會使這般手法，竟未看出他使用妙技，將一大碗一大碗的酒都倒入了藏在袍內的木桶之中。

丘處機道：「哼，你這個怎麼算是喝酒？」朱聰笑道：「你難道算是喝酒了？我的酒喝在桶內，你的酒喝在地下，那又有甚麼分別？」

他一面說，一面踱來踱去，忽然一不小心踏在丘處機足旁的酒漬之中，一滑之下，向丘處機身上跌去。丘處機隨手扶了他一把。朱聰向後一躍，踱了一個圈子，叫道：「好詩，好詩！自古中秋……月最明，涼風屆候……夜彌清。一天……氣象沉銀漢，四海魚龍……躍水精……」拖長了聲音，朗聲唸誦起來。

丘處機一怔：「這是我去年中秋寫的一首未成律詩，放在身邊，擬待續成下面四句，從沒給別人看過，他怎知道？」伸手往懷裏摸去，錄著這半首詩的那張紙箋果真已不知去向。

朱聰笑吟吟的攤開詩箋，放在桌上，笑道：「想不到道長武功蓋世，文才也如此雋妙，佩服，佩服。」原來他剛才故意一滑一跌，已施展妙手空空之技，把丘處機衣袋內的這張紙條摸了出來。

丘處機尋思：「適才他伸手到我懷裏，我竟絲毫不覺，倘若他不是盜我詩箋，而是用匕首戳上一刀，此刻我那裏還有命在？顯然他手下留情了。」言念及此，心意登平，說道：「朱二俠既陪著貧道一起幹光了這一缸酒，貧道自當言而有信，甘拜下風。今日醉仙樓之會，是丘處機栽在江南七俠手下了。」

江南七怪齊聲笑道：「不敢，不敢。這玩意兒是當不得眞的。」朱聰又道：「道長內功深湛，我們萬萬不及。」

丘處機道：「貧道雖然認輸，但兩個朋友所遺下的寡婦卻不能不救。」舉手行禮，托起銅缸，說道：「貧道這就去法華寺要人。」柯鎭惡怒道：「你既已認輸，怎地又跟焦木大師糾纏不淸？」丘處機道：「扶危解困，跟輸贏可不相干。柯大俠，倘若你朋友不幸遭難，遺孀受人欺辱，你救是不救？」說到這裏，突然變色，叫道：「好傢伙，還約了人啦，就算千軍萬馬，你道爺便豁出了性命不要，也不能就此罷手。」

張阿生道：「就是咱們七兄弟，還用得著約甚麼人？」柯鎮惡卻也早聽到有數十人奔向酒樓而來，還聽到他們兵刃弓箭互相碰撞之聲，當即站起，喝道：「大家退開，抄傢生！」張阿生等搶起兵器，只聽得樓梯上腳步聲響，數十人搶上樓來。

衆人回頭看時，見數十名大漢都身穿金兵裝束。丘處機本來敬重江南七怪的爲人，只道他們爲焦木和尙一時欺蒙，是以說話行事始終留了餘地，這時忽見大批金兵上來，心頭怒極，大叫：「焦木和尙，江南七怪，你們居然去搬金寇，還有臉面自居甚麼俠義道？」韓寶駒怒道：「誰搬金兵來著？」

那些金兵正是完顏洪烈的侍從。他們見王爺出外良久不歸，一路尋來，聽說醉仙樓上有人兇殺惡鬥，生怕王爺遇險，急急趕到。

丘處機哼了一聲，道：「好啊，好啊！貧道恕不奉陪了！這件事咱們可沒了沒完。」手托銅缸，大踏步走向梯口。

柯鎮惡站起身來，叫道：「丘道長，您可別誤會！」丘處機邊走邊道：「我誤會？你們是英雄好漢，幹麼要約金兵來助拳？」柯鎮惡道：「我們可沒有約。」丘處機道：「我又不是瞎子！」柯鎮惡眼睛盲了，生平最忌別人譏諷他這缺陷，鐵杖一擺，搶上前去，喝道：「瞎子便怎樣？」丘處機更不打話，左手抬起，啪的一掌，正中一名金兵的頂門。那兵登時腦漿迸裂而死。丘處機道：「這便是榜樣！」袍袖一拂，逕自下樓。

眾金兵見打死了同伴，一陣大亂，早有數人挺矛向丘處機後心擲下。他頭也不回，就似背後生著眼睛，伸手一一撥落。眾金兵正要衝下，完顏洪烈疾忙喝住，轉身對柯鎮惡道：「這惡道無法無天，各位請過來共飲一杯，商議對付之策如何？」柯鎮惡聽得他呼喝金兵之聲，知他是金兵頭腦，喝道：「他媽的，滾開！」完顏洪烈一愕。韓寶駒道：「咱大哥叫你滾開！」右肩聳出，正撞在他左胯之上。完顏洪烈一個踉蹌，退開數步。江南七怪和焦木和尚奔躍下樓。

朱聰走在最後，經過完顏洪烈身旁時，伸扇又在他肩頭一拍，笑道：「你拐帶的女子賣掉了麼？賣給我怎樣？哈哈！」說著急步下樓。朱聰先前雖不知完顏洪烈的來歷，但在客店之中看到他對待包惜弱的模樣，已知他二人不是夫婦，又聽他自誇豪富，便盜了他金銀，小作懲戒。此刻既知他是金兵頭腦，不取他的金銀，那裏還有天理？

完顏洪烈伸手往懷裏一摸，帶出來的幾錠金銀果然又都不翼而飛。他想這些人個個武功驚人，請那矮胖子去做馬術教頭之事那也免開尊口了，若再給他們發見包氏娘子竟在自己這裏，更是天大禍事，幸得此刻丘處機與七怪誤會未釋，再不快走，連命也得送在這裏，趕回客店，帶同包惜弱連夜向北，回金國的中都大興府而去。

原來那日丘處機殺了漢奸王道乾，在牛家村結識郭嘯天、楊鐵心兩人，又將前來追捕的金兵和吏役殺得一個不賸，心下暢快，到得臨安後，連日在湖上賞玩風景。西湖邊上的葛嶺乃晉時葛洪煉丹之處，爲道家勝地。丘處機上午到處漫遊，下午便在葛嶺道觀中修練內功，研讀道藏。

這日走過清河坊前，忽見數十名官兵在街上狼狽經過，甩盔曳甲，折弓斷槍，顯見是吃了敗仗逃回來的。他心下奇怪，暗想：「此時並沒和金國開仗，又沒聽說左近有盜賊作亂，不知官兵是在那裏吃了這虧？」詢問街上百姓，衆人也茫然不知。他好奇心起，遠遠跟隨，見衆官兵進了威果第六指揮所的營房。

到了夜間，他悄悄摸進指揮所內，抓了一名官兵出來，拖到旁邊小巷中喝問。那官兵正睡得胡裏胡塗，突然利刃加頸，那敢有絲毫隱瞞，當即把牛家村捉拿郭、楊二人之事照實說了。丘處機不迭聲的叫苦，只聽那兵士說，郭嘯天已當場格斃，楊鐵心身受重傷，不知下落，多半也是不活的了；又說郭楊二人的妻子倒活捉了來，可是走到半路，竟有一彪人馬衝出來，胡裏胡塗打了一場，官兵吃了老大的虧。丘處機只聽得悲憤無已，但想那小兵奉命差遣，身不由己，也不拿他出氣，只問：「你們上官是誰？」那小官道：「指揮大人他……他……姓段……官名……官名叫作天德。」丘處機放了小兵，摸到指揮所內去找那段天德，卻遍尋不獲。

次日一早，指揮所前的竿子上高高掛出一顆首級，號令示衆。丘處機看時，赫然便是新交朋友郭嘯天的頭顱，心中又難過，又氣惱，心道：「丘處機啊丘處機，這兩位朋友是忠義之後，好意請你飲酒，你卻累得他們家破人亡。你若不爲他們報仇雪恨，還稱得上是甚麼男子漢大丈夫？」憤恨中拾起一塊石頭，把指揮所前的旗桿石打得石屑紛飛。

好容易守到半夜，他爬上長竿，把郭嘯天的首級取下，奔到西湖邊上，挖了一坑，把首級埋了，拜了幾拜，洒淚祝禱：「貧道當日答允傳授兩位後裔武藝，貧道生平言出必踐，如不將你們的後人調教爲英雄人物，他日黃泉之下，沒面目跟兩位相見。」心下盤算，首先要找到那段天德，殺了他爲郭楊兩人報仇，然後去救出兩人妻子，妥善安頓，天可憐見生下兩個遺腹子來，好給兩位好漢留下後代。

他接連兩晚暗闖威果第六指揮所，卻都未能找到指揮使段天德。想是此人貪圖安逸、不守軍紀，不宿在營房之中與士卒同甘同苦。第三日辰牌時分，他逕到指揮所轅門之外，大聲喝道：「段天德在那裏，快給我滾出來！」

段天德爲了郭嘯天的首級被盜，正在營房中審訊郭嘯天的妻子李萍，要她招認丈夫有甚麼大膽不法的朋友，忽聽得營外鬧成一片，探頭從窗口向外張望，只見一個長大道士威風凜凜的手提兩名軍士，橫掃直劈，只打得衆兵丁叫苦連天。軍佐一疊連聲的喝叫：「放箭！」倉卒之際，衆官兵有的找到了弓，尋不著箭，有的拿到了箭，卻又不知弓在何處。

段天德大怒，提起腰刀，直搶出去，喝道：「造反了麼？」揮刀往丘處機腰裏橫掃過去。丘處機見是一名軍官，拋下手中軍士，不閃不架，左手探出，搶前抓住了他手腕，喝問：「段天德這狗賊在那裏？」

段天德手上劇痛，全身酸麻，忙道：「道爺要找段大人麼？他……他在西湖船裏飲酒，也不知今天回不回來。」丘處機信以爲眞，鬆開了手。段天德向兩名軍士道：「你們快帶領這位道爺，到湖邊找段指揮去。」兩名軍士尙未領悟，段天德喝道：「快去，快去，莫惹道爺生氣。」兩名軍士這才會意，轉身走出。丘處機跟了出去。

段天德那裏還敢停留，忙帶了幾名軍士，押了李萍，急奔雄節第八指揮所來。那指揮使和他是酒肉至交，聞訊大怒，正要點兵去擒殺惡道，突然營外喧嘩聲起，報稱一個道士打了進來，想必帶路的軍士受逼不過，將段天德的常到之處說了出來。

段天德是驚弓之鳥，也不多說，帶了隨從與李萍便走，這次是去投城外全捷第二指揮所。那指揮所地處偏僻，丘處機一時找他不到。段天德驚魂稍定，想起那道人在千百軍士中橫衝直撞的威勢，當眞不寒而慄。這時手腕起始劇痛，越腫越高，找了個軍營中的跌打醫生來一瞧，腕骨竟給捏斷了兩根。上了夾板敷藥之後，當晚不敢回家，便住在全捷第二指揮所內。睡到半夜，營外喧擾起來，說是守崗的軍士忽然不見了。

段天德驚跳起來，心知那軍士定是給道士擄了去逼問，自己不論躲往何處軍營，他總能找上門來，打是打不過，躲又躲不開，那可如何是好？這道士已跟自己朝過了相，只衝著自己一人而來，軍營中官兵雖多，卻未必能保護周全。惶急中突然想起，伯父在雲棲寺出家，他武功了得，不如投奔他去；又想那道士找自己爲難，定與郭嘯天一案有關，如把李萍帶在身邊，危急時以她爲要挾，那惡道便不敢貿然動手，當下逼迫李萍換上軍士裝束，拉著她從營房後門溜了出去，黑夜中七高八低的往雲棲寺來。

他伯父出家已久，法名枯木，是雲棲寺的住持，以前本是軍官，武功出自浙閩交界處仙霞派的嫡傳，屬於少林派旁支。他素來不齒段天德爲人，不與交往，見他夤夜狼狽逃來，甚爲詫異，冷冷的問道：「你來幹甚麼？」

段天德知道伯父一向痛恨金兵，要是說了實情，自認會同金兵去捕殺郭楊二人，只怕伯父立時便殺了自己，因此在路上早已想妥了一套說辭，見伯父神色不善，忙跪下磕頭，連稱：「姪兒給人欺侮了，求伯父作主。」

枯木道：「你在營裏當官，不去欺侮別人，人家已謝天謝地啦，又有誰敢欺侮你啦？」段天德知道越將自己說得不堪，越易取信，連稱：「姪兒該死，該死。前日姪兒和幾個朋友，到清冷橋西的瓦子去玩耍……」枯木鼻中哼了一聲，臉色登時大爲不愉。原來宋朝的妓院稱爲「瓦舍」，或稱「瓦子」，取其「來時瓦合，去時瓦解」之義，意思是說易聚易散。

段天德又道：「姪兒有個素日相好的粉頭，這天正在唱曲子陪姪兒飲酒，忽然有個道人進來，說聽她曲子唱得好，定要叫她過去相陪……」枯木怫然不悅，道：「胡說！出家人又怎會到這等下流所在去？」段天德道：「是啊，姪兒當下就出言嘲諷，命他出去。那道人兇惡得緊，反罵姪兒指日就要身首異處，卻在這裏胡鬧。」枯木道：「甚麼身首異處？」段天德道：「他說金兵不日渡江南下，要將咱們大宋官兵殺得乾乾淨淨。」

枯木勃然怒道：「他如此說來？」段天德道：「是。也是姪兒脾氣不好，跟他爭吵，說道金兵倘若渡江南下，我們拚命死戰，也未必便輸了。」這句話好生迎合枯木的心意，只聽得他連連點頭，覺得這姪兒自從出得娘胎，惟有這句話最像人話。段天德見他點頭，心下暗喜，說道：「兩人說到後來，便打將起來，姪兒不是這惡道的敵手。他一路追趕，姪兒無處逃避，只得來向伯父求救。」枯木搖頭道：「我是出家人，不來理會你們這些爭風吃醋的醜事。」段天德哀求道：「只求伯父救命，以後決不敢了。」

枯木想起兄弟昔日之情，又惱那道人出言無狀，便道：「好，你就在寺裏客舍住幾日避他一避。可不許胡鬧。」段天德連連答應。枯木嘆道：「一個做軍官的，卻如此沒用。當眞金兵渡江來攻，那如何得了？唉，想當年，我……」

李萍受了段天德的挾制威嚇，在一旁聽著他肆意撒謊，卻不敢出一句聲。

這天下午申牌時分，知客僧奔進來向枯木稟報：「外面有個道人，大叫大嚷的好不兇惡，口口聲聲要段……段長官出去。」

枯木把段天德叫來。段天德驚道：「是他，正是他。」枯木道：「這道人如此兇狠，他是那一門那一派的？」段天德道：「不知是那裏來的野道士，也不見武功有甚麼了不起，只不過膂力大些，姪兒無用，抵敵不住。」枯木道：「好，我去會會。」來到大殿。

丘處機正要闖進內殿，監寺拚命攔阻，卻攔不住。枯木走上前去，在丘處機臂上輕輕一推，潛用內力，想把他推出殿去，那知這一推猶如碰在棉花堆裏，心知不妙，正想收力，已來不及了，身不由主的直跌出去，蓬的一聲，背心撞上供桌，喀喇喇幾聲響，供桌給撞塌了半邊，桌上香爐、燭台紛紛跌落。

枯木大驚，叫道：「道長光臨敝寺，有何見教？」丘處機道：「我來找一個姓段的惡賊。」枯木自知不是他敵手，說道：「出家人慈悲爲懷，道長何必跟俗人一般見識？」

丘處機不理，大踏步走向殿內。這時段天德早已押著李萍躲入密室。雲棲寺香火甚盛，其時正是春天進香季節，四方來的善男信女絡繹不絕。丘處機不便強搜，冷笑數聲，退了出去。

段天德從隱藏之處出來。枯木怒道：「甚麼野道士了？如不是他手下容情，我一條老命早不在了。」段天德道：「這惡道多半是金人派來的細作，否則怎麼定要跟咱們大宋軍官爲難？」知客僧回來稟報，說道人已經走了。枯木道：「他說些甚麼？」知客僧道：「他說本寺若不交出那個……那個段長官，他決不罷休。」

枯木向段天德怒視一眼，說道：「你說話不盡不實，我也難以深究。只是這道人武功實在太強，你若落入他手，性命終究難保。」沉吟半晌，道：「你在這裏不能躭了。我師弟焦木禪師功力遠勝於我，只有他或能敵得住這道人，你到他那裏去避一避吧。」段天德討了書信，連夜僱船往嘉興來，投奔法華寺住持焦木大師。

焦木怎知他攜帶的隨從竟是個女子，既有師兄書信，便收留了。那知丘處機查知蹤跡，跟著追來，在法華寺牆外窺向後園，正見到段天德拉著李萍，李萍怒罵，和他廝打，丘處機認出是郭嘯天的遺孀，躍進後園要救人時，段天德已將李萍拉入了地窖。丘處機還道包惜弱也給藏在寺內，遍尋不見，定要焦木交出人來。他是親眼所見，不管焦木如何解說，他總是不信。兩人越說越僵，丘處機一顯武功，焦木知道難敵，他與江南七怪素來交好，便約丘處機在醉仙樓上見面。丘處機那口大銅缸，便是從法華寺裏取來的。待得在醉仙樓頭撞到金兵，丘處機誤會更深。

焦木於此中實情，所知自甚有限，與江南七怪出得酒樓，同到法華寺，說了師兄枯木禪師薦人前來之事，又道：「素聞全眞七子武功了得，已得當年重陽眞人眞傳，其中長春子尤為傑出，果然名不虛傳。這人雖魯莽了些，但看來也不是無理取鬧之人，與老衲無怨無仇，中間定有重大誤會。」

全金發道：「還是把令師兄薦來的那兩人請來，仔細問問。」焦木道：「不錯，我也沒好好盤問過他們。」正要差人去請段天德，柯鎮惡道：「那丘處機性子好不暴躁，一上來便聲勢洶洶，渾沒把咱們江南武林人物瞧在眼裏。他全真派在北方稱雄，到南方來也想橫行霸道，那可不成。這誤會要是解說不了，不得不憑武功決勝，咱們一對一的跟他動手，誰也抵擋不住。他是善者不來，來者不善……」朱聰道：「咱們跟他來個一擁齊上！」韓寶駒道：「八人打他一個？未免不是好漢。」全金發道：「咱們又不是要傷他性命，只不過叫他平心靜氣的聽焦木大師說個清楚。」韓小瑩道：「江湖上傳言出去，說焦木大師和江南七怪以多欺少，豈不是壞了咱們名頭？」

八人議論未決，忽聽得大殿上震天價一聲巨響，似是兩口巨鐘互相撞擊，衆人耳中嗡嗡嗡的好一陣不絕。柯鎮惡一躍而起，叫道：「來啦！」

八人奔至大殿，又聽得一聲巨響，還夾著金鐵破碎之聲。只見丘處機托著銅缸，正在敲撞大殿上懸著的那口鐵鐘，數擊之下，銅缸已出現裂口。那道人鬍鬚戟張，圓睜雙眼，怒不可抑。江南七怪不知丘處機本來也非如此蠻不講理之人，只因他連日追尋段天德不得，怒火與日俱增，更將平素憎恨金兵之情，加在一起。七怪卻道他恃強欺人，決意和他大拚一場。全眞七子威名越盛，七怪越不肯忍讓，倘若丘處機只是個無名之輩，反易於分說了。

韓寶駒叫道：「七妹，咱兄妹先上。」他是韓小瑩的堂兄，性子最急，唰的一聲，腰間一條金龍鞭已握在手中，一招「風捲雲殘」，疾往丘處機托著銅缸的右手手腕上捲去。韓小瑩也抽出長劍，逕往丘處機後心刺到。丘處機前後受敵，右手迴轉，噹的一聲，金龍鞭打上銅缸，同時身子略側，已讓過了後心來劍。

古時吳越成仇，越王勾踐臥薪嘗膽，相圖吳國。吳王手下大將伍子胥，聯同軍師孫武子，訓練的士卒精銳異常，指揮得宜，越兵便不敵吳卒。有一日越國忽然來了個美貌少女，劍術精妙，越國大臣范蠡便請她教導越兵劍法，終於以此滅了吳國。嘉興是當年吳越交兵之處，這套越女劍法就在此流傳下來。越國處女當日教給兵卒的劍法旨在上陣決勝，斬將刺馬頗爲有用，但以之與江湖上武術名家相鬥，就嫌不夠輕靈翔動。到得唐朝末葉，嘉興出了一位劍術名家，依據古劍法要旨而再加創新，於鋒銳之中另蘊複雜變化。韓小瑩從師父處學得了，雖造詣未精，劍招卻已頗爲不凡，她的外號「越女劍」便由劍法之名而得。

數招一過，丘處機看出她劍法奧妙，當下以快打快。她劍法快，丘處機出手更快，片刻之間，韓小瑩倏遇險招，給逼得退到了佛像之旁。

南山樵子南希仁和笑彌陀張阿生一個手持純鋼扁擔，一個挺起屠牛尖刀，上前夾攻。酣戰中丘處機突飛左掌，往張阿生面門劈到。張阿生後仰相避，那知他這一招乃是虛招，右足突然飛出，張阿生手腕一疼，尖刀脫手飛出，他拳術上造詣遠勝兵刃，尖刀脫手，竟不在意，左腿略挫，右掌虛晃，呼的一聲，左拳猛擊而出，勁雄勢急。

丘處機讚道：「好！」側身避開，連叫：「可惜！可惜！」張阿生問道：「可惜甚麼？」丘處機道：「可惜你一身好功夫，卻自甘墮落，既與惡僧為伍，又去作金兵走狗。」張阿生大怒，喝道：「蠻不講理的賊道士，你才作金兵走狗！」呼呼呼連擊三拳。丘處機身子後縮，銅缸斜轉，噹噹兩聲，張阿生接連兩拳都打上了銅缸。

朱聰見己方四人聯手，仍處下風，向全金發一招手，二人從兩側攻上。全金發使的是一桿大鐵秤，秤桿使的是長槍和桿棒路子，秤鉤飛出去可以鉤人，猶如飛抓，秤錘則是一個鏈子錘，一件兵器有三般用途。朱聰擅於點穴之術，破油紙扇的扇骨乃是鋼鑄，將扇子當作了點穴橛，在各人兵器飛舞中找尋對方穴道。

丘處機的銅缸迴旋轉側，宛如一個大盾牌，擋在身前，各人的兵器又怎攻得進去？他左手擒拿劈打，卻又乘隙反襲。那沉重的銅缸拿在手中，身法雖難靈動，但以寡敵眾，由此而盡擋敵人來招，畢竟利勝於弊。

焦木見眾人越打越猛，心想時刻一久，雙方必有損傷，急得大叫：「各位住手，請聽我一言。」但衆人鬥發了性，卻那裏收得住手？

丘處機喝道：「下流東西，誰來聽你胡說？瞧我的！」突然間左手拳掌並用，變化多端，連下殺手，酣鬥中驀地飛出一掌，猛向張阿生肩頭劈去，這一掌「天外飛山」去勢奇特，迅捷異常，眼見張阿生無法避開。焦木叫道：「道長休下殺手！」

但丘處機與六人拚鬥，對方個個都是能手，實已頗感吃力，鬥得久了，只怕支持不住，而且對方尚有兩人虎視在旁，隨時都會殺入，那時自己只怕要葬身在這江南古刹之中了，此刻好容易抓到敵方破綻，豈肯容情，這一掌竟使上了十成力。

張阿生練就了一身鐵布衫橫練功夫，在屠房裏常脫光衣衫，與蠻牛相撞角力爲戲，全身又粗又硬，直如包了一層牛皮相似。他知對方這掌劈下來非同小可，但既已閃架不及，運氣於肩，猛喝一聲：「好！」硬接了他這一掌，只聽得喀喇一聲，上臂竟給他蘊蓄全眞派上乘內功的這一掌生生擊斷。

朱聰一見大驚，鐵骨扇穿出，疾往丘處機「璇璣穴」點去，這招以攻爲守，生怕五弟受傷之後，敵人繼續追擊。

丘處機打傷一人，精神一振，在兵器叢中單掌猶如鐵爪般連續進招。全金發「啊喲」聲中，秤錘已給他抓住。丘處機迴力急奪，全金發力氣不及，讓他拉近了兩尺。丘處機側過銅缸，擋在南希仁與朱聰面前，左掌發勁，往全金發天靈蓋直擊下去。

韓寶駒與韓小瑩大驚，雙雙躍起，兩般兵刃疾向丘處機頭頂擊落。丘處機只得閃身避開。全金發乘機竄出，這一下死裏逃生，只嚇得全身冷汗，但腰眼裏還是給踹中了一腳，劇痛徹骨，滾在地上再也站不起來。

焦木本來不想出手，只盼設法和丘處機說明誤會，可是眼見邀來相助的朋友紛紛受傷，自己是正主兒，不能不上，捲起袍袖，挺出一段烏焦的短木，往丘處機腋下點去。丘處機心想：「原來這和尚也是個點穴能手，出手不凡。」凝神對付。

柯鎮惡聽得五弟六弟受傷不輕，挺起鐵杖，便要上前助戰。全金發叫道：「大哥，發鐵菱吧！打『晉』位，再打『小過』！」叫聲未歇，颼颼兩聲，兩件暗器一先一後往丘處機眉心與右胯飛到。

丘處機吃了一驚，心想目盲之人也會施發暗器，而且打得部位如此之準，真是罕見罕聞，雖有旁人以伏羲六十四卦的方位指點，終究也算甚難，銅缸斜轉，噹噹兩聲，兩隻鐵菱都落入了缸內。這鐵菱是柯鎮惡的獨門暗器，四面有角，就如菱角一般，但尖角鋒銳，可不似他故鄉南湖中的沒角菱了，這是他雙眼未盲之時所練成的絕技，暗器既沉，手法又準。丘處機接了兩隻鐵菱，銅缸竟然晃動，心道：「這瞎子好大手勁！」

這時韓氏兄妹、朱聰、南希仁等都已避在一旁。全金發不住叫喚：「打『中孚』、打『離』位！……好，現下道士踏到了『明夷』……」他這般呼叫方位，跟柯鎮惡是多年來練熟了的，以自己一對眼睛代作義兄之眼，六兄妹中也只他一人有此能耐。

柯鎮惡聞聲發菱，猶如親見，霎時間接連打出了十幾枚鐵菱，把丘處機逼得不住倒退招架，再無還手餘暇，可是也始終傷他不到。

柯鎮惡心念一動：「他聽到了六弟的叫喊，先有了防備，自然打他不中了。」這時全金發聲音越來越輕，叫聲中不住夾著呻吟，想是傷痛甚烈，而張阿生竟一聲不作，不知生死如何。只聽全金發道：「打……打……他……『同人』。」柯鎮惡這次卻不依言，雙手一揚，四枚鐵菱一齊飛出，兩枚分打「同人」之右的「節」位、「損」位，另外兩枚分打「同人」之左的「豐」位、「離」位。

丘處機向左跨一大步，避開了「同人」的部位，沒料到柯鎮惡竟會突然用計，只聽兩個人同聲驚呼。

丘處機右肩中了一菱，另外對準「損」位發出的一菱，卻打在韓小瑩背心。

柯鎮惡又驚又喜，喝道：「七妹，快來！」韓小瑩知大哥的暗器餵得有毒，忙搶到他身邊。柯鎮惡從袋裏摸出一顆黃色藥丸，塞在她口裏，道：「去睡在後園子泥地上，不可動彈，等我來給你治傷。」

丘處機中了一菱，並不如何疼痛，忽覺傷口隱隱發麻，不覺大驚，知暗器有毒，心裏寒了，不敢戀戰，運勁出拳，往南希仁面門猛擊過去。

南希仁見來勢猛惡，立定馬步，橫過純鋼扁擔，一招「鐵鎖橫江」，攔在前面。丘處機並不收拳，揚聲吐氣，嘿的一聲，一拳打在扁擔正中。南希仁全身大震，雙手虎口迸裂，鮮血直流，噹啷聲響，扁擔跌落。丘處機情急拚命，這一拳使上了全力。南希仁立受內傷，腳步虛浮，突然眼前金星亂冒，喉口發甜，哇的一聲，鮮血直噴。

丘處機雖又傷一人，但肩頭越來越痲，托著銅缸甚感吃力，大喝聲中，左腿橫掃。韓寶駒躍起避開。丘處機叫道：「往那裏逃？」右手推出，銅缸從半空中罩將下來。韓寶駒身在空中，無處用力，只翻了半個觔斗，巨缸已罩到頂門，他怕傷了身子，當即雙手抱頭縮成一團，砰嘭大響，銅缸已端端正正的把他罩住。

丘處機拋出銅缸，當即抽劍在手，點足躍起，伸劍割斷了巨鐘頂上的粗索，左掌推處，那千餘斤重的巨鐘震天價一聲，壓上銅缸。韓寶駒再有神力，也爬不出來了。丘處機這兩下使力大了，只感手足酸軟，額頭上黃豆般的汗珠一顆顆滲出來。

柯鎮惡叫道：「快拋劍投降，再挨得片刻，你性命不保。」

丘處機心想那惡僧與金兵及官兵勾結，寺中窩藏婦女，行爲奸惡，江南七怪既與他一夥，江湖上所傳俠名也必不確，丘某寧教性命不在，豈能向奸人屈膝？長劍揮動，向外殺出。江南七怪中只賸下柯鎮惡、朱聰兩人不傷，餘人存亡不知，這時怎能容他脫身出寺？柯鎮惡擺動鐵杖，攔門阻敵。

丘處機奪路外闖，長劍勢挾勁風，逕刺柯鎮惡面門。飛天蝙蝠柯鎮惡聽聲辨形，舉杖擋格。杖劍相交，丘處機險些拿劍不住，不覺大驚，心道：「這瞎子內力如此深厚，難道功力在我之上？」接著一劍，又與對方鐵杖相交，這才發覺原來右肩受傷減力，並非對方特別厲害，倒是自己勁力不濟，當即劍交左手，使開一套學成後從未在臨敵時用過的「同歸劍法」，劍光閃閃，招招指向柯鎮惡、朱聰、焦木三人要害，竟自不加防守，一味凌厲進攻。

這路「同歸劍法」取的是「同歸於盡」之意，每一招都猛攻敵人要害，招招狠，劍劍辣，純是把性命豁出去了的打法，雖是上乘劍術，倒與流氓潑皮耍無賴的手段同出一理。原來全眞派有個大對頭，長住西域，爲人狠毒，武功極高，遠在全眞七子之上。當年只有他們師父才制他得住，現今師尊逝世，此人一旦重來中原，只怕全眞派有覆滅之虞。全眞派有個「天罡北斗陣法」，足可與之匹敵，但必須七人同使，若倉卒與此人邂逅相逢，未必七人聚齊。這套「同歸劍法」便意在對付這大對頭，然可單獨使用，只盼死傷得一二人與之同歸於盡，因而保全了一衆同門。丘處機此刻身中劇毒，又給三名高手纏住，命在頃刻，只得使出這路不顧一切的武功來。

拆得十餘招，柯鎮惡腿上中劍。焦木大叫：「柯大哥、朱二弟，讓這道人去吧。」就這麼一疏神，丘處機長劍已從他右肋中刺入。焦木驚呼倒地。

這時丘處機也已搖搖欲墜，站立不穩。朱聰紅了雙眼，口中咒罵，繞著他前後遊鬥。再戰數合，柯鎮惡總是眼不能視物，給丘處機聲東擊西，虛虛實實，霍霍霍的連刺七八劍，劍勢來路辨別不清，右腿又中一劍，俯身直跌。

朱聰大罵：「狗道士，賊道士，你身上的毒已行到了心裏啦！你再刺三劍試試。」

丘處機鬚眉俱張，怒睜雙目，左手提劍，踉踉蹌蹌的追來。朱聰輕功了得，在大殿中繞著佛像如飛奔逃。丘處機自知已難支持，歎了口氣，止步不追，只覺眼前一片模糊，定了定神，想找尋出寺的途徑，突然啪的一聲，後心有物撞中，原來是朱聰從腳上脫下來的一隻布鞋，鞋子雖軟，卻帶著內勁。

丘處機身子一晃，眼前似見煙霧騰騰，神智漸失，正收攝心神間，咚的一下，後腦上又吃了一記，這次是朱聰在佛前面抓起的一個木魚。幸得丘處機內功深厚，換了常人，這一下就得送命，但也已打得他眼前一陣發黑，心道：「罷了，罷了，長春子今日死在無恥之徒的手裏！」雙腿痠軟，摔倒在地。

朱聰怕他摔倒後又再躍起，拿起扇子，俯身來點他胸口穴道，突見他左手微動，知道不妙，忙伸右臂在胸前遮擋，只覺小腹上有股大力推來，登時向後直飛出去，人未落地，口中已鮮血狂噴。丘處機所習內功乃先師所授的全眞派正宗武功，雖身子已難動彈，但平日積儲的內力深厚，一掌擊出，確實非同小可。

法華寺中衆僧都不會武藝，也不知方丈竟身懷絕藝，突見大殿中打得天翻地覆，早就個個嚇得躲了起來。過了好一陣，聽得殿上沒了聲響，幾個大膽的小沙彌探頭張望，見地下躺滿了人，殿上到處是血，大驚之下，大呼小叫，跌跌撞撞的忙去找段天德。段天德一直躲在地窖之中，聽衆僧說相鬥雙方人人死傷倒地，不勝之喜，還怕丘處機不在其內，命小沙彌再去看明白那道士有沒有死，等小沙彌回來報稱那道士閉目俯伏，這才放心，拉了李萍奔到大殿。

他在丘處機身上踢了一腳。丘處機微微喘息，尚未斷氣。段天德拔出腰刀，喝道：「你這賊道追得我好苦，老子今日送你上西天去吧！」

焦木重傷之餘，見段天德要行兇傷人，提氣叫道：「不……不可傷他！」段天德道：「幹甚麼？」焦木道：「他是好人……只是性子急……急，生了誤會……」段天德哈哈大笑，舉起腰刀，向丘處機頂門砍落。丘處機眼見無倖，凝聚內力，發掌擊出，正中段天德右臂，喀喇一聲，臂骨立斷，鋼刀落地。

焦木怒極，奮起平生之力，將手中一段烏焦木頭對準段天德擲去。段天德身子急側，斷臂劇痛，沒能避開，這段焦木正中他嘴角，登時撞下了三顆牙齒。段天德疼極，惡性大發，不敢去跟丘處機爲難，左手拾起腰刀，便往焦木頭上砍去。他身旁一名小沙彌狠命拉住他右臂，另一個去拉他衣領。段天德怒極，左手持刀，將兩名小沙彌砍翻了。

丘處機、焦木和江南七怪武功雖強，這時個個重傷，只有眼睜睜的瞧著他行兇。長春子丘處機一向處事精明，但眼見對方與金兵爲伍，只道是賣國求榮之輩，郭楊二人武功不弱，多半便死於其手，悲憤之下，出手絕不容情。江南七怪之首的柯鎭惡與朱聰本來亦非莽撞之徒，但見丘處機出手狠辣，欺上頭來，雙方誤會深了，一動上手，各不相讓，以致鬥了個兩敗俱傷。

李萍大叫：「惡賊，快住手！」她給段天德拉了東奔西逃，見到這惡賊又欲殺人，再也忍耐不住，當即撲上去狠命廝打。段天德斷了一臂，無力與抗。

各人見她身穿軍士裝束，只道是段天德的部屬，何以反而拚命攔阻他傷人？均感詫異。柯鎭惡眼睛瞎了，耳朵特別靈敏，一聽她叫嚷之聲，便知是女子，嘆道：「焦木和尙，我們都給你害死啦。你寺裏果眞藏著女人！」

焦木一怔，立時醒悟，心想自己一時不察，給這畜生累死，無意中出賣了良友，又氣又急，雙手在地上力撐，和身縱起，雙手箕張，猛向段天德撲去。段天德見他來勢猛惡，大駭避開。焦木重傷後身法呆滯，竟爾一頭撞在大殿柱上，腦漿迸裂，立時斃命。

段天德嚇得魂不附體，那裏還敢停留，拉了李萍，急奔而出。李萍大叫：「救命啊，我不去，救命啊！」終於聲音越來越遠。

朮赤大怒，舉起馬鞭又打。郭靖滿地打滾，滾到朮赤身邊，忽地躍起，抱住他的右腿，死命不放。朮赤用力抖動，那知這孩子抱得極緊，竟抖不下來。

第三回　黃沙莽莽

寺裏僧衆見焦木圓寂，盡皆悲哭。有的便爲傷者包紮傷處，抬入客舍。

忽聽得巨鐘下的銅缸內噹噹噹響聲不絕，不知裏面是何怪物，衆僧面面相覷，手足無措，齊聲口誦《高王經》，不料「救苦救難」、「阿彌陀佛」聲中，缸內響聲不停，最後終於大了膽子，十多個和尚合力用粗索吊起大鐘，剛將銅缸掀起少許，裏面滾出來一個巨大肉團。衆僧大驚，四散逃開。只見那肉團站立在地，呼呼喘氣，卻是韓寶駒。他給罩在銅缸之中，不知後半段的戰局，眼見焦木圓寂，義兄弟個個重傷，急得哇哇大叫。提起金龍鞭便欲向丘處機頭頂擊落。全金發叫道：「三哥，不可！」韓寶駒怒道：「爲甚麼？」全金發腰間劇痛，只道：「千……千萬不可。」

柯鎮惡雙腿中劍，受傷不輕，神智卻仍清明，從懷中摸出解毒藥來，命僧人分別去給丘處機及韓小瑩服下，一面將經過告知韓寶駒。韓寶駒大怒，轉身奔出，要去追殺段天德。柯鎮惡喝住，說道：「那惡徒慢慢再找不遲，你快救助受了內傷的衆兄弟。」

朱聰與南希仁所受內傷甚重。全金發腰間所受的這一腳也著實不輕。張阿生胳臂折斷，胸口受震，一時痛暈過去，醒轉之後，卻無大礙。當下衆人在寺裏養傷。

法華寺監寺派人到臨安雲棲寺去向枯木禪師報信，並爲焦木禪師料理後事。

過了數日，丘處機與韓小瑩身上所中的毒都消解了。丘處機精通醫道，開了藥方給朱聰等人調治，又分別給各人推拿按摩。幸得各人根柢均厚，內傷外傷逐漸痊可，又過數日，已能坐起。這日八人聚集在一間僧房之中，想起受了奸人從中播弄，這許多江湖上的大行家竟至誤打誤殺，個個重傷，還賠了焦木禪師一條性命，都黯然不語。

過了一會，韓小瑩首先說道：「丘道長能幹英明，天下皆知，我們七兄弟也不是初走江湖之人，這次大家竟胡裏胡塗的栽在這無名之輩手裏，流傳出去，定教江湖上好漢恥笑。這事如何善後，還得請道長示下。」

丘處機這幾日也深責自己激於義憤，太過魯莽，如不是這般性急，只消平心靜氣的跟焦木交涉，必可弄個水落石出，便對柯鎮惡道：「柯大哥，你說怎麼辦？」

柯鎮惡脾氣本就怪僻，瞎了雙眼之後更加乖戾，這次七兄弟給丘處機一人打倒，實是生平罕遇的奇恥大辱，再加腿上劍創兀自疼痛難當，氣惱愈甚，冷笑道：「丘道長仗劍橫行天下，怎把別人瞧在眼裏？這事又何必再問我們兄弟？」

丘處機一楞，知他氣憤未消，站起身來向七人團團行了一禮，說道：「貧道無狀，行事胡塗，得罪了各位，確是貧道的不是，這裏向各位謝過，尚請原宥！」

朱聰等都還了禮。柯鎮惡卻裝作不知，冷冷的道：「江湖上的事，我兄弟再也沒面目理會啦。我們在這裏打魚的打魚，砍柴的砍柴，只要道長放我們一馬，不再前來尋事，我們總可安安穩穩的過這下半輩子。」

丘處機給他冷言搶白，臉上微紅，默不作聲，僵了半晌，站起來說道：「貧道這次壞了事，誠心認錯，此後決不敢再向各位囉唣。焦木大師不幸遭難，著落在貧道身上，我必手刃奸徒，出這口惡氣。現下就此別過。」說著又團團行禮，轉身出外。

柯鎮惡喝道：「且慢！」丘處機轉身道：「柯大哥有何吩咐？」柯鎮惡道：「你把我們兄弟個個打得重傷，單憑這麼一句話，就算了事麼？」丘處機道：「柯大哥意思怎樣？貧道只要力所能及，無有不遵。」

柯鎮惡低沉了聲音道：「這口氣我們嚥不下去，還求道長再予賜教。」

江南七怪雖行俠仗義，卻個個心高氣傲，行止怪異，要不怎會得了「七怪」的名頭？他們武功既高，又人多勢眾，在武林中與人爭鬥從未吃過虧。當年與淮陽幫失和動手，七個人在長江邊上打敗了淮陽幫的一百多條好漢，其時韓小瑩年紀尚幼，卻也殺了兩名敵人，江南七怪端的是名震江湖。這一次敗在丘處機一人手裏，自是異常難堪。何況焦木是七怪好友，無端喪生，也可說是由丘處機行事魯莽而起。但法華寺中明明藏著女人，而且確是郭嘯天的遺孀，這一節是己方理虧，江南七怪卻又置之不理了。

丘處機道：「貧道中了暗器，要不是柯大哥賜予解藥，這時早登鬼域。咱們雙方拚鬥了一場，貧道自當認輸。」柯鎮惡道：「既是如此，你把背上長劍留下，作個憑證，免得將來更有紛爭。」他明知此時若再動手，己方只韓氏兄妹能夠下場，勝負之數那也不用提了，但說就此罷休，寧可七怪一齊命喪於他劍底。如留得對方兵刃，這一役江南七怪雖以七敵一，終究還是贏了。

丘處機怒氣上衝，心想：「我給你們面子，已給得十足，又已賠罪認輸，還待怎地？」說道：「這是貧道護身的兵器，就如柯大哥的鐵杖一般。」柯鎮惡大聲道：「你譏笑我眼盲麼？」丘處機道：「不敢。」柯鎮惡怒道：「現下咱們大家受傷，難決勝負。明年今日，請道長再在醉仙樓相會。」

丘處機眉頭一皺，心想這七怪並非歹人，我何苦跟他們爭這閒氣？那日焦木死後，韓寶駒從銅缸中脫身而出，如要殺我，易如反掌。再說這件事總究是自己莽撞了，大丈夫是非分明，錯了便當認錯，但如何擺脫他們糾纏，卻也不易，沉吟了一會兒，心念一動，說道：「各位既要與貧道再決勝負，也無不可，但辦法卻要由貧道規定。否則的話，貧道在醉仙樓頭鬥酒，已輸了給朱二俠；法華寺較量武功，又輸了給七位，連輸兩場。第三場也不必再比了。」

韓寶駒、韓小瑩、張阿生三人當即站起，朱聰等躺臥在床，也昂起頭來，齊聲道：「再比一場，又有何妨？江南七怪跟人較量，時刻與所在，向來任由對方自擇。」

丘處機見他們如此好勝，微微一笑，問道：「不論如何賭法，都能聽貧道的主意？」朱聰與全金發均想就算你有甚麼詭道奸計，也不致就輸了給你，齊聲說道：「由你說好了。」丘處機道：「君子一言？」韓小瑩接口道：「快馬一鞭。」柯鎮惡還在沉吟。丘處機道：「我這主意要是各位覺得不妥，貧道話說在先，就算我輸。」這是擺明了以退為進，心知七怪要強，決不肯輕易讓他認輸，柯鎮惡果然接口道：「不用言語相激，快說罷。」

丘處機坐了下來，說道：「我這個法子，時候是拖得長些，但賭的卻是真功夫真本事，並非單拚一時的血氣之勇。刀劍拳腳上爭先決勝，凡是學武的個個都會。咱們都是武林中的成名人物，決不能再像後生小子們那樣不成器。」

江南七怪都想：「不用刀劍拳腳決勝負，又用甚麼怪法子？難道再來比喝酒？」

丘處機昂然道：「咱們來個大比賽，我一人對你們七位，不但比武功，還得鬥恆心毅力，鬥智巧計謀，這一場大比拚下來，要看到得頭來，到底誰是真英雄、真豪傑。」

這番話只聽得江南七怪個個血脈賁張。

韓小瑩道：「快說，快說，越難的事兒越好。」朱聰笑道：「比賽修仙煉丹，畫符捉鬼，我們可不是你道爺的對手。」丘處機也笑道：「貧道也不敢跟朱二俠比賽探囊取物，順手牽羊。」韓小瑩嘻嘻一笑，跟著又一迭連聲的催促：「快說，快說。」

丘處機道：「推本溯源，咱們誤打誤傷，是爲了拯救忠義的後代而起，那麼這件事還得歸結在這上面。」於是把如何結識郭楊二人、如何追趕段天德的經過說了。江南七怪聽在耳中，不住口的痛罵金人暴虐，朝廷職官無恥，心中也均暗佩丘處機俠骨義行，都覺大家心志相同，其實均是同道中人。

丘處機述畢，說道：「那段天德帶出去的，便是郭嘯天的妻子李氏，除了柯大哥與韓家兄妹，另外四位都見到他們了。」柯鎭惡道：「我記得她的聲音，永世不會忘記。」丘處機道：「很好。至於楊鐵心的妻子包氏，卻不知落在何方。那包氏貧道曾經見過，各位卻不認得。貧道與各位賭的就是這回事。因此法子是這樣……」韓小瑩搶著道：「我們七人去救李氏，你去救包氏，誰先成功誰勝，是不是？」

丘處機微微一笑道：「說到救人嗎，雖然不易，卻也難不倒英雄好漢。貧道的主意卻還要難得多，費事得多。」柯鎭惡道：「還要怎地？」

丘處機道：「那兩個女子都已懷了身孕，救了她們之後，須得好好安頓，待她們產下孩子，然後我教姓楊的孩子，你們七位教姓郭的孩子……」江南七怪聽他越說越奇，都張大了口。韓寶駒道：「怎樣？」丘處機道：「過得一十八年，孩子們都十八歲了，咱們再在嘉興府醉仙樓頭相會，大邀江湖上的英雄好漢，歡宴一場。酒醉飯飽之餘，讓兩個孩子比試武藝，瞧是貧道的徒弟高明呢，還是七俠的徒弟了得？」江南七怪面面相覷，啞口無言。

丘處機又道：「要是七位親自跟貧道比試，就算再勝一場，也不過是以多贏少，也沒太大光彩。待得貧道把全身本事教給了一人，七位也將藝業傳給一人。讓他二人一對一的比拚，那時要是貧道的徒弟得勝，七俠可非得心服口服不可。」

柯鎭惡豪氣充塞胸臆，鐵杖重重在地下一頓，叫道：「好，咱們賭了。」

全金發道：「要是這時候那李氏已給段天德害死，那怎麼辦？」

丘處機道：「這就是賭一賭運氣了。天老爺要貧道得勝，有甚麼可說的？」

韓寶駒道：「好，救孤卹寡，本是俠義道該做之事，就算比你不過，我們總也是作了一件好事。」丘處機大拇指一翹，朗聲道：「韓三爺說得不錯。七位肯承擔將郭氏的孤兒教養成人，貧道先代死去的郭兄謝謝。」說著團團作揖。朱聰道：「你這法子未免過於狡獪。憑這麼幾句話，就要我兄弟爲你費心一十八年？」

丘處機臉上變色，仰天大笑。韓小瑩惱道：「有甚麼好笑？」丘處機道：「我久聞江南七怪大名，江湖上都道七俠急人之難，眞是行俠仗義的英雄豪傑，豈知今日一見，嘿嘿！」韓寶駒與張阿生齊聲問道：「怎樣？」丘處機道：「只怕有點兒有名無實，見面不如聞名！」

江南七怪怒火上沖。韓寶駒在板櫈上猛擊一掌，正待開言，丘處機道：「古來大英雄眞俠士，跟人結交是爲朋友賣命，所謂『不愛其軀，赴士之厄困』，只要是義所當爲，就是把性命交給了他，又算得甚麼？可不曾聽說當年荊軻、聶政，有甚麼斤斤計較。朱家、郭解扶危濟困、急人之難，不見得又討價還價了。貧道雖然不肖，卻也想學一學古人。」聽了這番搶白，朱聰是讀書人，知道史記〈游俠列傳〉上所述古時的俠士行逕，不由得心下慚愧，當即扇子一張，朗聲道：「道長指點得不錯，兄弟知罪了。我們七怪擔當這件事就是。」

丘處機站起身來，說道：「今日是三月廿四，十八年後的今日正午，大夥兒在醉仙樓相會，讓普天下英雄見見，誰是眞正的好漢子！」袍袖一拂，滿室生風，當即揚長出門。

韓寶駒道：「我這就追那段天德去，要是給他躲進了烏龜洞，從此無影無蹤，那可要大費手腳了。」七怪中只他一人沒受傷，當下搶出山門，跨上追風黃名駒，急去追趕段天德和李氏。朱聰急叫：「三弟，三弟，你不認得他們啊！」但韓寶駒性子極急，追風黃又是馬如其名，果眞奔馳如風，早去得遠了。

段天德拉了李萍，向外急奔，回頭見寺裏沒人追趕出來，才稍放心，奔到河邊，見到一艘小船，跳上船頭，舉刀喝令船夫開船。江南水鄉之地，河道密如蛛網，小船是尋常代步之具，猶如北方的馬匹騾車一般，是以向來有「北人乘馬，南人乘船」之說。那船夫見是個惡狠狠的武官，那敢違拗，當即解纜運櫓，搖船出城往北。

段天德心想：「我闖了這個大禍，若回臨安，別的不說，我伯父立時就要取我性命，只得且到北邊去避一避風頭。最好那賊道和江南七怪都傷重身死，我伯父又氣得一命嗚呼，那時再回去作官不遲。」督著船夫一路往北。韓寶駒坐騎腳程雖快，但他儘在旱道上東問西找，自然尋他不著。

段天德連轉了幾次船，更換了身上軍官裝束，勒逼李萍也換了衣衫。十多日後過江來到揚州，投了客店，正想安頓個處所，以作暫居之計，說也湊巧，忽聽到有人在向客店主人打聽自己的蹤跡。段天德大吃一驚，湊眼從門縫中張望，見是一個相貌奇醜的矮胖子和一個美貌少女，兩人都是一口嘉興土音，料想是江南七怪中的人物，幸好揚州掌櫃不大懂兩人言語，雙方一時說不明白，忙拉了李萍，從後門溜出，李萍張口欲叫，段天德伸手按住她嘴，重重打了她一個耳光，忍著自己斷臂劇痛，忙僱船再行。

他不敢稍有停留，沿運河北上，一口氣到了山東境內微山湖畔的利國鎭。

李萍是鄉村貧婦，粗手大腳，容貌本陋，這時肚腹隆起，整日價詈罵啼哭，段天德雖是下流胚子，對之卻不起非禮之念。兩人日常相對，只是相打相罵，沒一刻安寧。段天德的右臂給丘處機打斷了臂骨，雖請跌打醫生接上了骨，一時卻不得便愈，他雖是武官，但武藝低淺，又只剩單臂，李萍出力和他廝打，段天德也極感吃力。

過不了幾天，那矮胖子和那少女又追到了。段天德只想在屋裏悄悄躲過，不料李萍得知來了救星，高聲大叫起來。段天德忙用棉被塞住她嘴，打了她一頓，李萍拚命掙扎呼叫，雖然沒讓韓寶駒、小瑩兄妹發現，卻已驚險之極。

段天德帶了她同逃，本來想以她爲質，危急時好令敵人不敢過於緊逼，但眼前情勢已變，心想自己單身一人易於逃脫，留著這潑婦在身邊實是個大大的禍胎，不如一刀殺卻，乾手淨腳，待韓氏兄妹走後，當即拔出刀來。

李萍時時刻刻在找尋機會，要跟這殺夫仇人同歸於盡，但每到晚間睡覺之時，就給他縛住了手足，不得其便，這時見他目露兇光，心中暗暗祝禱：「嘯哥，嘯哥，求你陰靈佑護，讓我殺了這個惡賊。我這就來跟你相會了。」暗暗從懷中取出丘處機所贈的那柄短劍。這短劍她貼肉而藏，倒沒給段天德搜去。

段天德冷笑一聲，舉刀砍將下來。李萍死志已決，絲毫不懼，出盡平生之力，挺短劍向段天德扎去。段天德只覺寒氣直逼面門，回刀一挑，想把短劍打落，那知短劍鋒利已極，只聽得噹啷聲響，腰刀斷了半截，跌在地下，短劍劍頭已抵向自己胸前。段天德大駭，往後便跌，嗤的一聲，胸前衣服已劃破了一條大縫，自胸至腹，割了長長的一條血痕，只要李萍力氣稍大得半分，已遭了破胸開膛之禍。他驚惶之下，忙舉椅子擋住，叫道：「快收起刀子，我不殺你！」李萍這時也已手酸足軟，全身乏力，同時腹內胎兒不住跳動，再也不能跟他廝拚，坐在地下不住喘息，手裏卻緊緊抓住短劍不放。

段天德怕韓寶駒等回頭再來，如獨自逃走，又怕李萍向對頭洩露自己形跡，忙逼著她上船又行，仍沿運河北上，經臨清、德州，到了河北境內。

每次上陸小住，不論如何偏僻，過不多時總有人找尋前來，後來除了那矮胖子與女子之外，又多了個手持鐵杖的盲人。總算這三人不認得他，都是他在暗而對方在明，得能及時躲開，卻也已險象環生。

不久又多了一件大頭痛事，李萍忽然瘋顛，客店之中，旅途之上，時時大聲胡言亂語，引得人人注目，有時扯髮撕衣，怪狀百出。段天德初時還道她迭遭大變，神智迷糊，但過了數日，猛然省悟，原來她是怕追蹤的人失了線索，故意留下形跡，這樣一來，要想擺脫敵人的追蹤可更難了。這時盛暑漸過，金風初動，段天德逃避追蹤，已遠至北國，所帶的銀子也用得快要告罄，而仇人仍窮追不捨，不禁自怨自艾：「老子當初在臨安當官，魚肉老酒，錢財粉頭，那是何等快活，沒來由的貪圖了人家一千兩銀子，到牛家村去殺這賊潑婦的惡強盜老公，卻來受這活罪。」他幾次便欲撇下李萍，自行偷偷溜走，但轉念更想，總是不敢，對她暗算加害，又沒一次成功。這道護身符竟變成了甩不脫、殺不掉的大累贅，反要提心吊膽的防她來報殺夫之仇，當眞苦惱萬分。

不一日來到金國的京城中都大興府，段天德心想大金京師，地大人多，找個僻靜所在躲了起來，只消俟機殺了這潑婦，仇人便有天大本事也找不到自己了。

他滿肚子打的如意算盤，不料剛到城門口，城中走出一隊金兵，不問情由，便將二人抓住，逼令二人挑擔。這時李萍穿了男裝，她身材較爲矮小，金兵給她的擔子輕些。段天德肩頭卻是一副百來斤的重擔，只壓得他叫苦連天。

這隊金兵隨著一名官員一路向北。原來那官是派赴蒙古部族宣示金主敕令的使者。隨行護送的金兵亂拉漢人百姓當腳夫，挑送行李糧食。段天德抗辯得幾句，金兵的皮鞭便夾頭夾腦的抽將下來。這般情形他倒也閱歷甚多，不足爲奇，只不過向來是他以皮鞭抽百姓之頭，今日卻是金兵以皮鞭抽其本人之頭而已。皮鞭無甚分別，腦袋也無甚分別，不過痛的是別人之頭還是自己之頭，這中間卻大有不同了。

這時李萍肚子越來越大，挑擔跋涉，委實疲累欲死，但她決意要手刃仇人，一路上竭力掩飾，不讓金兵發現破綻，好在她自幼務農，習於勞苦，身子又甚壯健，豁出了性命，勉力支撐。數十日中，儘在沙漠苦寒之地行走。

這時雖是十月天時，但北國奇寒，這一日竟滿天洒下雪花，黃沙莽莽，無處可避風雪。三百餘人排成一列，在廣漠無垠的原野上行進。正行之間，突然北方傳來隱隱喊聲，塵土飛揚中只見無數兵馬急衝而來。

眾人正驚惶間，大隊兵馬已擁將過來，卻是一羣敗兵。眾兵將身穿皮裘，也不知是漠北的一個甚麼部族，但見行伍大亂，士眾抛弓擲槍，爭先恐後的急奔，人人臉現驚惶。有的沒了馬匹，徒步狂竄，給後面乘馬的擁將上來，轉眼間倒在馬蹄之下。

金國官兵見敗兵勢大，當即四散奔逃。李萍本與段天德同在一起，眾敗兵猶如潮水般湧來，混亂中段天德已不知去向。李萍抛下擔子，拚命往人少處逃去，幸而人人只管自行逃命，倒也沒人加害。

她跑了一陣，只覺腹中陣陣疼痛，再也支持不住，伏倒在一個沙丘之後，腹中大痛，就此暈了過去。過了良久，悠悠醒轉，昏迷中聽得一陣陣嬰兒啼哭之聲。她尚自迷迷糊糊，不知是已歸地府，還是尚在人間，但嬰兒哭聲越來越響，她身子一動，忽覺胯間暖暖的似有一物。這時已是夜半，大雪初停，一輪明月從雲間鑽了出來，她陡然覺醒，不禁失聲痛哭，原來腹中胎兒已在患難流離之際誕生出來了。

她疾忙坐起，抱起孩兒，見是一個男孩，喜極流淚，當下用牙齒咬斷臍帶，貼肉抱在懷裏。月光下見這孩子濃眉大眼，啼聲洪亮，面目依稀是亡夫的模樣。她雪地產子，本來非死不可，但一見到孩子，竟不知如何忽爾生出一股力氣，掙扎著爬起，躲入沙丘旁的一個淺坑中以蔽風寒，眼瞧嬰兒，想起亡夫，不禁悲喜交集，忍不住放聲大哭。

在沙坑中躲了一晚，到第二天中午，聽得四下無聲，鼓勇出去，只見遍地都是死人死馬，黃沙白雪之中，拋滿了刀槍弓箭，環首四望，竟沒一個活人。

她從死兵的背囊中找到些乾糧吃了，又從死兵身上找到了火刀火石，割了一塊馬肉，生火烤了。剝下死兵的皮裘，一件裹住孩子，自己也穿了一件。好在天時酷寒，屍體不腐，她以馬肉爲食，在戰場上挨了十來天，以乳水餵養孩子，兩人竟活了下來。她精力漸復，抱了孩子，迎著陽光，信步往東走去。這時懷中抱著的是親生孩兒，那恨之切骨的段天德已不知去向，本來的滿腔悲痛憤恨，登時化爲溫柔慈愛。大漠中風沙如刀，她只求不颳到孩兒臉上，自己絲毫不以爲苦。

行了數日，地下草木漸多，這日向晚，忽見前面兩騎馬奔馳而來。乘者見到她的模樣，便勒馬詢問。她連說帶比，將遇到敗兵、雪地產兒的事說了。那兩人是蒙古牧民，雖不懂她言語，但蒙古人生性好客，憐貧卹孤，見她母子可憐，就邀她到蒙古包去飽餐了一頓，好好睡了一覺。蒙古人以遊牧爲生，趕了牲口東遷西徙，追逐水草，並無定居，用毛氈搭成帳篷以蔽風雪，就叫做蒙古包。這羣牧民離去時留下了四頭小羊給她。

李萍含辛茹苦的撫養嬰兒，在大漠中熬了下來。她在水草旁用樹枝搭了一所茅屋，畜養牲口，又將羊毛紡條織氈，與牧人交換糧食。蒙古人傳統善待旅客、外人，見她可憐，常送些羊乳、乳酪、羊肉給她。

忽忽數年，孩子已經六歲了。李萍依著丈夫的遺言，給他取名為郭靖。這孩子學話甚慢，有點兒獃頭獃腦，直到四歲時才會說話，好在身子粗壯，筋骨強健，已能在草原上放牧牛羊。母子兩人相依為命，勤勤懇懇，牲口漸繁，生計也過得好些了，又都學會了蒙古話，但母子對話，說的卻仍是臨安故鄉言語。李萍瞧著兒子憨憨的模樣，說著甚麼「羊兒、馬兒」，全帶著自己柔軟的臨安鄉下土音，時時不禁心酸：「你爹是山東好漢，你也該當說山東話才是。只可惜我跟隨你爹的時日太短，沒學會他的捲舌頭說話，沒法教你。」

這一年方當十月，天日漸寒，郭靖騎了一匹小馬，帶了一條牧羊犬出去牧羊。中午時分，空中忽然飛來一頭黑鵰，向羊羣猛撲下來，一頭小羊受驚，向東疾奔而去。郭靖連聲呼喝，那小羊卻頭也不回的急逃。

他忙騎上小馬追去，直追了七八里路，才將小羊趕上，正想牽了小羊回來，突然間前面傳來一陣陣隱隱的轟隆之聲。郭靖吃了一驚，他小小的心中也不知是甚麼，心想或許是打雷。只聽得轟雷之聲愈來愈響，過了一會，又聽得轟隆聲中夾著陣陣人喧馬嘶。

他從未聽到過這般聲音，心裏害怕，忙牽了小馬小羊，走上一個土山，鑽入灌木叢裏，躲好後再探出頭來。

只見遠處塵土蔽天，無數軍馬奔馳而至，領隊的長官發施號令，軍馬排列成陣，東一隊，西一隊，不計其數。衆兵將有的頭上纏了白色頭巾，有的插了五色翎毛。郭靖這時不再害怕，只覺甚是好看。

又過一陣，忽聽左首遠處號角聲響，幾排兵馬衝將過來，當先的將官是個瘦長青年，身披紅色斗篷，高舉長刀，領頭衝鋒。雙方兵馬衝近，廝殺起來。攻過來的那一隊人數較少，不久便抵敵不住，退了下去，後面隨即有援兵抵達，雙方殺聲震天。眼見攻來的兵馬漸漸支持不住，士卒不斷倒斃。忽然數十支號角齊聲吹動，一陣急鼓，進攻的軍士大聲歡呼：「鐵木眞大汗來了，大汗到啦！」雙方軍士手不停鬥，卻不住轉頭向東方張望。

郭靖順著各人眼光望去，只見黃沙蔽天之中，一隊人馬急馳而來，隊中高高舉起一根長桿，桿上掛著幾叢白毛。歡呼聲由遠而近，進攻的兵馬勇氣百倍，先到的兵馬陣腳登時散亂。那長桿直向土山移來，郭靖忙縮向灌木深處，一雙光溜溜的小眼仍往外望，只見一個身材高大的中年漢子縱馬上了土山。他頭戴鐵盔，下頦生了一叢褐色鬍子，雙目一轉，精光四射。郭靖自不知他便是蒙古部落的酋長鐵木眞，就算知道，也不懂「大汗」是甚麼，但覺此人甚有威勢，心裏對他有點害怕。

鐵木眞騎在馬上凝望山下的戰局，身旁有十餘騎隨從。過了一會，那身披紅色斗篷的少年將軍縱馬上山，叫道：「父王，敵兵人數多，咱們退一下吧！」

鐵木眞這時已看淸楚雙方形勢，低沉了嗓子道：「你帶隊向東退卻！」他雙眼望著雙方兵馬交戰，口中傳令：「木華黎，你與二王子帶隊向西退卻。博爾朮，你與赤老溫帶隊向北退卻。忽必來，你與速不台帶隊向南退卻。等得見到這裏大纛高舉，號角吹動，一齊回頭衝殺。」衆將齊聲答應，下山率領部屬，片刻之間，蒙古兵四下退散。

敵兵齊聲歡呼，見到鐵木眞的白毛大纛仍豎在山上，四下裏都大叫起來：「活捉鐵木眞，活捉鐵木眞！」密密麻麻的兵馬爭先恐後向土山湧來，都不去理會四下退開的蒙古兵卒。萬馬踐沙揚塵，土山四周湧起了一團團黃霧。

鐵木眞站在土山高處，凜然不動，十餘名勁卒舉起鐵盾，在他四周擋開射來的箭枝。鐵木眞的義弟忽都虎與猛將者勒米率領三千精兵守在土山周圍，箭射刀砍，死守不退。

刀光矛影中殺聲震天。郭靖瞧得又興奮，又害怕。

激戰了半個多時辰，數萬名敵兵輪番衝擊，鐵木眞部下三千精兵已傷亡四百餘名，敵兵也給他們殺傷了千餘名。鐵木眞放眼望去，但見原野上敵軍遺屍遍地，鞍上無人的馬匹四散奔馳，但敵兵射過來的羽箭兀自力道強勁。眼見東北角敵兵攻得尤猛，守軍漸漸抵擋不住，鐵木眞的第三子窩闊台很是焦急，問道：「爹爹，可以舉纛吹號了麼？」鐵木眞雙眼如鷹，一瞬也不瞬的望著山下敵兵，低沉了嗓子道：「敵兵還沒有疲！」

這時東北角上敵軍調集重兵猛攻，豎了三桿黑纛，顯是有三名大將在那裏督戰。蒙古兵漸漸後退。者勒米奔上土山，叫道：「大汗，孩兒們抵擋不住啦！」鐵木眞怒道：「擋不住？你誇甚麼英雄好漢？」

者勒米臉上變色，從軍士手中搶了一柄大刀，荷荷狂叫，衝入敵陣，殺開一條血路，直衝到黑纛之前。敵軍主將見他來勢兇猛，勒馬退開。者勒米手起刀落，將三名持纛大漢一一砍死，敵軍見他如此悍勇，盡皆駭然。者勒米抛下大刀，雙手抱住三桿黑纛回上土山，倒轉了插入土中。蒙古兵歡呼狂叫，將東北角上的缺口又堵住了。

又戰良久，西南角上敵軍中忽有一名黑袍將軍越衆而出，箭無虛發，接連將蒙古兵射倒了十餘人。兩名蒙古將官持矛衝上前去，給他颼颼兩箭，都射倒落馬。鐵木眞誇道：「好箭法！」話聲未畢，那黑袍將軍已衝近土山，弓弦響處，一箭正射在鐵木眞頸上，接著又是一箭，直向鐵木眞肚腹上射來。

鐵木眞左頸中箭，眼見又有箭到，急提馬韁，坐騎倏地人立，這一箭勁力好生厲害，從馬胸插入，直穿沒羽，那馬撲地倒了。蒙古軍見主帥中箭落馬，人人大驚失色。敵軍吶喊聲中，如潮水般衝殺上來。窩闊台為父親拔出頸中羽箭，撕下衣襟，要為他裹傷。鐵木眞喝道：「別管我，守住了山口。」窩闊台應命轉身，抽箭射倒了兩名敵兵。

忽都虎從西邊率隊迎戰，只打得箭盡槍折，只得退了回來。者勒米紅了眼，叫道：「忽都虎，像兔子般逃跑麼？」忽都虎笑道：「誰逃呀？我沒了箭。」鐵木眞坐倒在地，從箭袋裏抽出一把羽箭擲過去。忽都虎接過箭來，弓弦連響，對面黑纛下一名將軍中箭落馬。忽都虎猛衝下山，搶過那將軍的駿馬，回上山來。

鐵木眞讚道：「好兄弟，眞有你的！」忽都虎滿身是血，低聲道：「可以舉纛吹號了麼？」鐵木眞伸手按住頸裏創口，鮮血從手掌裏直流出來，說道：「敵軍還沒疲，再支持一會。」忽都虎跪下，求道：「我們甘願為你戰死，但大汗你身子要緊。」

鐵木眞牽過一匹馬來，奮力上鞍，叫道：「大家牢牢守住了！」揮動長刀，劈死了三名衝上土山的敵兵。敵軍忽見鐵木眞重行上馬，不禁氣為之奪，敗退下山，攻勢頓緩。

鐵木眞見敵勢少衰，叫道：「舉纛，吹號！」

蒙古兵大叫聲中，一名衛士站上馬背，將白毛大纛高高舉起，號角嗚嗚吹動。四下裏殺聲震天，遠處一排排蒙古兵勢若奔雷般衝將過來。

敵軍人數雖眾，但都聚集在土山四周圍攻，外圍的隊伍一潰，中間你推我擠，亂成一團。那黑袍將軍見勢頭不對，大聲喝令約束，但陣勢已亂，士無鬥志，不到半個時辰，大軍已給衝得散亂，大股退卻，小股逃散，頃刻間土崩瓦解。那黑袍將軍騎了一匹黑馬，落荒而走。

鐵木眞叫道：「抓住這賊子的，賞黃金三斤。」數十名蒙古健兒大呼追去。那黑袍將軍箭無虛發，當者落馬，一口氣射倒了十餘人。餘人不敢迫近，見他催馬急奔，竟爾逃去。

郭靖躲在樹叢中遙遙望見，小心靈中對那黑袍將軍好生欽仰。

這一仗鐵木眞大獲全勝，把世仇泰亦赤兀部的主力殲滅大半，料得從此不足爲患，回想當年爲泰亦赤兀部所擒，痛受毆辱，頸帶木枷，在大草原上委頓蹣跚，瀕臨死亡，這場大仇今日方雪，頸中創口兀自流血不止，但心中歡暢，忍不住仰天長笑。衆將士歡聲動地，擁著大汗收兵凱旋。

郭靖待大衆走遠，清理戰場的士卒也因天黑歸去，這才從樹叢中溜將出來，回到家裏時已是半夜，母親正急得猶如熱鍋上的螞蟻，不知如何是好，見兒子回來，喜從天降。郭靖說起剛才所見，雖結結巴巴的口齒不清，卻也說了個大概。李萍見他眉飛色舞，說到雙方交戰時並無懼色，心想孩子雖小，人又蠢笨，終是將門之後，倒也大有父風，不禁又喜又悲。

第三日早上，李萍拿了手織的兩條毛氈，到三十里外的市集去換糧食。郭靖自在門外放羊，想起前日在土山上所見的惡戰，覺得好玩之極，舉起趕羊的鞭子，騎在馬背上使將起來，口中大聲吆喝，驅趕羊羣，儼然是大將軍領兵打仗一般。

正玩得高興，忽聽得東邊馬蹄聲響，一匹馬慢慢踱來，馬背一人俯首伏在鞍上。那馬踱到臨近，停了腳步，馬上那人抬起頭來。郭靖嚇了一跳，不禁驚叫出聲。

只見那人滿臉都是泥沙血污，正是前日所見的那個黑袍將軍。他左手拿著一柄刀頭已斷的半截馬刀，刀上凝結了紫紅的血漬，力斃追敵的弓箭卻已不知去向，想是前日逃脫後又曾遭遇過敵人。右頰上老大一個傷口，正不住流血，馬腿上也受了傷。他身子搖晃，眼中佈滿紅絲，嘶嗄了聲音叫道：「水，水……給我水？」

郭靖忙進屋去，在水缸裏舀了一碗清水，捧到門口。那人夾手奪過，骨都骨都全喝了下去，說道：「再拿一碗來！」郭靖又去倒了一碗。那人喝到一半，臉上血水滴在碗裏，半碗清水全成紅色。那人哈哈一笑，忽然臉上筋肉扭動，一個倒栽蔥跌下馬來，暈了過去。

郭靖大聲驚呼，不知如何是好。過了一陣，那人悠悠醒轉，叫道：「你給馬喝水，有吃的沒有？」郭靖拿了幾塊熟羊肉給他吃了，又提水給馬飲了。

那人一頓大嚼，登時精神勃勃，一骨碌跳起身來，叫道：「好兄弟，多謝你！」從手腕上褪下一隻粗大的黃金鐲子，遞給郭靖，道：「給你！」郭靖搖頭道：「媽媽說的，應當接待客人，不可要客人東西。」那人哈哈大笑，叫道：「好孩子，好孩子！」將金鐲套回手腕，撕下半幅衣襟，包紮好自己臉上與馬腿的傷口。

突然東邊隱隱傳來馬羣奔馳之聲，那人滿臉怒容，喝道：「哼，竟仍放不過我！」兩人出門向東遙望，見遠處塵土飛揚，人馬不計其數，正向這裏奔來。

那人道：「好孩子，你家裏有弓箭麼？」郭靖道：「有！」轉身入內。那人聽了，臉露喜色，卻見郭靖拿了自己玩耍的小弓小箭出來。那人哈哈一笑，隨即眉頭一皺，道：「我要跟人打仗，要大的！」郭靖搖了搖頭。

這時追兵愈來愈近，遠遠已望得見旗幟晃動。那人心想坐騎受傷，大漠上奔逃不遠，在此處躲藏雖然危險，卻已無第二條路可走，便道：「我一個人打他們不過，要躲起來。」見茅屋內外委實無地可躲，情勢緊迫，便向屋旁一個大乾草堆指了指，說道：「我躲在這裏。你把我的馬趕得越遠越好。你也遠遠躲開，別讓他們見到。」說著鑽進了乾草堆中。蒙古人一過炎夏，便割草堆積，冬日飼養牲口，燒火取暖，全憑乾草，是以草堆往往比住人的蒙古包還大。那將軍躲入了草堆，若非仔細搜索，倒也不易發覺。

郭靖在黑馬臀上唰唰兩鞭，那黑馬縱蹄狂奔，跑得遠遠的才停下來吃草。郭靖騎了小馬，向西馳去。

追兵望見有人，兩名軍士騎馬趕來。郭靖的小馬奔跑不快，不久便給追上了。兩名軍士喝問：「孩子，見到一個騎黑馬的漢子麼？」郭靖不會說謊，張大了嘴不答。兩名軍士又問幾句，見他傻裏傻氣，始終不答，便道：「帶他見大王子去！」拉著小馬的轠繩，將他帶到茅屋之前。

郭靖心中打定了主意：「我只不說。」只見無數蒙古戰士簇擁著一個身披紅色斗篷的瘦長青年。郭靖記得他臉孔，這人前天曾領兵大戰，士卒都聽他號令，知他是黑袍將軍的敵人。那大王子大聲喝道：「小孩怎麼說？」兩名軍士道：「這小孩嚇壞了，話也不會說。」大王子凝目四望，見到那匹黑馬在遠處吃草，低沉了聲音道：「是他的馬麼？去拉來瞧瞧。」十名蒙古兵分成五組，從五個不同的方向悄悄朝黑馬圍去。待那黑馬驚覺，昂頭想逃，已沒了去路。

大王子見了牽過來的黑馬，哼了一聲道：「這不是哲別的馬麼？」衆軍士齊聲道：「正是！」大王子提起馬鞭，唰的一聲，在郭靖的小腦袋上輕輕抽了一下，喝道：「他躲在那裏？快說。你可別想騙我！」

哲別躲在乾草堆裏，手中緊緊握住長刀，眼見郭靖吃了一鞭，額上登時起了一道殷紅的血痕，心中突突亂跳。他知這人是鐵木眞的長子朮赤，殘酷狠辣，名聞大漠，心想孩子定會受不住恐嚇而說出來，那只有跳出來決死一拚。

郭靖痛得要哭，卻拚命忍住眼淚，昂頭道：「你爲甚麼打我？我又沒做壞事！」他只知做了壞事才該挨打。朮赤怒道：「你還倔強！」唰的又是一鞭，郭靖放聲大哭。

這時衆兵丁已在郭靖家中搜查一遍，兩名軍士挺著長矛往乾草堆中亂刺，幸好那草堆甚大，沒刺到哲別藏身的所在。

朮赤道：「坐騎在這裏，他一定不會逃遠。小孩，你說不說？」唰唰唰，接連又是三鞭，出手已加重了些。郭靖伸手想去抓他鞭子，卻那裏抓得著？

突然間遠處號角聲響，衆軍士道：「大汗來啦！」朮赤住手不打，拍馬前迎。衆軍士擁著鐵木眞馳來。朮赤迎上去叫了一聲：「爹爹！」

前日鐵木眞給哲別這一箭射得傷勢極重，在激戰時強行忍住，收兵之後，竟痛暈了數次。大將者勒米和鐵木眞的三子窩闊台輪流用口吸吮他創口瘀血，或嚥或吐。衆將士與他的四個兒子在床邊守候了一夜，到第二日清晨，方脫險境。

蒙古兵偵騎四出，衆人立誓要抓住哲別，將他四馬裂體，亂刀分屍，爲大汗報那一箭之仇。次日傍晚，一小隊蒙古兵終於遇上哲別，卻給他殺傷數人逃脫，但哲別也受了傷。鐵木眞得訊，先派長子追趕，再親率次子察合台、三子窩闊台、幼子拖雷趕來。

朮赤向黑馬一指，道：「爹爹，找到那賊子的黑馬啦！」鐵木眞道：「我不要馬，要人。」朮赤道：「是，咱們一定能找到。」奔回到郭靖面前，拔出腰刀，在空中虛劈兩刀，喝道：「你說不說？」郭靖給他打得滿臉是血，反而更加倔強，不住叫道：「我不說，我不說！」鐵木眞聽這孩子說話天眞，不說「不知道」而說「我不說」，那必是知曉哲別的所在，低聲對三子窩闊台道：「你去騙這小孩說出來。」

窩闊台笑嘻嘻的走到郭靖面前，從自己頭盔上拔下兩根金碧輝煌的孔雀翎毛，拿在手裏，笑道：「你說出來，我把這個給你。」郭靖仍道：「我不說。」

鐵木眞的二子察合台道：「放狗！」他的隨從軍士當即從後隊牽了六頭巨獒過來。蒙古人性喜打獵，酋長貴人無不畜養獵犬獵鷹。察合台尤其愛狗，這次追蹤哲別，正用得著獵狗，是以帶了六頭獒犬，這時放將出來，先命六犬環繞著黑馬周圍一陣亂嗅，然後找尋哲別藏身的所在。六頭巨獒汪汪吠叫，在茅屋中不住的奔進奔出。

郭靖與哲別本不相識，但前日見他在戰陣英勇異常，不禁欽佩，而給朮赤抽了這幾鞭之後，心裏怒極，激發了天性中的一股倔強之氣，出聲唿哨，呼出自己的牧羊犬來。這時察合台的六犬已快嗅到乾草堆前，那牧羊犬聽了郭靖的號令，守在草堆前，不許六犬過去。察合台大聲呼叱，六頭巨犬同時撲了上去，一時犬吠之聲大作，七頭狗狂吠亂咬的打了起來。那牧羊犬身形既小，又是以一敵六，轉瞬間就給咬得遍體鱗傷，可是十分勇敢，竟自不退，負隅死鬥。郭靖一面哭，一面呼喝著鼓勵愛犬力戰。鐵木眞和窩闊台等見狀，早知哲別必是躲在草堆之中，此時已然合圍，料得敵人難以脫身，也不心急，都笑吟吟的瞧著七犬相鬥。

朮赤大怒，舉起馬鞭又是唰唰數鞭，打得郭靖痛徹心肺。他滿地打滾，滾到朮赤身邊，忽地躍起，抱住他的右腿，死命不放。朮赤用力抖動，那知這孩子抱得極緊，竟抖不下來。察合台、窩闊台、拖雷三人見了兄長的狼狽樣子，都哈哈大笑。鐵木眞也不禁莞爾。朮赤脹紅了臉，拔出腰間長刀，往郭靖頭頂劈了下去。眼見這孩子就要身首異處，突然草堆中一柄斷頭馬刀疾伸出來，噹啷聲響，雙刀相交，朮赤只覺手指劇震，險些把捏不定。衆軍士齊聲呼叫，哲別已從草堆裏躍了出來。

他左手將郭靖一扯，拉到身後，冷笑道：「欺侮孩子，不害臊麼？」衆軍士刀矛齊舉，圍在哲別身周。哲別見無可抵擋，拋下手中馬刀。朮赤上去當胸一拳，哲別並不還手，喝道：「快殺我！」隨即低沉了聲音道：「可惜我不能死在英雄好漢手裏！」

鐵木眞問道：「你說甚麼？」哲別道：「要是我在戰場之上，給勝過我的好漢殺了，那是死得心甘情願。現今卻是大鷹落在地下，爲螞蟻咬死！」說著圓睜雙眼，猛喝一聲。察合台的六犬這時已把牧羊犬壓在地下亂咬，陡然間聽到這一聲威猛異常的大喝，嚇得一齊跳起，尾巴夾在後腿之間，畏畏縮縮的逃開。

鐵木眞身旁閃出一人，叫道：「大汗，別讓這小子誇口，我來鬥他。」鐵木眞見是大將博爾朮，心中甚喜，道：「好，你跟他比比。咱們別的沒有，有的是英雄好漢。」

博爾朮上前數步，喝道：「我一個人殺你，教你死得心甘情願。」哲別見他身材魁梧，聲音洪亮，喝問：「你是誰？」博爾朮道：「我是博爾朮。你沒聽見過麼？」哲別心中一凜：「早聽說博爾朮是蒙古人中的大英雄，原來是他。」橫目斜睨，哼了一聲。

鐵木眞道：「你自誇弓箭了得，人家叫你做哲別。你就和我這好朋友比比箭吧。」蒙古語中，「哲別」兩字既指「槍矛」，又是「神箭手」之意。哲別本來另有名字，只因他箭法如神，人人叫他哲別，眞名反而無人知曉了。

哲別聽鐵木眞叫博爾朮爲「好朋友」，叫道：「你是大汗的好朋友，我先殺了你。」蒙古衆軍士聽了，都哈哈大笑起來。人人都知博爾朮武藝精熟，所向無敵，威名揚於大漠，衆人雖見過哲別的箭法高強，但說要殺博爾朮，那眞叫做不自量力了。

當初鐵木眞年輕之時，爲仇敵泰亦赤兀部人捉去，頭頸裏套了木枷。泰亦赤兀部衆在斡難河濱宴會，一面喝酒，一面用馬鞭抽打，要恣意侮辱他之後，再加殺害。後來與宴人衆喝得大醉，鐵木眞用枷頭打暈了看守兵卒，逃入樹林。

泰亦赤兀人大舉挨戶搜查。有個青年名叫赤老溫，不怕危險，仗義留他，打碎木枷，用火燒毀，把他藏入一輛裝羊毛的大車。追兵在赤老溫家裏到處搜查，搜到大車前，拉去了幾把羊毛，快要露出鐵木眞的腳了。赤老溫的父親情急智生，笑道：「這樣大熱天，羊毛裏怎能藏人？熱也熱死了他。」其時正當盛暑，人人汗下如雨，追兵心想有理，放過不搜。鐵木眞生平經歷危難無數，以這一次最是千鈞一髮的大險。

鐵木眞逃得性命後狼狽之極，與母親弟弟靠捕殺野鼠過活。

有一天，他養的八匹白馬讓別的部落盜了去，鐵木眞單身去追，遇到一個青年在擠馬乳。鐵木眞問起盜賊的消息。那青年就是博爾朮，說道：「男兒的苦難都是一樣，我和你結成朋友。」兩人騎馬一起追趕，追了三天，趕上盜馬的部落。兩人箭無虛發，殺敗數百名敵人，奪回了八匹馬。鐵木眞要分馬給他，問他要幾匹。博爾朮道：「我爲好朋友出力，一匹也不要。」自此兩人一起創業，鐵木眞一直叫他做好朋友，實是患難之交。

鐵木眞素知博爾朮箭法如神，取下自己腰裏弓箭遞給了他，隨即跳下馬來，說道：「你騎我的馬，用我的弓箭，就算是我射殺了他。」博爾朮道：「遵命！」左手持弓，右手拿箭，躍上鐵木眞的白口寶馬。鐵木眞對窩闊台道：「你把坐騎借給哲別。」窩闊台道：「便宜了他。」躍下馬來，一名親兵將馬牽給哲別。

哲別躍上馬背，向鐵木眞道：「我已給你包圍住，你要殺我，便如宰羊一般容易。

你既放我跟他比箭，我不能不知好歹，再跟他平比。我只要一張弓，不用箭。」

博爾朮怒道：「你不用箭？」哲別道：「不錯，我一張空弓也能殺得了你！」

蒙古眾軍士又大聲鼓噪：「這傢伙好會吹大氣。」鐵木眞吩咐取一張好弓給他。

博爾朮在陣上見過哲別的本事，知他箭法了得，本來不敢怠慢，但他此刻有弓無箭，箭法再高，卻又如何施展？料知他必是要接了自己射去的羽箭使用，兩腿一夾，胯下的白口寶馬撥剌剌的跑了開去。這匹馬奔跑迅速，久經戰陣，在戰場上乘者雙腿稍加示意，即能進退自如，鐵木眞向來十分喜愛。

哲別見對手馬快，勒馬反走，博爾朮彎弓搭箭，颼的一聲，發箭往哲別頭頸射去。哲別側過身子，眼明手快，抓住了箭尾。博爾朮暗叫一聲：「好！」又是一箭。哲別聽得箭聲，知來勢勁急，不能手接，俯低身子，伏在鞍上，那箭從頭頂擦過。他縱馬轉頭，仰身坐直，那知博爾朮有一手連珠箭神技，嗤嗤兩箭，接著從兩側射來，箭勢如風，又急又準。哲別料不到對方如此厲害，猛地溜下馬鞍，右足鉤住鐙子，身子幾乎著地，那坐騎跑得正急，把他拖得猶如一隻傍地飛舞的紙鷂一般。他腰間一扭，身子剛轉過一半，已將適才接來的箭扣上弓弦，拉弦射出，羽箭向博爾朮肚腹上射去，隨即又翻上馬背。

博爾朮喝聲：「好！」覷準來箭，也是一箭射出，雙箭箭頭相撞，餘勢不衰，斜飛出去，並排揷入沙地。鐵木眞與衆人齊聲喝采。

博爾朮虛拉一弓，待哲別往右邊閃避，突然發箭向右射去。哲別左手拿弓輕撥，那箭落在地下，博爾朮連射三箭，都讓他躲了開去。哲別縱馬急馳，俯身在地下拾起三枝羽箭，搭上弓回身射出。

博爾朮要顯本事，躍身站上馬背，左腳立鞍，眼見箭來如流星，飛右腳踢開來箭，跟著居高臨下，發箭猛射過去。哲別催馬旁閃，還射一箭，喀喇一聲，將來箭的箭桿劈爲兩截。

博爾朮心想：「我有箭而他無箭，到現下仍打個平手，如何能報大汗之仇？」焦躁起來，連珠箭發，颼颼颼的不斷射去，衆人瞧得眼都花了。哲別來不及接箭，只得東閃西避，無奈來箭緊密，又多又快，突然噗的一聲，左肩竟自中箭。衆人齊聲歡呼。

博爾朮大喜，正要再射數箭，結果他性命，伸手往箭袋裏一抽，卻摸了個空，原來適才一輪連珠急射，竟把鐵木眞交給他的羽箭都用完了。他上陣向來攜箭極多，腰間兩袋，馬上六袋，共攜八袋羽箭，這次所使是大汗自用的弓矢，激鬥之中，竟依著平時習性使用，忘了箭數有限，待得驚覺箭已用完，疾忙回馬，俯身去拾地下箭枝。

哲別瞧得親切，颼的一箭，響聲未歇，羽箭已中博爾朮後心。旁觀衆人驚叫起來，只道博爾朮勢必中箭喪命，但說也奇怪，這一箭雖勁力奇大，著身時發聲極響，把博爾朮後心撞得一陣疼痛，但竟透不進去，滑在地下。博爾朮順手將箭拾起，一看之下，那箭頭竟是給哲別拗去了的，原來是手下留情。他翻上馬背，叫道：「我是爲大汗報仇，不領你這個情！」

哲別道：「哲別向來不饒敵人！剛才這一箭是一命換一命！」

鐵木眞見博爾朮背心中箭，心裏一陣劇烈酸痛，幾乎便要放聲號哭，待見他竟然不死，不禁大喜若狂，這時便要他將部族中成千成萬的牛羊馬匹都拿出去換博爾朮的性命，他也毫不猶豫的換了，聽哲別如此說，急忙叫道：「好，大家別比了。他一命換你一命！」

哲別道：「不是換我的命。」鐵木眞道：「甚麼？」哲別指著站在屋門口的郭靖，說道：「換他的性命！求大汗別難爲這孩子。至於我，」他眉毛一揚，道：「我射傷大汗，罪有應得。博爾朮，你來吧！」伸手拔下肩頭羽箭，血淋淋的搭在弓上。

這時博爾朮的部下早已呈上六袋羽箭，博爾朮道：「好，咱們再比過！」颼颼颼颼，一陣連珠急射。前箭後箭幾乎相續，在空中便如接成了一條箭鍊。

哲別見來勢甚急，一個鐙裏藏身，鑽到了馬腹之下，斜眼覷準，一箭往博爾朮腿上射去，那白口名駒見羽箭疾到，不待主人拉韁，往左急閃。那知哲別這一箭來勢奇快，非比平常，噗的一聲，插入名駒腦袋，那馬登時滾倒在地。

博爾朮臥倒在地，怕他追擊，反身一箭，將哲別手中硬弓的弓桿劈為兩截。哲別失了武器，更無還擊之能，暗暗叫苦，只得縱馬曲曲折折的奔跑閃避。蒙古衆軍士齊聲吶喊，爲博爾朮助威。博爾朮心想：「此人眞是一條好漢子！」不禁起了英雄惜英雄之心，不欲傷他性命，搭箭上弓，瞄準他後心，運足了勁，羽箭飛出。

當眞是將軍神箭，更無虛發，那箭正中哲別後頸。哲別身子一晃，摔下馬來，那箭掉在他身畔，卻原來箭頭也是拗去了的。博爾朮又抽一枝箭搭在弓上，對準了哲別，轉頭對鐵木眞道：「大汗，求你開恩，饒了他罷！」

鐵木眞看到這時，早已愛惜哲別神勇，叫道：「你還不投降嗎？」哲別望著鐵木眞威風凜凜的神態，不禁折服傾倒，奔將過來，跪倒在地。鐵木眞哈哈大笑，道：「好好，以後你跟著我罷！」

蒙古人表達心情，多喜唱歌。哲別拜伏在地，大聲唱了起來：「大汗饒我一命，以後赴湯蹈火，我也願意。橫斷黑水，粉碎岩石，扶保大汗。征討外敵，挖取人心！叫我到那裏，我就到那裏。爲大汗衝鋒陷陣，奔馳萬里，日夜不停！」

鐵木眞大喜，取出兩塊金子，賞給博爾朮一塊，給哲別一塊。哲別謝了，道：「大汗，我轉送給這孩子，可以麼？」鐵木眞笑道：「是我的金子，我愛給誰就給誰。是你的金子，你愛給誰就給誰！」哲別拿金子送給郭靖，郭靖仍搖頭不要，說道：「媽媽說的，須得幫助客人，不可要客人的東西。」

鐵木眞先前見郭靖力抗朮赤不屈，早就喜愛這孩子的風骨，聽了這幾句話，更是高興，讚道：「好孩兒！」對哲別道：「回頭你帶這孩子到我這裏。」率領隊伍，向來路去了。幾名隨從軍士把那匹白口名駒的屍體放在兩匹馬上，跟在後面。

哲別死裏逃生，更得投明主，十分高興，躺在草地上休息，等李萍從市集回來，說明經過。李萍見兒子頭上臉上鞭痕累累，好不心疼，但聽哲別說起兒子的剛強俠義，便道：「乖孩子，爲人該當如此。」心想兒子若是一生在草原牧羊，如何能報父仇，不如到軍中多加歷練，圖個機遇。母子兩人隨同哲別到了鐵木眞軍中。

鐵木眞命哲別在三子窩闊台部下當一名十夫長。哲別見過三王子後，再去拜謝博爾朮。兩人互相敬佩，結成了好友。

哲別感念郭靖的恩義，對他母子照顧周到，準擬郭靖年紀稍大，就把自己的箭法武功傾囊相授。

這日郭靖正在和幾個蒙古孩子摔交遊戲，忽見遠處兩騎蒙古兵急馳奔來，顯是有急訊向大汗稟報。兩兵進入鐵木眞帳中不久，號角嗚嗚響起，各處營房中的兵丁飛奔湧出。

鐵木眞訓練部衆，約束嚴峻，軍法如鐵。十名蒙古兵編爲一小隊，由一名十夫長率領，十個十夫隊由一名百夫長率領，十個百夫隊由一名千夫長率領，十個千夫隊由一名萬夫長率領。鐵木眞號令一出，數萬人如心使臂，如臂使指，直似一人。

郭靖和衆孩在旁觀看，聽號角第一遍吹罷，各營士卒都已拿了兵器上馬。第二遍號角吹動時，四野裏蹄聲雜沓，人頭攢動。第三遍號角停息，轅門前大草原上已黑壓壓一片，整整齊齊的排列了五個萬人隊，除了馬匹呼吸喘氣之外，更無半點耳語和兵器撞碰之聲。

鐵木眞在三個兒子陪同下走出轅門，大聲說道：「咱們打敗了許多敵人，大金國也已知道了。現今大金國皇帝派了他三太子、六太子到咱們這裏，來封你們大汗的官職！」蒙古兵舉起馬刀，齊聲歡呼。當時金人統有中國北方，東及大海，西至西域，版圖遼廣，兵勢雄強，威聲遠震。蒙古人還只是草原大漠中的一個小部落，是以鐵木眞頗以得到大金國的封號爲榮。

鐵木眞號令傳下，大王子朮赤率領一個萬人隊前去迎接，其餘四個萬人隊在草原上布了開來。

其時金國明昌皇帝完顏璟在位，得悉漠北王罕、鐵木眞等部強盛，生怕成爲北方之患，於是派了三子榮王完顏洪熙、六子趙王完顏洪烈前去册封官職，一來加以羈縻，二來察看各部虛實，或以威服，或以智取，相機行事。那趙王完顏洪烈便是曾出使臨安、在牛家村為丘處機所傷、在嘉興遇到過江南七怪之人。

郭靖和眾小孩遠遠的站在一旁看熱鬧，過了好一陣，只見遠處塵頭飛揚，朮赤已接了完顏洪熙、完顏洪烈兩人過來。

完顏兄弟帶領了一萬名精兵，個個錦袍鐵甲，左隊執長矛，右隊持狼牙棒，跨下高頭大馬，鐵甲上鏗鏘之聲里許外即已聽到。待到臨近，更見錦衣燦爛，盔甲鮮明，刀槍耀日，軍容極盛。完顏洪熙兄弟並轡而來，鐵木眞和眾子諸將站在道旁迎接。

完顏洪熙見郭靖等許多蒙古小孩站在遠處，睜大了小眼，目不轉瞬的瞧著，便哈哈大笑，探手入懷，抓了一把金錢，用力往小孩羣中擲去，笑道：「賞給你們！」他把金錢撒得遠遠地，滿擬眾小孩定會羣起歡呼搶奪，那時既顯得自己氣派豪闊，且可引為笑樂。但蒙古人最注重的是主客相敬之禮，他這舉動固十分輕浮，也頗為不敬。蒙古諸將士卒，無不相顧愕然。

這羣小孩都是蒙古兵將的兒女，年紀雖小，卻個個自尊，對擲來的金幣沒人加以理睬。完顏洪熙討了個老大沒趣，又用勁擲出一把金幣，以蒙古話叫道：「大家搶啊，他媽的小鬼！」蒙古眾人聽了，更憤然變色。

當時蒙古人尚無文字，風俗粗獷，卻最重信義禮節，尤其尊敬客人。蒙古人自來不說污言穢語，即是對於深仇大寇，或在遊戲笑謔之際，也從不咒詛謾罵。客人來到蒙古包裹，不論識與不識，必定罄其所有的招待，而做客人的也決不可對主人有絲毫侮慢，如不遵主客之禮，皆以爲莫大罪惡。完顏洪熙說的蒙古話雖語音不正，蒙古兵將大都不明其意，但他的神態舉止，顯有侮辱羣孩的含意。

郭靖平時常聽母親講金人殘暴的故事，在中國如何姦淫擄掠，虐殺百姓，如何與漢奸勾結，害死中國的名將岳飛等等，小小心靈中早深深種下對金人的仇恨，這時見這金國王子如此無禮，在地下撿起幾枚金幣，奔近去猛力往完顏洪熙臉上擲去，叫道：「誰要你的錢！」完顏洪熙偏頭相避，但終有一枚金幣打上他顴骨，雖郭靖力弱，這一下並不疼痛，但總是在數萬人之前出了個醜。蒙古人自鐵木眞以下，個個心中稱快。

完顏洪熙大怒，喝道：「你這小鬼討死！」他在中國時稍不如意，便即舉手殺人，誰敢對他如此侮辱，這時怒火上沖，從身旁侍衛手裏搶過一枝長矛，往郭靖胸口擲去。

完顏洪烈知道不妥，忙叫：「三哥住手！」然那長矛已經擲出，去勢雖不勁急，但郭靖只轉身逃避，並不向旁閃開，方向未變，眼見這小孩要死於矛下，突然左邊蒙古軍萬人隊中飛出一箭，猶如流星趕月，噹的一聲，射中了長矛矛頭。這一箭勁力好大，雖箭輕矛重，仍把長矛盪開，箭矛雙雙落地。郭靖急忙逃開。蒙古兵齊聲喝采，聲震草原。射箭之人，正是哲別。

完顏洪烈低聲道：「三哥，莫再理他！」完顏洪熙見了蒙古兵的聲勢，心裏也有些害怕，狠狠瞪了郭靖一眼，又低罵一聲：「小雜種！」

這時鐵木眞和諸子迎了上來，迎接兩位金國王子入帳，獻上馬乳酒、牛羊馬肉等食物。雙方各有通譯，傳譯女眞和蒙古言語。完顏洪熙宣讀金主敕令，册封鐵木眞爲大金國北強招討使，子孫世襲，永爲大金國北方屏藩。鐵木眞跪下謝恩，收了金主的敕書和金帶。

當晚蒙古人大張筵席，款待上國天使。飲酒半酣，完顏洪熙道：「明日我兄弟要去册封王罕，請招討使跟我們同去。」鐵木眞聽了甚喜，連聲答應。

王罕是草原上諸部之長，兵多財豐，待人寬厚，頗得各部酋長貴人愛戴。所謂「罕」，也即是「大汗」之意，再加一個「王」字，可說是大草原諸部落中以他爲首。王罕當年曾與鐵木眞的父親結拜爲兄弟。後來鐵木眞的父親爲仇人毒死，鐵木眞淪落無依，便拜王罕爲義父，歸附於他。鐵木眞新婚不久，妻子就爲蔑爾乞惕人擄去，全仗王罕與鐵木眞的義弟札木合共同出兵，打敗蔑爾乞惕人，才把他妻子搶回。

因此鐵木眞聽說義父王罕也有册封，很是高興，問道：「大金國還册封誰麼？」完顏洪熙道：「沒有了。」完顏洪烈加上一句道：「北方就只大汗與王罕兩位是眞英雄眞豪傑，餘人皆不足道。」鐵木眞道：「我們這裏還有一位人物，兩位王爺或許還沒聽說過。」完顏洪烈道：「是麼？是誰？」鐵木眞道：「那就是小將的義弟札木合。他爲人仁義，善能用兵，小將求三王爺、六王爺也封他一個官職。」

鐵木眞和札木合是總角之交，兩人結義爲兄弟時，鐵木眞還只十一歲。蒙古結義爲兄弟，稱爲「結安答」，「安答」即是義兄、義弟。蒙古人習俗，結安答時要互送禮物。那時札木合送給鐵木眞一個麅子髀石，鐵木眞送給札木合一個銅灌髀石。髀石是蒙古人射打兔子之物，兒童常用以拋擲玩耍。兩人結義後，就在結了冰的斡難河上拋擲髀石遊戲。第二年春天，兩人用小木弓射箭，札木合送給鐵木眞一個響箭頭，那是他用兩隻小牛角鑽了孔製成的，鐵木眞回贈一個柏木頂的箭頭，又結拜了一次。兩人長大之後，都住在王罕部中，始終相親相愛，天天比賽早起，誰起得早，就用義父王罕的青玉杯飲酸奶。後來鐵木眞的妻子被擄，王罕與札木合出兵幫他奪回，鐵木眞與札木合互贈金帶馬匹，第三次結義。兩人日間同在一隻杯子裏飲酒，晚上同在一條被裏睡覺。後來因追逐水草，各領牧隊分離，鐵木眞威名日盛，札木合麾下部族也不斷增多，兩人情好不渝，勝於骨肉兄弟。這時鐵木眞想起自己已得榮封而義弟未有，是以代他索討。

完顏洪熙酒已喝得半醺，順口答道：「蒙古人這麼多，個個都封官，我們大金國那有這許多官兒？」完顏洪烈向他連使眼色，完顏洪熙只是不理。

鐵木眞聽了，怫然不悅，說道：「那麼把小將的官職讓了給他，也沒打緊。」完顏洪熙一拍大腿，厲聲道：「你這是小覷大金的官職麼？」鐵木眞瞪起雙眼，便欲拍案而起，終於強忍怒氣，不再言語，拿起酒杯，一飲而盡。完顏洪烈忙說笑話，岔了開去。

次日一早，鐵木眞帶同四個兒子，領了五千人馬，護送完顏洪熙、洪烈去册封王罕。

其時太陽剛從草原遠處天地交界線升起，鐵木眞上了馬，五個千人隊早整整齊齊的排列在草原之上。金國兵將卻兀自在帳幕中酣睡未醒。

鐵木眞初時見金兵人強馬壯，兵甲犀利，頗有敬畏之心，這時見他們貪圖逸樂，鼻中哼了一聲，轉頭問木華黎道：「你瞧金兵怎樣？」木華黎道：「咱們蒙古兵一千人可以破他們五千人。」鐵木眞笑道：「我正也這麼想。只是聽說大金國有兵一百餘萬，咱們可只有五萬人。」木華黎道：「一百萬兵不能一起上陣。咱們分開來打，今天幹掉他十萬，明天又掃去他十萬。」鐵木眞拍拍他肩膀，笑道：「說到用兵，你的話總是最合我心意。一百多斤的一個人，可以吃掉十頭一千斤的肥牛，只不過不是一天吃。」兩人同聲大笑。

鐵木眞按轡徐行，忽見第四子拖雷的坐騎鞍上無人，怒道：「拖雷呢？」拖雷這時還只九歲，雖年紀尚幼，但鐵木眞不論訓子練兵，都嚴峻之極，犯規者決不寬貸，他大聲喝問，衆兵將個個悚慄不安。大將博爾忽是拖雷的師傅，見大汗怪責，心下惶恐，說道：「這孩子從來不敢晏起，我去瞧瞧。」剛要轉馬去尋，只見兩個孩子手挽手的奔來。一個頭上裹著一塊錦緞，正是鐵木眞的幼子拖雷，另一個卻是郭靖。

拖雷奔到鐵木眞跟前，叫了聲：「爹！」鐵木眞厲聲道：「你到那裏去啦！」拖雷道：「我剛才和郭兄弟在河邊結安答，他送了我這個。」說著手裏一揚，那是一塊紅色的汗巾，上面繡了花紋，原來是李萍給兒子做的。鐵木眞想起自己幼時與札木合結義之事，心中感到一陣溫暖，臉上登現慈和之色，又見馬前兩個孩子天眞爛漫，溫言問道：「你送了他甚麼？」郭靖指著自己頭頸道：「這個！」鐵木眞見是幼子平素在頸中所帶的黃金項圈，微微一笑，道：「你們兩個以後可要相親相愛，互相扶助。」拖雷和郭靖點頭答應。

鐵木眞道：「都上馬吧，郭靖這小子也跟咱們去。」拖雷和郭靖大喜，各自上馬。又等了大半個時辰，完顏洪熙兄弟才梳洗完畢，走出帳幕。完顏洪烈見蒙古兵早已列隊相候，忙下令集隊。完顏洪熙卻擺弄上國王子的威風，自管喝了幾杯酒，吃了點心才慢慢上馬，又耗了半個時辰，才將一萬名兵馬集好。

大隊向北而行，走了六日，王罕派了兒子桑昆和義子札木合先來迎接。鐵木眞得報札木合到了，忙搶上前去。兩人下馬擁抱。鐵木眞的諸子都過來拜見叔父。

完顏洪烈瞧那札木合時，見他身材高瘦，上唇稀稀的幾莖黃鬚，雙目炯炯有神，顯得十分的精明強悍。那桑昆卻肥肥白白，多半平時養尊處優，竟不像是在大漠中長大之人，又見他神態傲慢，對鐵木眞愛理不理的，渾不似札木合那麼親熱。

又行了一日，離王罕的住處已經不遠，鐵木真部下的兩名前哨忽然急馳回來，報道：「前面有乃蠻部攔路，約有三萬人。」

完顏洪熙聽了傳譯的言語，大吃一驚，忙問：「他們要幹甚麼？」哨兵道：「好像是要跟咱們打仗。」完顏洪熙道：「他……他們人數……當眞有三萬？豈不是多過咱們的……這……這……」鐵木眞不等他話說完，向木華黎道：「你去問問。」

木華黎帶了十名親兵，向前馳去，蒙古大隊停下，列成陣勢，金兵原隊候命。過了一會，木華黎回來稟報：「乃蠻人聽說大金國太子來封大汗官職，他們也要討封。若是不封，他們說要把兩位太子留下來抵押，待大金國封了他們官職之後才放還。那些乃蠻人又說，他們的官職一定要大過鐵木眞大汗的。」

完顏洪熙聽了，臉上變色，說道：「官職豈有強討的？這……這可不是要造反了麼？那怎麼辦？」完顏洪烈即命統兵的將軍布開隊伍，以備不測。

札木合對鐵木眞道：「哥哥，乃蠻人時時來搶咱們牲口，跟咱們爲難，今日還放過他們麼？不知大金國兩位太子又如何吩咐？」

鐵木眞眼瞧四下地形，已成竹在胸，說道：「今日叫大金國兩位太子瞧一瞧咱兄弟的手段！」提氣縱聲長嘯，高舉馬鞭，在空中虛擊兩鞭。啪啪兩下響過，五千名蒙古兵突然「嗬，嗬，嗬」的齊聲大叫。完顏兄弟出其不意，嚇了一跳。

只見前面塵頭大起，敵軍漸漸逼近，蒙古兵的前哨已退回本陣。完顏洪熙道：「六弟，快叫咱們的兒郎衝上去，這些蒙古人沒用。」完顏洪烈低聲道：「讓他們打頭陣。」完顏洪熙登時醒悟，點了點頭。蒙古兵齊聲大叫，卻不移動。完顏洪熙皺起了眉頭，說道：「這些蒙古兵叫得牛鳴馬嘶一般，不知幹甚麼。就算喊得驚天動地，能把敵兵嚇退嗎？」

博爾忽領兵在左，對拖雷道：「你跟著我，可別落後了，瞧咱們怎生殺敵。」拖雷和郭靖隨著眾兵，也放開了小喉嚨大叫。

頃刻之間，塵沙中敵兵已衝到跟前數百步遠，蒙古兵仍只吶喊。

這時完顏洪烈也感詫異，見到乃蠻人來勢凌厲，生怕衝動陣腳，喝令：「放箭！」金兵幾排箭射了出去，但相距尚遠，箭枝未到敵兵跟前，便已紛紛跌落。完顏洪熙見敵兵面目漸漸清楚，個個相貌猙獰，咬牙切齒的催馬衝來，只嚇得心中怦怦亂跳，轉頭向完顏洪烈道：「不如依從他們，胡亂封他一個官職便了。大些便大些，又不用花本錢！」

鐵木真揮動長鞭，又在空中啪啪數響，蒙古兵喊聲頓息，分成兩翼。鐵木真和札木合各領一翼，風馳電掣的往兩側高地上搶去。兩人伏鞍奔跑，大聲發施號令。蒙古兵一隊一隊的散開，片刻之間，已將四周高地盡數佔住，居高臨下，羽箭扣在弓上，箭頭瞄準了敵人，卻不發射。

乃蠻兵的統帥見形勢不利，帶領人馬往高地上搶來。蒙古兵豎起了軟牆。那是數層羊毛厚氈所製，用以擋箭。乃蠻兵向高地上的蒙古兵射箭，一來從低處仰射，箭勢不勁，二來大都為軟牆擋開，難以傷敵。蒙古弓箭手在氈後發箭射敵，附近高地上的蒙古兵又發箭支援，攻敵側翼。乃蠻兵東西馳突，登時潰亂。

鐵木真在左首高地上觀看戰局，見敵兵已亂，叫道：「者勒米，衝他後隊。」者勒米手執大刀，領了一個千人隊從高地上直衝下來，逕抄敵兵後路。哲別挺著長矛，一馬當先。他剛歸順鐵木真，決心要斬將立功，報答大汗不殺之恩，俯身馬背，直衝入敵陣之中。

兩員勇將這麼一陣衝擊，乃蠻後軍登時大亂，前軍也不由得軍心搖動。統兵的將軍正自猶豫不決，札木合和桑昆也領兵衝下。乃蠻部左右受攻，戰不多時，便即潰敗，主將撥轉馬頭便走，部眾跟著紛紛往來路敗退。者勒米勒兵不追，放大隊過去，等敵兵退到還賸兩千餘人時，驀地呼哨衝出，截住路口。乃蠻殘兵陷入了重圍，無路可走，勇悍的奮力抵抗，盡被斫殺，餘下的拋弓下馬，棄槍投降。

這一役殺死敵兵一千餘人，俘獲二千餘人，馬匹一千餘匹。蒙古兵只傷亡了一百餘名。

鐵木眞下令剝下乃蠻兵的衣甲，將二千餘名降兵連人帶馬分成四份，給完顏兄弟一份，義父王罕一份，義弟札木合一份，自己要了一份。凡戰死的蒙古士兵，每家撫卹五匹馬、五名俘虜作奴隸。

完顏洪熙這時才驚魂大定，與高采烈的不住議論剛才的戰鬥，笑道：「他們要討官職，六弟，咱們封他一個『敗北逃命招討使』便了。」說著捧腹狂笑。

完顏洪烈見鐵木眞和札木合以少勝多，這一仗打得光采之極，不覺暗暗心驚，心想：「現下北方各部自相砍殺，我北陲方得平安無事。要是給鐵木眞和札木合統一了漠南漠北諸部，大金國從此不得安穩了。」又見自己部下這一萬名金兵始終未曾接仗，但當乃蠻人前鋒衝到之時，陣勢便現散亂，衆兵將臉上均有懼色，可說兵鋒未交，勝負已見，蒙古人如此強悍，實是莫大隱憂。正自尋思，忽然前面塵沙飛揚，又有一彪軍馬馳來。

韓寶駒撒手鬆鞭，一個觔斗從樹上翻將下來。梅超風跟著撲落，五指向他後心疾抓。韓寶駒忙奮力往前急挺，同時樹下南希仁與全金發的暗器已雙雙向敵人打到。

第四回　黑風雙煞

完顏洪熙笑道：「好，再打他個痛快。」蒙古兵前哨報來：「王罕親自前來迎接大金國兩位太子。」鐵木眞、札木合、桑昆三人忙縱馬上前迎接。

沙塵中一彪軍馬湧到。數百名親兵擁衛下，王罕馳馬近前，滾下馬背，雙手分別攜著鐵木眞和札木合兩個義子，到完顏兄弟馬前跪下行禮。只見他身材肥胖，鬚髮如銀，身穿黑貂長袍，腰束黃金腰帶，神態威嚴，完顏洪烈忙下馬還禮，完顏洪熙卻只在馬上抱一抱拳。

王罕道：「小人聽說乃蠻人要待無禮，只怕驚動了兩位王子，急忙帶兵趕來，幸喜仗著兩位殿下的威風，三個孩兒已把他們殺退了。」親自開道，向北而行，傍晚時分恭恭敬敬的將完顏洪熙兄弟領到他所居的帳幕之中。他帳幕中鋪的盡是貂皮、狐皮，器用華貴，連親兵衛士的服飾也勝過了鐵木眞，他父子自己更不用說了。帳幕四周，數里內號角聲嗚嗚不絕，人喧馬騰，一番熱鬧氣象，完顏兄弟自出長城以來首次得見。

王罕所得的封號，又比鐵木眞爲高，反正只是虛銜，金國也不吝惜。王罕高興之極，對完顏兄弟連聲道謝，表示恭順。封爵已畢，當晚王罕大張筵席，宴請完顏兄弟。大羣女奴在貴客之前獻歌獻舞，熱鬧非常。比之鐵木眞部族中招待的粗獷簡陋，那是天差地遠了。完顏洪熙大爲高興，看中了兩個女奴，心中只轉念頭，如何開口向王罕索討。

酒到半酣，完顏洪烈道：「老英雄威名遠震，我們在中都也久已聽聞，那是不消說了。蒙古人年輕一輩中出名的英雄好漢，我也想見見。」王罕笑道：「我這兩個義兒，就是蒙古人中最出名的英雄好漢。」王罕的親子桑昆在旁聽了，很不痛快，不住大杯大杯的喝酒。完顏洪烈瞧到他的怒色，說道：「令郎更是英雄人物，老英雄怎麼不提？」王罕笑道：「老漢死了之後，自然是他統領部衆。但他怎比得上他的兩個義兒？札木合足智多謀。鐵木眞更剛勇無雙，他是赤手空拳，自己打出來的天下。蒙古人中的好漢，那一個不甘願爲他賣命？」完顏洪烈道：「難道老英雄的將士，便不及鐵木眞招討使的部下麼？」

鐵木眞聽他言語中隱含挑撥之意，向他望了一眼，心下暗自警惕。

王罕撚鬚不語，喝了一口酒，慢慢的道：「上次乃蠻人搶了我幾萬頭牲口去，全虧鐵木眞派了他的四傑來幫我，才把牲口搶回來。他兵將雖然不多，卻個個驍勇。今日這一戰，兩位殿下親眼見到了。」桑昆臉現怒色，把金杯在木案上重重一碰。鐵木眞忙道：「我有甚麼用？我能有今日，全靠義父的栽培提拔。」

完顏洪烈道：「四傑？是那幾位呀？我倒想見見。」王罕向鐵木眞道：「你叫他們進帳來吧。」鐵木眞輕輕拍了拍掌，帳外走進四位大將。

第一個相貌溫雅，臉色白淨，是善於用兵的木華黎。第二個身材魁梧，目光如鷹，是鐵木眞的好友博爾朮。第三個短小精悍，腳步矯捷，便是拖雷的師父博爾忽。第四個滿臉滿手都是箭傷刀疤，面紅似血，是當年救過鐵木眞性命的赤老溫。這四人是後來蒙古開國的四大功臣，其時鐵木眞稱之爲四傑。

完顏洪烈見了，各各獎勉了幾句，每人賜了一大杯酒。待他們喝了，完顏洪烈又道：「今日戰場之上，有一位黑袍將軍，衝鋒陷陣，勇不可當，這是誰啊？」鐵木眞道：「那是小將新收的一名十夫長，人家叫他做哲別。」完顏洪烈道：「也叫他進來喝一杯吧。」鐵木眞傳令出去。

哲別進帳，謝了賜酒，正要舉杯，桑昆叫道：「你這小小的十夫長，怎敢用我的金杯喝酒？」哲別又驚又怒，停杯不飲，望著鐵木眞的眼色。蒙古人習俗，阻止別人飲酒是極大的侮辱。何況在這衆目睽睽之下，教人如何忍得？

鐵木眞尋思：「瞧在義父臉上，我便再讓桑昆一次。」當下對哲別道：「拿來，我口渴，給我喝了！」從哲別手裏接過金杯，仰脖子一飮而乾。哲別向桑昆怒視一眼，大踏步出帳。桑昆喝道：「你回來！」哲別理也不理，昂頭走了出去。

桑昆討了個沒趣，說道：「鐵木眞義兄雖有四傑，但我只要放出一樣東西來，就能把四傑一口氣吃了。」說罷嘿嘿冷笑。他叫鐵木眞為義兄，是因鐵木眞拜他父親王罕為義父之故，他和鐵木眞卻並未結為安答。

完顏洪熙聽他這麼說，奇道：「那是甚麼厲害東西？這倒奇了。」桑昆道：「咱們到帳外去瞧吧。」王罕喝道：「好好喝酒，你又胡鬧甚麼？」完顏洪熙卻一心想瞧熱鬧，道：「酒喝得夠了，瞧些別的也好。」說著站起，走出帳外。衆人跟了出去。

帳外蒙古衆兵將燒了數百個大火堆，正在聚飮，見大汗等出來，只聽得轟隆一聲，西邊大羣兵將同時站起，整整齊齊的肅立不動，正是鐵木眞的部屬。東邊王罕的部將士卒跟著紛紛站起，或先或後，有的還在低聲笑語。完顏洪烈瞧在眼裏，心道：「王罕兵將雖多，卻遠遠不及鐵木眞了！」

鐵木眞在火光下見哲別兀自滿臉怒色，便叫道：「拿酒來！」隨從呈上了一大壺酒。鐵木眞提了酒壺，大聲說道：「今天咱們把乃蠻人殺得大敗，大家都辛苦了。」衆兵將叫道：「是王罕大汗、鐵木眞汗、札木合汗帶領咱們打的。」

鐵木眞道：「今日我見有兩個人特別勇敢，衝進敵人後軍，殺進殺出一連三次，射死了數十名敵人，一個是者勒米，另一個是誰呀？」衆兵叫道：「是十夫長哲別！」鐵木眞大聲道：「甚麼十夫長？是百夫長！」衆人一愣，隨即會意，知是鐵木眞升了哲別的職位，歡呼叫道：「哲別是大勇士，可以當百夫長。」

鐵木眞對者勒米道：「拿我的頭盔來！」者勒米雙手呈上。鐵木眞伸手拿過，舉在空中，叫道：「這是我戴了殺敵的鐵盔，現今給勇士當酒杯！」揭開酒壺蓋，把一壺酒都倒在鐵盔裏面，自己喝了一大口，遞給哲別。

哲別滿心感激，一膝半跪，接過來幾口喝乾了，低聲道：「鑲滿天下最貴重寶石的金杯，也不及大汗的鐵盔。」鐵木眞微微一笑，接回鐵盔，戴在頭上。

蒙古衆兵將均知剛才哲別為喝酒受了桑昆侮辱，都在為他不平，便王罕的部下也覺桑昆不對，這時見鐵木眞如此相待，東西兩邊人衆都高聲歡呼。

完顏洪烈心想：「鐵木眞眞乃人傑。這時候他就叫哲別死一萬次，那人也必心甘情願。朝中大臣老說，北方蠻子盡是些沒腦子的野人，可將人瞧得小了。」

完顏洪熙心中，卻只想著桑昆所說吃掉四傑之事。他在隨從搬過來的虎皮椅上坐下，問桑昆道：「你有甚麼厲害傢伙，能把四傑一口氣吃了？」桑昆微微一笑，低聲道：「我請殿下瞧一場好戲。甚麼四傑威震大漠，多半還不及我的兩頭畜生。」縱聲叫道：「鐵木眞義兄的四傑呢？」木華黎等四人走過來躬身行禮。

桑昆轉頭對自己的親信低聲說了幾句，那人答應而去。過了一會，忽聽得一陣猛獸低吼之聲，帳後轉出兩頭全身錦毛斑爛的金錢大豹來。黑暗中只見豹子的眼睛猶如四盞碧油油的小燈，慢慢移近。完顏洪熙嚇了一跳，伸手緊握佩刀刀柄，待豹子走到火光之旁，這才看清豹頸中套有皮圈，每頭豹子由兩名大漢牽著。大漢手中各執長竿，原來是飼養獵豹的豹夫。蒙古人喜養豹子，用於圍獵，獵豹不但比獵犬奔跑更爲迅速，且兇猛非常，獵物當者立死。不過豹子食量也大，必須食肉，若非王公貴酋，常人自也飼養不起。桑昆這兩頭獵豹雖由豹夫牽在手裏，仍張牙舞爪，目露兇光，忽而竄東，忽而撲西，全身肌肉中似是蘊蓄著無窮精力，只盼發洩出來。完顏洪熙心中發毛，周身不自在，眼見這兩頭豹子的威猛矯捷模樣，要掙脫豹夫手中皮帶，看來輕易之極。

桑昆向鐵木眞道：「義兄，倘若你的四傑眞是英雄好漢，能空手把我這兩頭獵豹打死，那我才服了你。」四傑一聽，個個大怒，均想：「你侮辱了哲別，又來侮辱我們。我們是野豬麼？是山狼麼？叫我們跟你的豹子鬥。」鐵木眞也極不樂意，大聲道：「我愛四傑如同性命，怎能讓他們跟豹子相鬥？」桑昆哈哈大笑，說道：「是麼？那麼還能吹甚麼英雄好漢？連我兩頭豹子也不敢鬥。」

四傑中的赤老溫性烈如火，跨上一步，向鐵木眞道：「大汗，咱們讓人恥笑不要緊，卻不能丟了你的臉。我來跟豹子鬥。」完顏洪熙大喜，從手指上除下一個鮮紅的寶石戒指，投在地下，道：「只要你打贏豹子，這就是你的。」

赤老溫瞧也不瞧，猱身上前。木華黎一把將他拉住，叫道：「咱們威震大漠，是殺敵人殺得多。豹子能指揮軍隊麼？能打埋伏包圍敵人麼？」

鐵木真道：「桑昆兄弟，你贏啦。」俯身拾起紅寶石戒指，放在桑昆的手裏。桑昆將戒指套在指上，縱聲長笑，舉手把戒指四周展示。王罕部下的將士都歡呼起來。札木合皺眉不語。鐵木真卻神色自若。四傑憤憤的退了下去。

完顏洪熙見人豹相鬥不成，老大掃興，向王罕討了兩名女奴，回帳而去。

次日早晨，拖雷與郭靖兩人手拉手的出外遊玩，信步行去，離營漸遠，突然一隻白兔從兩人腳邊奔過。拖雷取出小弓小箭，颼的一聲，正射中白兔肚子。他年幼力微，雖然射中，卻不致命，那白兔帶箭奔跑，兩人大呼小叫，拔足追去。

白兔跑了一陣，終於摔倒，兩人齊聲歡呼，正要搶上去撿拾，忽然旁邊樹林中奔出七八個孩子來。一個十一二歲左右的孩子眼明手快，一把將白兔抓起，拔下小箭往地下一擲，向拖雷與郭靖瞪了一眼，提了兔子便走。

拖雷叫道：「喂，兔子是我射死的，你拿去幹麼？」那孩子回過身來，笑道：「誰說是你射死的？」拖雷道：「這枝箭不是我的麼？」

那孩子突然眉毛豎起，雙睛凸出，喝道：「兔子是我養的，我還要你賠呢！」拖雷道：「你說謊，這明明是野兔。」那孩子更加兇了，伸手在拖雷肩頭一推，道：「你罵誰？我爺爺是王罕，我爹爹是桑昆，你知道麼？兔子就算是你射的，我拿了又怎樣？」

拖雷傲然道：「我爹爹是鐵木眞。」

那孩子道：「呸，是鐵木眞又怎樣？你爹爹是膽小鬼，怕我爺爺，也怕我爹爹。」這孩子名叫都史，是桑昆的獨子。桑昆生了一個女兒後，相隔多年才再生這男孩，此外別無所出，是以十分寵愛，將他縱容得驕橫之極。鐵木眞和王罕、桑昆等隔別已久，兩人的兒子幼時雖曾會面，這時卻已互相不識。

拖雷聽他侮辱自己父親，惱怒之極，昂然道：「誰說的？我爹誰也不怕！」都史道：「你媽媽給人家搶去，是我爹爹和爺爺去奪回來還給你爹的，當我不知道麼？我拿了你這隻小小兔兒，又有甚麼打緊？」王罕當年幫了義子這個忙，桑昆妒忌鐵木眞的武勇威名，時常對人宣揚，連他的幼子也聽得多了。

拖雷一來年幼，二來鐵木眞認爲這是奇恥大辱，當然不會對兒子說起。這時拖雷聽了，氣得臉色蒼白，怒道：「你說謊！我告訴爹爹去。」轉身就走。

都史哈哈大笑，叫道：「你爹怕我爹爹，你告訴了又怎樣？昨晚我爹爹放出兩頭花豹來，你爹的四傑就嚇得不敢動彈。」

四傑中的博爾忽是拖雷的師父，拖雷聽了更加生氣，結結巴巴的道：「我師父連老虎也不怕，怕甚麼豹子？他是大將，不願跟野獸打架。」

都史搶上兩步，忽地一記耳光，打在拖雷臉上，喝道：「你再倔強？你怕不怕我？」拖雷一楞，小臉漲得通紅，想哭又不肯哭。

郭靖在一旁氣惱已久，這時再也忍耐不住，悶聲不響，突然衝上前去，挺頭往都史小腹急撞。都史出其不意，給他一頭撞中，仰天跌倒。拖雷拍手笑道：「好呀！」拖了郭靖的手轉身就逃。都史怒叫：「打死這兩個小子！」

都史的衆同伴追將上去，雙方拳打足踢，鬥了起來。都史爬起身來，怒沖沖加入戰團。都史一夥年紀既大，人數又多，片刻間就把拖雷與郭靖揿倒在地。都史不住向郭靖背上出拳猛打，喝道：「投降了就饒你！」郭靖用力想掙扎站起，但年幼力弱，給他按住了動彈不得。那邊拖雷也給兩個孩子合力壓在地下毆擊。

正自僵持不下，忽然沙丘後馬鈴聲響，一小隊人乘馬過來。當先一個矮胖子騎著一匹黃馬，望見羣孩相鬥，笑道：「好呀，講打麼？」縱馬走近，見是七八個大孩子欺侮兩個小孩，兩個小的給按在地下，都已給打得鼻青口腫，喝道：「不害臊麼？快放手。」

都史罵道：「走開！別在這裏囉唕。你們可知我是誰？我要打人，誰都管不著。」

他爹爹是雄視北方的君長，他驕蠻已慣，向來人人都讓他。

那騎黃馬的人罵道：「這小子這樣橫，快放手！」這時其餘的人也過來了。一個女子道：「三哥，別管閒事，走吧。」那騎黃馬的道：「你自己瞧。這般打架，成甚麼樣子？」

這幾人便是江南七怪。他們自南而北，一路追蹤段天德直到大漠，此後就再也沒了音訊。六年多來，他們在沙漠中、草原上到處打聽段天德和李萍的行蹤，七人都學會了一口蒙古話，但段李兩人卻一直渺無訊息。江南七怪人人性格堅毅，更十分好勝，既與丘處機打了這場賭，別說只不過找尋個女子，便再艱難十倍、兇險萬分之事，他們也絕不會罷手退縮。七怪都一般的心思，如始終尋不著李萍，也須尋足一十八年為止，那時再到嘉興醉仙樓去向丘處機認輸。何況丘處機也未必就能找到楊鐵心的妻子包氏。倘若雙方都找不到，鬥成平手，不妨另出題目，再來比過。

韓小瑩跳下馬來，拉開騎在拖雷背上的兩個孩子，說道：「兩個大的打一個小的，那不可以！」拖雷背上一輕，掙扎著跳起。都史一呆，郭靖猛一翻身，從他胯下爬了出來。兩人既得脫身，發足奔逃。都史叫道：「追呀！追呀！」領著眾孩隨後趕去。

江南六怪望著一羣蒙古小孩打架，想起自己幼年時的胡鬧頑皮，都不禁微笑。

柯鎮惡道：「趕道吧，別等前面市集散了，可問不到人啦！」

這時都史等又已將拖雷與郭靖追上，四下圍住。都史喝問：「投不投降？」拖雷滿臉怒容，搖頭不答。都史道：「再打！」衆小孩一齊擁上。

倏地寒光一閃，郭靖手中已握了一柄短劍，叫道：「誰敢上來？」

原來李萍鍾愛兒子，把丈夫所遺的那柄短劍給了他，要他帶在身畔。她想寶物可以辟邪，本意是要保護兒子不受邪魔所侵。此刻郭靖受人欺逼甚急，便拔了出來。

都史等見他拿了兵器，一時不敢上前動手。

妙手書生朱聰縱馬已行，忽見短劍在陽光下閃耀，光芒特異，不覺一凜。他一生偷盜官府富戶，見識寶物甚多，心想：「這光芒大非尋常，倒要瞧瞧是甚麼寶貝。」勒馬回頭，見一個小孩手中拿著一柄短劍。那短劍刃身隱隱發出藍光，遊走不定，顯是十分珍異的利器，卻不知如何會在一個孩子手中。再看羣孩，除郭靖之外，個個身穿名貴貂皮短衣，而郭靖頸中也套著一個精致的黃金頸圈，顯見都是蒙古豪酋的子弟。

朱聰心想：「這孩子定是偷了父親的寶劍私下出來玩弄。王公酋長之物，取不傷廉。」一起了據爲己有之念，笑吟吟的下馬，說道：「大家別打了，好好兒玩罷。」一言方畢，已閃身挨進衆孩人圈，夾手奪過短劍。他使的是空手入白刃上乘武技，別說郭靖是個小小孩子，就算是武藝精熟的大人，只要不是武林高手，遇上了這位妙手書生，也別想拿得住自己兵刃。

朱聰短劍一到手，縱身竄出，躍上馬背，哈哈大笑，提韁縱馬，疾馳而去，趕上衆人，笑道：「今日運氣不壞，無意間得了件寶物。」笑彌陀張阿生笑道：「二哥這偷鷄摸狗的脾氣總是不改。」鬧市俠隱全金發道：「甚麼寶貝，給我瞧瞧。」朱聰手一揚，擲了過去。

一道藍光在空中劃過，太陽光一照，光芒閃爍，似乎化成了一道小小彩虹，衆人都喝了聲采。

短劍飛臨面前，全金發只感一陣寒意，伸手抓住劍柄，先叫聲：「好！」看了不住口的嘖嘖稱賞，見劍柄上刻著「楊康」兩字，心中一楞：「這是漢人的名字啊，怎麼此劍落在蒙古？楊康？楊康？倒不曾聽說有那一位英雄叫做楊康。可是若非英雄豪傑，又如何配用這等利器？」叫道：「大哥，你知道誰叫楊康麼？」

柯鎭惡道：「楊康？」沉吟半晌，搖頭道：「沒聽說過。」

「楊康」是丘處機當年給包惜弱腹中胎兒所取的名字，楊郭兩人交換了短劍，因此刻有「楊康」字樣的短劍是在李萍手中。江南七怪卻不知此事。柯鎭惡在七人中年紀最長，閱歷最富，他既不知，其餘六人更加不知了。

全金發爲人細心，說道：「丘處機追尋的是楊鐵心的妻子，不知這楊康跟那楊鐵心有沒牽連。」朱聰笑道：「咱們要是找到了楊鐵心的妻子，日後帶到醉仙樓頭，總也勝了牛鼻子一籌。」七人在大漠中苦苦尋找了六年，沒半點頭緒，這時忽然似乎有了一點線索，雖渺茫之極，卻也不肯放過。韓小瑩道：「咱們回去問問那小孩。」

韓寶駒馬快，當先衝回，見衆小孩又打成了一團，拖雷和郭靖又已給撳倒在地。韓寶駒喝斥不開，急了起來，抓起幾個小孩擲在一旁。

都史不敢再打，指著拖雷罵道：「兩隻小狗，有種的明天再在這裏打過。」拖雷道：「好，明天再打。」他心中已有了計較，回去就向三哥窩闊台求助。三個兄長中三哥和他最好，力氣又大，明日一定能來助拳。都史帶了衆孩走了。

郭靖滿臉都是鼻血，伸手向朱聰道：「還我！」

朱聰把短劍拿在手裏，一抛一抛，笑道：「還你就還你。但是你得跟我說，這把劍是那裏來的？」郭靖伸袖子一擦鼻中仍在流下來的鮮血，道：「媽媽給我的。」朱聰問道：「你爹爹叫甚麼名字？」郭靖從來沒爹爹，這句話倒將他楞住了，便搖了搖頭。

全金發問道：「你姓楊麼？」郭靖又搖了搖頭。七怪見這孩子儍頭儍腦的，都好生失望。朱聰問道：「楊康是誰？」郭靖仍茫然搖頭。

江南七怪極重信義，言出必踐，雖對一個孩子，也決不能說過的話不算，朱聰便把短劍交在郭靖手裏。韓小瑩拿出手帕，給郭靖擦去鼻血，柔聲道：「回家去吧，以後別打架啦。你人小，打他們不過的。」七人掉轉馬頭，縱馬東行。

郭靖怔怔的望著他們。拖雷叫道：「郭靖安答，回去罷。」

這時七人已走出一段路，但柯鎭惡耳音鋭敏之極，聽到「郭靖」兩字，全身大震，立即提韁回馬，問道：「孩子，你姓郭？你是漢人，不是蒙古人？」郭靖道：「是啊！」柯鎭惡大喜，急問：「你媽媽叫甚麼名字？」郭靖道：「媽媽就是媽媽。」柯鎭惡搔頭問道：「你帶我去見你媽媽，好麼？」郭靖道：「媽媽不在這裏。」柯鎭惡聽他語氣中似含敵意，叫道：「七妹，你來問他。」韓小瑩跳下馬來，溫言道：「你爹爹呢？」郭靖道：「我爹爹給壞人害死了，等我長大了，去殺了壞人報仇。」韓小瑩問道：「你爹爹叫甚麼名字？」她過於興奮，聲音也發顫了。郭靖又搖了搖頭，柯鎭惡道：「害死你爹爹的壞人叫甚麼名字？」郭靖咬牙切齒的道：「他……名叫段天德！」

原來李萍身處荒漠絕域之地，知道隨時都會遭遇不測，是否得能生還中原故土，確實渺茫之極，要是自己突然喪命，兒子連仇人的姓名也永遠不知了，是以早就將段天德的名字形貌，一遍又一遍的說給兒子聽了。她是個不識字的鄉下女子，自然只叫丈夫爲「嘯哥」，聽旁人叫他「郭大哥」，丈夫叫甚麼名字，她反而並不在意。郭靖也只道爹爹便是爹爹，從來不知另有名字。

這「段天德」三字，郭靖說來也不如何響亮，但突然之間傳入七怪耳中，七個人登時目瞪口呆，便是半空中三個晴天霹靂，亦無這般驚心動魄的威勢，一刹那間，宛似地動山搖，風雲變色。過了半晌，韓小瑩才歡呼大叫，不禁全身發抖，抓住了張阿生的左臂，才不致暈倒，張阿生以拳頭猛搥自己胸膛，全金發緊緊摟住了南希仁的脖子，韓寶駒在馬背連翻觔斗，柯鎮惡捧腹狂笑，朱聰像一個陀螺般急轉圈子。拖雷與郭靖見了他們的樣子，又好笑，又奇怪。過了良久，江南七怪才慢慢安靜下來，人人滿臉喜色。張阿生跪在地下不住向天膜拜，喃喃的道：「菩薩有靈，多謝老天爺保佑！」

韓小瑩對郭靖道：「小兄弟，咱們坐下來慢慢說話。」

拖雷心裏掛念著去找三哥窩闊台助拳，又見這七人言行詭異，說的蒙古話又都怪聲怪氣，音調全然不準，看來不是好人，雖然剛才他們解了自己之圍，卻不願在當地多躭，不住催郭靖回去。郭靖道：「我要回去啦。」拉了拖雷的手，轉身就走。

韓寶駒急了，叫道：「喂，喂，你不能走，讓你那小朋友先回去罷。」

兩個小孩見他形貌奇醜，害怕起來，當即發足奔跑。韓寶駒搶將上去，伸出肥手，疾往郭靖後領抓去。朱聰叫道：「三弟，莫莽撞。」在他手上輕輕一架。韓寶駒愕然停手。朱聰加快腳步，趕在拖雷與郭靖頭裏，從地下撿起三枚小石子，笑嘻嘻的道：「我變戲法，你們瞧不瞧？」郭靖與拖雷登感好奇，停步望著他。

朱聰攤開右掌，掌心中放了三枚小石子，喝聲：「變！」手掌成拳，再伸開來時，小石子全已不見。兩個小孩奇怪之極。朱聰向自己頭上帽子一指，喝道：「鑽進去！」

揭下帽子，三顆小石子好端端的正在帽裏。郭靖和拖雷哈哈大笑，齊拍手掌。

正在這時，遠遠雁聲長唳，一羣鴻雁排成兩個人字形，從北邊飛來。朱聰心念一動，道：「現在咱們來請我大哥變個戲法。」從懷中摸出一塊汗巾，交給拖雷，向柯鎮惡一指，道：「你把他眼睛蒙住。」拖雷依言把汗巾縛在柯鎮惡眼上，笑道：「捉迷藏嗎？」朱聰道：「不，他蒙住了眼睛，卻能把空中的大雁射下來。」說著將一副弓箭放在柯鎮惡手裏。拖雷道：「那怎麼能？我不信。」

說話之間，雁羣已飛到頭頂。朱聰揮手將三塊石子往上拋去，他手勁甚大，石子飛得老高。雁羣受驚，領頭的大雁高聲大叫，正要率領雁羣轉換方向，柯鎮惡已辨清楚了位置，拉弓發矢，颼的一聲，正中大雁肚腹，連箭帶雁，跌了下來。

拖雷與郭靖齊聲歡呼，奔過去拾起大雁，交在柯鎮惡手裏，小心靈中欽佩之極。

朱聰道：「剛才他們七八個打你們兩個，要是你們學會了本事，就不怕他們人多了。」拖雷道：「明天我們還要打，我去叫哥哥來。」朱聰道：「叫哥哥幫忙？哼，那是沒用的孩子。我來教你們一些本事，管教明天打贏他們。」拖雷道：「我們兩個打贏他們八個？」朱聰道：「正是！」拖雷大喜道：「好，那你就教我。」

朱聰見郭靖在一旁似乎不感興趣，問道：「你不愛學麼？」郭靖道：「媽媽說的，不可跟人家打架。學了本事打人，媽媽要不高興的。」

韓寶駒輕輕罵道：「膽小的孩子！」朱聰又問：「那麼剛才你們爲甚麼打架？」郭靖道：「是他們先打我們的。」柯鎭惡低沉了聲音道：「要是你見到了仇人段天德，那怎麼辦？」郭靖小眼中閃出怒光，道：「我殺了他，給爹爹報仇。」柯鎭惡道：「你爹爹一身好武藝，尚且給他殺了。你不學本事，當然打他不過，又怎能報仇？」郭靖怔怔的發呆，無法回答。韓小瑩道：「所以哪，本事是非學不可的。」他們說的是嘉興話，與臨安鄉音相近，郭靖倒也懂得。朱聰向左邊荒山一指，說道：「你要學本事報仇，今晚半夜裏到這山上來找我們。不過，只能你一個人來，除了你這個小朋友之外，也不能讓旁人知道。你敢不？怕不怕鬼？」

郭靖仍呆呆不答。拖雷卻道：「你教我本事罷。」

朱聰忽地拉住他手膀一扯，左腳輕輕一勾，拖雷撲地倒了。他爬起身來，怒道：「你幹麼打我？」朱聰笑道：「這就是本事，你學會了嗎？」拖雷很是聰明，當即領悟，照式學了一遍，說道：「你再教。」朱聰向他面門虛晃一拳，拖雷向左閃避，朱聰右拳早到，正打在他鼻子之上，只是這一拳並不用力，觸到鼻子後立即收回。拖雷大喜，叫道：「好極啦，你再教。」朱聰忽地俯身，肩頭在他腰裏輕輕一撞，拖雷猛地跌了出去。全金發飛身去接住，穩穩的將他放在地下。

拖雷喜道：「叔叔，再教。」朱聰笑道：「你把這三下好好學會，大人都不一定打得贏你了。夠啦，夠啦。」轉頭問郭靖道：「你學會了麼？」

郭靖正自呆呆出神，不知在想些甚麼，茫然搖了搖頭。七怪見拖雷聰明伶俐，相形之下，郭靖更顯得笨拙，不禁悵然若失。韓小瑩一聲長嘆，眼圈兒不禁紅了。全金發道：「我瞧也不必多費精神啦。好好將他們母子接到江南，交給丘道長。比武之事，咱們認輸算了。」朱聰道：「這孩子資質太差，不是學武的胚子。」韓寶駒道：「他沒一點剛烈之性，我也瞧來不成。」七怪用江南土話紛紛議論。韓小瑩向兩孩子揮揮手道：「你們去罷。」拖雷拉了郭靖，歡歡喜喜的走了。

江南七怪辛苦六年，在茫茫大漠中奔波數千里，一旦尋到了郭靖，本來喜從天降，不料只歡喜得片刻，便見郭靖資質顯然甚爲魯鈍，決難學會上乘武功，不由得心灰意懶。這番難過，只有比始終尋不到郭靖更甚。韓寶駒提起軟鞭，不住擊打地下沙子出氣，只打得塵沙飛揚，兀自不肯停手，只南山樵子南希仁始終一言不發。

柯鎭惡道：「四弟，你說怎樣？」南希仁道：「很好。」朱聰道：「甚麼很好？」南希仁道：「孩子很好。」韓小瑩急道：「四哥總是這樣，難得開一下金口，也不肯多說一個字。」南希仁微微一笑，道：「我小時候也很笨。」他向來沉默寡言，每一句話都思慮周詳之後再說出口來，是以不言則已，言必有中。

六怪聽他這麼說，登時猶如見到一線光明，已不如先時那麼垂頭喪氣。張阿生道：

「對，對！我幾時又聰明過了？」說著轉頭向韓小瑩瞧去。

朱聰道：「且瞧他今晚敢不敢一個人上山來。」全金發道：「我瞧多半不敢。我先去找到他的住處。」說著跳下馬來，遙遙跟著拖雷與郭靖，望著他們走進蒙古包裏。

當晚七怪守在荒山之上，將至亥時三刻，斗轉星移，卻那裏有郭靖的影子？韓寶駒歎道：「江南七怪威風一世，到頭來卻敗在這臭道士手裏！」

朱聰道：「全眞教在江北抗金殺敵，救護百姓，忠肝義膽，爲國爲民。全眞七子個個武功高強，俠義爲懷，武林中衆所敬服。聽說丘處機更是其中的佼佼者，咱們敗在他手下，也不損名頭，何況咱們大家都是爲了救護忠義的後人，這是堂堂正正的大好事，江湖上朋友們知道了，人人要讚一個『好』字！」六人聽了齊聲稱是，心中舒暢。

但見西方天邊黑雲重重疊疊的堆積，頭頂卻是一片暗藍色的天空，更無片雲。西北風一陣緩，一陣急，明月漸至中天，月旁一團黃暈。韓小瑩道：「只怕今晚要下大雨。一下雨，這孩子更不會來了。」張阿生道：「那麼咱們明兒找上門去。」柯鎭惡道：「資質笨些，也不打緊。但這孩子要是膽小怕黑，唉！」說著搖了搖頭。

七人正自氣沮，韓寶駒忽然「咦」了一聲，向草叢裏一指道：「那是甚麼？」月光之下，只見青草叢中三堆白色的東西，模樣詭奇。

全金發走過去看時，見三堆都是死人的骷髏頭骨，卻疊得整整齊齊。他笑道：「定是那些頑皮孩子搞的，把死人頭排在這裏……啊，甚麼？……二哥，快來！」

各人聽他語聲突轉驚訝，除柯鎮惡外，其餘五人都忙走近。全金發拿起一個骷髏遞給朱聰，道：「你瞧！」朱聰就他手中看去，見骷髏的腦門上有五個窟窿，模樣就如用手指揷出來的一般。他伸手往窟窿中一試，五隻手指剛好揷入五個窟窿，大拇指揷入的窟窿大些，小指揷入的窟窿小些，猶如照著手指的模樣細心彫刻而成，顯然不是孩童的玩意。

朱聰臉色微變，再俯身拿起兩個骷髏，見兩個頭骨頂上，仍各有剛可容納五指的洞孔，不禁大起疑心：「難道是有人用手指揷出來的？」但想世上不會有如此武功高強之人，五指竟能洞穿頭骨，暗自沉吟，口中不說。

韓小瑩叫道：「是吃人的山魈妖怪麼？」韓寶駒道：「是了，定是山魈。」全金發沉吟道：「若是山魈，怎會把頭骨這般整整齊齊的排在這裏？」

柯鎮惡聽到這句話，躍將過來，問道：「怎麼排的？」全金發道：「一共三堆，排成品字形，每堆九個骷髏頭。」柯鎮惡驚問：「是不是分為三層？下層五個，中層三個，上層一個？」全金發奇道：「是啊！大哥，你怎知道？」柯鎮惡不答他問話，急道：「快向東北方、西北方各走一百步。瞧有甚麼？」

六人見他神色嚴重，甚至近於惶急，大異平素泰然自若之態，不敢怠慢，三人一邊，各向東北與西北數了腳步走去，片刻之間，東北方的韓小瑩與西北方的全金發同時大叫：「這裏也有骷髏堆。」

柯鎮惡飛身搶到西北方，低聲喝道：「生死關頭，千萬不可大聲。」三人愕然不解，柯鎮惡早已急步奔到東北方韓小瑩等身邊，同樣喝他們禁聲。張阿生低聲問：「是妖怪呢還是仇敵？」柯鎮惡道：「是兇徒，厲害之極。我哥哥就是給他們殺死的！」這時西北方的全金發等都奔了過來，圍在柯鎮惡身旁，聽他這麼說，無不驚心。

六人素知他兄長柯辟邪武功比他更高，爲人精明了得，竟慘死人手，那麼仇敵必定兇厲無比。江南七怪相互間本來無事不說，決不隱瞞，但柯辟邪之死，還只是一兩年前之事，柯鎮惡竟始終不說原由經過，以及對頭的來歷。

柯鎮惡拿起一枚骷髏頭骨，仔細撫摸，將右手五指揷入頭骨上洞孔，喃喃道：「練成了，練成了，果然練成了。」又問：「這裏也是三堆骷髏頭？」韓小瑩道：「不錯。」柯鎮惡低聲道：「每堆都是九個？」韓小瑩道：「一堆九個，兩堆只有八個。」柯鎮惡道：「快去數數那邊的。」韓小瑩飛步奔到西北方，俯身一看，隨即奔回，說道：「那邊每堆都是七個，都是死人首級，肌肉未爛。」柯鎮惡低聲道：「那麼他們馬上就會到來。」將骷髏頭骨交給全金發，道：「小心放回原處，別讓他們瞧出有過移動的痕跡。」

全金發放好骷髏，回到柯鎮惡身邊。六兄弟惘然望著大哥，靜待他解說。

只見他抬頭向天，臉上肌肉不住扭動，森然道：「這是銅屍鐵屍！」朱聰嚇了一跳，道：「銅屍鐵屍不早就死了麼，怎麼還在人世？」柯鎮惡道：「我也只道已經死了。卻原來躲在這裏暗練九陰白骨爪。各位兄弟，大家快上馬，向南急馳，千萬不可再回來。馳出一千里後等我十天，我第十一天不到，就不必再等了。」韓小瑩急道：「大哥你說甚麼？咱們喝過血酒，立誓同生共死，怎麼你叫我們走？」柯鎮惡連連揮手，道：「快走，快走，遲了可來不及啦！」韓寶駒怒道：「你瞧我們是無義之輩麼？」張阿生道：「江南七怪打不過人家，留下七條性命，也就是了，那有逃走之理？」

柯鎮惡急道：「這兩人武功本就十分了得，現今又練成了九陰白骨爪。咱們七人絕不是對手。何苦在這裏白送性命？」六人知他平素心高氣傲，從不服輸，以長春子丘處機如此武功，也膽敢與之拚鬥，毫不畏縮，對這兩人卻這般忌憚，想來對方定然厲害無比。全金發道：「那麼咱們一起走。」柯鎮惡冷冷的道：「這二人既然未死，殺兄大仇，不能不報。」

南希仁道：「有福共享，有難同當。」他言簡意賅，但說了出來之後，再無更改。

柯鎮惡沉吟片刻，素知各人義氣深重，原也決無臨難自逃之理，適才他說這番話，危急之際顧念眾兄弟的性命，已近於口不擇言，自知不合，嘆了口氣，說道：「好，既是如此，大家千萬要小心了。那銅屍是男人，鐵屍是女人，兩個是夫妻，江湖上稱爲「黑風雙煞」。兩年前，黑風雙煞初練九陰白骨爪，戕害良善，我兄長柯辟邪受人之邀，前去圍攻除害，當時他派人通知我，叫我一起參與，但那時我們七人正在山東、河北努力找尋李萍。我們剛得到線索，幾年之前，有人見到一個軍官和一個身穿男子軍裝的大肚女人不住叫罵廝打，那女子瘋瘋顛顛，說要殺那軍官，爲她丈夫報仇，兩人向著中都大興府而去，聽來很像是段天德和李萍。我不願拋開李萍去向的線索而前往參戰，而且參與圍攻的好手甚衆，並不在乎我是否加入，待得我們趕到大興府，又失了李萍和段天德的蹤跡，後來才知道，原來那時李萍早已到了大漠，且生下了郭靖。我們雖也找到了大漠，但黃沙莽莽，直到最近才撞到郭靖這小子。去年春天，我才得知兄長在圍攻中不幸爲黑風雙煞所害，又從傳訊人口中，得知了黑風雙煞的來歷和功夫，自忖非他二人之敵，殺兄之仇一時也報不了，其時又急於尋找郭靖，便對六弟妹隱忍不言，以免反而害了六弟妹性命。」柯鎭惡神情嚴重，說道：「大家須防他們手爪厲害。六弟，你向南走一百步，瞧是不是有口棺材？」

全金發連奔帶跑的數著步子走去，走滿一百步，沒見到棺材，仔細察看，見地下露出石板一角，用力一掀，石板紋絲不動。轉回頭招了招手，各人一齊過來。張阿生、韓寶駒俯身用力，嘰嘰數聲，兩人合力抬起石板。月光下只見石板之下是個土坑，坑中並臥著兩具屍首，穿著蒙古人裝束。

柯鎮惡躍入土坑之中，說道：「那兩個魔頭待會練功，要取屍首應用。我躲在這裏，出其不意的攻他們要害。大家四周埋伏，千萬不可先讓他們驚覺了。務須等我發難之後，大家才一齊湧上，下手不可有絲毫留情，這般偷襲暗算雖不夠光明磊落，但敵人實在太狠太強，若非如此，咱七兄弟個個性命不保。」他低沉了聲音，一字一句的說著，六兄弟連聲答應。柯鎮惡又道：「那兩人機靈之極，稍有異聲異狀，在遠處就能察覺，把石板蓋上罷，只要露一條縫給我透氣就是。」說著向天臥倒。六人依言，輕輕把石板蓋上，各拿兵刃，在四周草叢樹後找了隱蔽的所在分別躲好。

韓小瑩見柯鎮惡如此鄭重其事，與他平素行逕大不相同，又是掛慮，又是好奇，躲藏時靠近朱聰，悄聲問道：「黑風雙煞是甚麼人？」

朱聰道：「兩年前，大哥的兄長柯辟邪派人來知會大哥，說要去圍攻黑風雙煞，大哥怕洩漏風聲，只叫我一個兒跟他一起見那個來報訊之人，幫他過一過眼，瞧來人是否玩甚麼花樣騙人。那人說道：銅屍鐵屍是東海桃花島島主的弟子……」韓小瑩低聲道：「是桃花島的人物，那是我們浙江同鄉？」朱聰道：「是啊，聽說是給桃花島主革逐出門了。這兩人心狠手辣，武功高強，行事又十分機靈，當眞神出鬼沒。他們害死了柯大俠之後，聽說江湖上不見了他們的蹤跡，大家都只道他們惡貫滿盈，已經死了，那知道卻是躲在這窮荒極北之地。」

韓小瑩問道：「這二人叫甚麼名字？」朱聰道：「銅屍是男的，名叫陳玄風。他臉色焦黃，有如赤銅，臉上又從來不露喜怒之色，好似殭屍一般，因此人家叫他銅屍。」韓小瑩道：「那麼那個女的鐵屍，臉色是黑黝黝的了？」朱聰道：「不錯，她姓梅，名叫梅超風。」韓小瑩道：「大哥說他們練九陰白骨爪，那是甚麼功夫？」朱聰道：「我也沒聽說。」

韓小瑩向那疊成一個小小白塔似的九個骷髏頭望去，見到頂端那顆骷髏一對黑洞洞的眼孔正好對準著自己，似乎直瞪過來一般，不覺心中一寒，轉過頭不敢再看，沉吟道：「怎麼大哥從來不提這回事？難道……」

她話未說完，朱聰突然左手在她口上一掩，右手向小山下指去。韓小瑩從草叢間望落，只見遠處月光照射之下，一個臃腫的黑影在沙漠上急移而來，甚是迅速，暗道：「慚愧！原來二哥和我說話時，一直在毫不懈怠的監視敵人。」

頃刻之間，那黑影已近小山，這時已可分辨出來，原來是兩個人緊緊靠在一起，是以顯得特別肥大。韓寶駒等先後都見到了，均想：「這黑風雙煞的武功果然怪異無比。兩人這般迅捷的奔跑，竟能緊緊靠攏，相互間寸步不離！」六人屏息凝神，靜待大敵上山。朱聰握住點穴用的扇子，韓小瑩把劍插入土裏，以防劍光映射，右手緊緊抓住劍柄。只聽山路上沙沙聲響，腳步聲直移上來，各人心頭怦怦跳動，只覺這一刻特別長。這時西北風更緊，西邊的黑雲有如大山小山，一座座的湧將上來。

過了一陣，腳步聲停息，山頂空地上豎著兩個人影，一個站著不動，頭上戴著皮帽，似是蒙古人打扮，另一人長髮在風中飄動，卻是個女子。韓小瑩心想：「那必是銅屍鐵屍了，且瞧他們怎生練功。」

只見那女子繞著男子緩緩行走，骨節中發出微微響聲，她腳步逐漸加快，骨節的響聲也越來越響，越來越密，猶如幾面羯鼓同時擊奏一般。江南六怪聽著暗暗心驚：「她內功竟已練到如此地步，無怪大哥要這般鄭重。」只見她雙掌不住的忽伸忽縮，每一伸縮，手臂關節中都喀喇聲響，長髮隨著身形轉動，在腦後拖得筆直，尤其詭異可怖。

韓小瑩只覺一股涼意從心底直冒上來，全身寒毛豎起。突然間那女子右掌一立，左掌啪的一聲打在那男子胸前。江南六怪無不大奇：「難道她丈夫便以血肉之軀抵擋她的掌力？」眼見那男子往後傾跌，那女子已轉到他身後，一掌打在他後心。只見她身形挫動，風聲虎虎，接著連發八掌，一掌快似一掌，一掌猛似一掌，那男子始終默不作聲。待到第九掌發出，那女子忽然躍起，飛身半空，頭下腳上，左手抓起那男子的皮帽，噗的一聲，右手手指插入了那人腦門。

韓小瑩險些失聲驚呼。只見那女子落下地來，哈哈長笑，那男子俯身跌倒，更不稍動。那女子伸出一隻染滿鮮血腦漿的手掌，在月光下一面笑一面瞧，忽地回過頭來。韓小瑩見她臉色雖略黝黑，模樣卻頗爲俏麗，二十幾歲年紀。臉上微有笑容，然絲毫不減其狠毒戾氣。

江南六怪這時已知那男子並非她丈夫，只是一個給她捉來餵招練功的活靶子，這女子自必是鐵屍梅超風了。

梅超風笑聲一停，伸出雙手，嗤嗤數聲，撕開了死人的衣服。北國天寒，人人都穿皮襖，她撕破堅韌的皮衣，竟如撕布扯紙，毫不費力，隨即伸手扯開死人胸腹，將內臟一件件取出，在月光下細細檢視，看一件，擲一件。六怪瞧拋在地下的心肺肝脾，只見件件都已碎裂，才明白她以活人作靶練功的用意，她在那人身上擊了九掌，絲毫不聞骨骼折斷之聲，內臟卻已震碎。她檢視內臟，顯是查考自己功力進度若何了。

韓小瑩惱怒之極，輕輕拔起長劍，便欲上前偷襲。朱聰忙拉住搖了搖手，尋思：「這時只鐵屍一人，雖然厲害，但我們七兄弟合力，諒可抵敵得過，先除了她，再來對付銅屍，那就容易得多。要是兩人齊到，我們無論如何應付不了……但安知銅屍不是躲在暗裏，乘隙偷襲？大哥深知這兩個魔頭的習性，還是依他吩咐，由他先行發難爲妥。」

梅超風檢視已畢，微微一笑，似乎頗爲滿意，坐在地下，對著月亮調勻呼吸，做起吐納功夫來。她背脊正對著朱聰與韓小瑩，背心一起一伏，看得清清楚楚。

韓小瑩心想：「這時我發一招『電照長空』，十拿九穩可以穿她個透明窟窿。但若一擊不中，可誤了大事。」她全身發抖，一時拿不定主意。

朱聰也不敢喘一口大氣，但覺背心上涼颼颼地，卻是出了一身冷汗，一斜眼間，見西方黑雲已遮滿了半個天空，猶似一張大青紙上潑滿了濃墨一般，烏雲中電光閃爍，更令人心增驚怖。輕雷隱隱，窒滯鬱悶，似給厚厚黑雲裹纏住了難以脫出。

梅超風打坐片時，站起身來，拖了屍首，走到柯鎮惡藏身的石坑之前，彎腰去揭石板。

江南六怪個個緊握兵刃，只等她一揭石板，立即躍出。

梅超風忽聽得背後樹葉微微一響，似乎不是風聲，猛然回頭，月光下一個人頭的影子正在樹梢上顯了出來，她一聲長嘯，陡然往樹上撲去。

躲在樹巔的正是韓寶駒，他仗著身矮，藏在樹葉之中不露形跡，這時作勢下躍，微一長身，竟立爲敵人發覺。他見這婆娘撲上之勢猛不可當，金龍鞭一招「烏龍取水」，居高臨下，往她手腕上擊去。梅超風竟自不避，順手反帶，已抓住了鞭梢。韓寶駒膂力甚大，出勁迴奪。梅超風身隨鞭上，左掌已如風行電掣般拍到。掌未到，風先至，迅猛已極。韓寶駒眼見抵擋不了，鬆手撤鞭，一個觔斗從樹上翻落。梅超風不容他緩勢脫身，跟著撲下，五指向他後心疾抓。

韓寶駒只感頸上一股涼氣，忙竭力往前急挺，同時樹下南希仁的透骨錐與全金發的袖箭已雙雙向敵人打到。

梅超風左手中指連彈，將兩件暗器逐一彈落。嗤的一聲響，韓寶駒後心衣服已給扯去了一塊。他左足點地，奮力向前縱出，不料梅超風正落在他面前。這鐵屍動如飄風，喝道：「你是誰，到這裏幹甚麼？」雙爪已搭上他肩頭。韓寶駒只感一陣劇痛，敵人十指猶如十把鐵錐般嵌入了肉裏，他大驚之下，飛起右腳，踢向敵人小腹。梅超風右掌斬落，喀的一聲，韓寶駒足背幾乎折斷，他臨危不亂，立即借勢著地滾開。

梅超風提腳往他臀部踢去，忽地右首一條黑黝黝的扁擔閃出，猛往她足踝砸落，正是南山樵子南希仁。

梅超風顧不得追擊韓寶駒，急退避過，頃刻間，只見四面都是敵人，一個手拿點穴鐵扇的書生與一個使劍的妙齡女郎從右攻到，一個長大胖子握著屠牛尖刀，一個瘦小漢子拿著一件怪樣兵刃從左搶至，正面掄動扁擔的是個鄉農模樣的壯漢，身後腳步聲響，料想便是那個使軟鞭的矮胖子，這些人都不相識，然而看來個個武功不弱，心道：「他們人多，先施辣手殺掉幾個再說。管他們叫甚麼名字，是甚麼來歷，反正除了恩師和我那賊漢子，天下人人可殺！」身形晃動，手爪猛往韓小瑩臉上抓去。

朱聰見她來勢兇銳，鐵扇疾打她右臂肘心的「曲池穴」。豈知這鐵屍竟然不理，右爪直伸，韓小瑩一招「白露橫江」，橫削敵人手臂。梅超風手腕翻處，伸手硬抓寶劍，看樣子她手掌竟似不怕兵刃。韓小瑩大駭，忙縮劍退步，只聽啪的一聲，朱聰的鐵扇已打中敵人「曲池穴」。這是人身要穴，點中後全臂立即酸痲失靈，動彈不得，朱聰正自大喜，忽見敵人手臂陡長，手爪已抓到了他頭頂。朱聰仗著身形靈動，於千鈞一髮之際倏地竄出，才躲開了這一抓，驚疑不定：「難道她身上沒穴道？」

這時韓寶駒已撿起地下金龍鞭，六人將敵人圍在垓心，刀劍齊施。梅超風絲毫不懼，一雙肉掌竟似比六怪的兵刃還要厲害。她雙爪猶如鋼抓鐵鉤，不是硬奪兵刃，便往人身上狠抓惡挖。江南六怪想起骷髏頭頂五個手指窟窿，無不暗暗心驚。更有一件棘手之事，這鐵屍諢號中有個「鐵」字，殊非偶然，周身眞如銅鑄鐵打一般。她後心給全金發秤錘擊中兩下，卻似並未受到重大損傷，才知她橫練功夫亦已練到了上乘境界。眼見她除了對張阿生的尖刀、韓小瑩的長劍不敢以身子硬接之外，對其餘兵刃竟不大閃避，一味凌厲進攻。鬥到酣處，全金發躲避稍慢，左臂給她一把抓住。五怪大驚，向前疾攻。梅超風一扯之下，全金發手臂上連衣帶肉，竟讓她血淋淋的抓了一大塊下來。

朱聰心想：「有橫練功夫之人，身上必有一個功夫練不到的罩門，這地方柔嫩異常，一碰即死，不知這惡婦的罩門是在何處？」他縱高竄低，鐵扇晃動，連打敵人頭頂「百會」、咽喉「廉泉」兩穴，接著又點她小腹「神闕」、後心「中樞」兩穴，霎時之間，連試了十多個穴道，要查知她對身上那一部門防護特別周密，那便是「罩門」的所在。

梅超風明白他用意，喝道：「鬼窮酸，你姑奶奶功夫練到了家，全身沒罩門！」倏的一抓，抓住了他手腕。朱聰大驚，幸而他動念奇速，手法伶俐，不待她爪子入肉，手掌翻動，已將鐵扇塞入了她掌心，叫道：「扇子上有毒！」梅超風突然覺到手裏出現一件硬物，一呆之下，朱聰已把手掙脫。梅超風也怕扇上當眞有毒，立即拋下。

朱聰躍開數步，提手只見手背上深深的五條血痕，不禁全身冷汗，眼見久戰不下，己方倒已有三人給她抓傷，待得她丈夫銅屍到來，七兄弟眞的要暴骨荒山了。只見張阿生、韓寶駒、全金發都已氣喘連連，額頭見汗，只南希仁功力較深，韓小瑩身形輕盈，尙未見累，敵人卻愈戰愈勇。一斜眼瞥見月亮慘白的光芒從烏雲間射出，照在左側那三堆骷髏頭骨之上，不覺一個寒噤，情急智生，飛步往柯鎭惡躲藏的石坑前奔去，同時大叫：「大家逃命呀！」五怪會意，邊戰邊退。

梅超風冷笑道：「那裏鑽出來的野種，到這裏來暗算老娘，這時候再逃已經遲了。」飛步追來。南希仁、全金發、韓小瑩拚力擋住。朱聰、張阿生、韓寶駒三人俯身合力，砰的一聲，將石板抬在一邊。

就在此時，梅超風左臂已圈住南希仁的扁擔，右爪遞出，直取他雙目。朱聰猛喝一聲：「快下來打！」手指向上一指，雙目望天，左手高舉，連連招手，似是叫隱藏在上的同伴下來夾擊。

梅超風一驚，不由自主的抬頭望去，只見烏雲滿天，半遮明月，那裏有人？她這麼稍一分神，南希仁已乘機低頭，避開了她手爪的一抓。

朱聰叫道：「七步之前！」柯鎮惡雙手齊施，六枚毒菱分上中下三路向著七步之前激射而出。呼喝聲中，柯鎮惡從坑中急躍而起，江南七怪四面同時攻到。梅超風慘叫一聲，雙目已給兩枚毒菱同時打中，其餘四枚毒菱卻都打空，總算她應變奇速，鐵菱著目，腦袋立刻後仰，卸去了來勢，鐵菱才沒深入頭腦，但眼前斗然漆黑，甚麼也瞧不見了。

梅超風急怒攻心，雙掌齊落，柯鎮惡早已閃在一旁，只聽得嘭嘭兩聲，她雙掌都擊在岩石之上。她憤怒若狂，右腳急出，踢中石板，那石板登時飛起。七怪在旁看了，無不心驚，一時不敢上前相攻。

梅超風雙目已瞎，不能視物，展開身法，亂抓亂拿。朱聰連打手勢，叫衆兄弟避開，只見她勢如瘋虎，形若邪魔，爪到處樹木齊折，腳踢時沙石紛飛。七怪屏息凝氣，離得遠遠地，卻那裏打得著？過了一會，梅超風感到眼中漸漸發麻，知道中了餵毒暗器，厲聲喝道：「你們是誰？快說出來！老娘死也死得明白。」她伸手到自己脅下，抽出一條纏在腰間和肩頭的長鞭，抖將開來，舞成一個銀圈，護住自身。七怪手握兵刃，凝神待敵。

朱聰向柯鎮惡搖搖手，要他不可開口說話，讓她毒發身死，剛搖了兩搖手，猛地想起大哥目盲，那裏瞧得見手勢？

只聽得柯鎮惡冷冷的道：「梅超風，你可記得飛天神龍柯辟邪麼？我是他兄弟柯鎮惡。」梅超風仰天長笑，叫道：「好小子，我從來沒見過你，這餵毒暗器是你發的？你是給飛天神龍報仇來著？」柯鎮惡道：「不錯，我是要給我兄長報仇。」梅超風嘆了口氣，默然不語。

七怪凝神戒備。這時寒風刺骨，月亮已被烏雲遮去了大半，月色慘淡，各人都感到陰氣森森。只見梅超風右手握鞭不動，左手垂在身側，五根尖尖的指甲上映出灰白光芒。她全身宛似一座石像，更不絲毫動彈，一條長長的銀色蟒鞭盤在她身前，宛似一條蟒蛇一般，這本該是一件很厲害的兵刃，但她似乎未曾練熟，竟未發出威力。疾風自她身後吹來，將她一頭長髮颳得在額前挺出。這時韓小瑩正和她迎面相對，見她雙目中各有一行鮮血自臉頰上直流至頸。

突然間朱聰、全金發齊聲大叫：「大哥留神！」語聲未畢，柯鎮惡已感到一股勁風當胸襲來，鐵杖往地下疾撐，身子縱起，落在樹巔。梅超風長鞭偷襲不中，身子前撲，一撲落空，一把抱住柯鎮惡身下大樹，左手五根手指揷入了樹榦。六怪嚇得面容變色，柯鎮惡適才縱起只要稍遲一瞬，給長鞭擊中了，或是讓她左手手指插在身上，那裏還有命在？在七怪心中，只因九陰白骨爪罕見，似比長鞭更爲可怕。

梅超風突擊不中，忽地怪聲長嘯，聲音尖細，但中氣充沛，遠遠的傳送出去。

朱聰心念一動：「不好，她是在呼喚丈夫銅屍前來相救。」忙叫：「快幹了她！」運氣於臂，施重手法往她後心拍去。張阿生雙手舉起一塊大岩石，猛力往她頭頂砸落。

梅超風雙目剛瞎，未能如柯鎮惡那麼聽風辨形，大石砸到時聲音粗重，尚能分辨得出，身子向旁急閃，但朱聰這一掌終於沒能避開，「哼」一聲，後心中掌。饒是她橫練功夫厲害，但妙手書生豈是尋常之輩，這一掌也叫她痛徹心肺。

朱聰一掌得手，次掌跟著進襲。梅超風左爪反鉤，朱聰疾忙跳開避過。

餘人正要上前夾擊，忽聽得遠處傳來一聲長嘯，聲音就如梅超風剛才的嘯聲一般，隱隱傳來，令人毛骨悚然，頃刻之間，第二下嘯聲又起，但聲音已近了許多。七怪都是一驚：「這人腳步好快！」柯鎮惡叫道：「銅屍來啦。」

韓小瑩躍在一旁，向山下望去，只見一個黑影疾逾奔馬的飛馳而來，邊跑邊嘯。

此時梅超風守緊門戶，不再進擊，一面運氣抗毒，使眼中的毒質不致急速行散，只待丈夫趕來救援，盡殲敵人。

朱聰向全金發打個手勢，兩人鑽入了草叢。朱聰見鐵屍如此厲害，遠遠瞧那銅屍的身法，似乎功力猶在妻子之上，明攻硬戰，顯非他夫妻敵手，只有暗中偷襲，以圖僥倖。

韓小瑩突然間「咦」了一聲，只見在那急奔而來的人影之前，更有一個矮小的人影在走上山來，只是他走得甚慢，身形又小，是以先前並沒發見。她凝神看時，見那矮小的人形是個小孩，心知必是郭靖，又驚又喜，忙搶下去要接他上來。

她與郭靖相距已不甚遠，又是下山的道路，但銅屍陳玄風的輕身功夫好快，片刻之間，已搶了好大一段路程。韓小瑩微一遲疑：「我下去單身遇上銅屍，決不是他對手！但眼見這小孩勢必遭他毒手，怎能不救？」隨即加快腳步，同時叫道：「孩子，快跑！」

郭靖見到了她，歡呼大叫，卻不知大禍已在眉睫。

張阿生這些年來對韓小瑩一直暗暗愛慕，但向來不敢絲毫表露情愫，這時見她涉險救人，情急關心，飛奔而下，準擬擋在她前面，好讓她救了人逃開。

山上南希仁、韓寶駒等不再向梅超風進攻，都注視著山腰裏動靜。各人手裏扣住暗器，以備支援韓張二人。

轉眼韓小瑩已奔到郭靖面前，一把拉住他小手，轉身飛逃，只奔得丈許，猛覺手裏一輕，郭靖失聲驚呼，竟已給陳玄風夾背抓了過去。

韓小瑩左足一點，劍走輕靈，一招「鳳點頭」，疾往敵人左脅虛刺，跟著身子微側，劍尖光芒閃動，直取敵目，又狠又準，的是「越女劍法」中的精微招數。

陳玄風將郭靖挾在左腋之下，猛見劍到，倏地長出右臂，手肘抵住劍身輕輕往外推出，手掌「順水推舟」，反手發掌。韓小瑩圈轉長劍，斜裏削來。不料陳玄風的手臂陡然間似乎長了半尺，韓小瑩明明已經閃開，還是啪的一下，肩頭中掌，登時跌倒。

這兩招交換只一瞬間之事，陳玄風下手毫不容情，跟著出爪往韓小瑩天靈蓋插落。這「九陰白骨爪」摧筋破骨，狠辣無比，這一下要是給抓上了，韓小瑩頭頂勢必便是五個血孔。張阿生和她相距尚有數步，眼見勢危，情急拚命，立時和身撲上，將自己身子蓋在韓小瑩頭上。陳玄風一爪疾插，噗的一聲，五指直插入張阿生背心。

張阿生大聲吼叫，反手尖刀猛往敵人胸口刺去。陳玄風伸手格出，張阿生尖刀脫手。陳玄風隨手又是一掌，將張阿生直摔出去。

朱聰、全金發、南希仁、韓寶駒大驚，一齊急奔而下。

陳玄風高聲叫道：「賊婆娘，怎樣了？」梅超風扶住大樹，慘聲叫道：「我一雙招子讓他們毀啦。賊漢子，這七個狗賊只要逃了一個，我跟你拚命。」陳玄風叫道：「賊婆娘，你放心，一個也跑不了。你……痛不痛？站著別動。」舉手又往韓小瑩頭頂抓下。韓小瑩一個「懶驢打滾」，滾開數尺。陳玄風罵道：「還想逃？」右手又即抓落。

張阿生身受重傷，躺在地下，迷糊中見韓小瑩情勢危急，拚起全身之力，右腳往敵人手指踢去。陳玄風順勢抓出，五指又插入他小腿之中。張阿生挺身翻起，雙臂緊緊抱住陳玄風腰間。陳玄風抓住他後頸，運勁要將他摜出，張阿生只擔心敵人去傷害韓小瑩，雙臂說甚麼也不放鬆。陳玄風砰的一拳，打在他腦門正中。張阿生登時暈去，手臂終於鬆了。

就這麼一擋，韓小瑩已翻身躍起，遞劍進招。她關心張阿生，不肯脫身先逃，展開輕靈身法，繞著敵人的身形滴溜溜地轉動，口中只叫：「五哥，五哥，你怎樣？」南希仁、韓寶駒等同時趕到，朱聰與全金發的暗器也已射出。

陳玄風見敵人個個武功了得，甚是驚奇，心想：「這荒漠之中，那裏鑽出來這幾個素不相識的硬爪子？」高聲叫道：「賊婆娘，這些傢伙是甚麼人？」梅超風叫道：「飛天神龍的兄弟、柯鎮惡的同黨。」陳玄風哼了一聲，罵道：「好，沒見過的狗賊，巴巴的趕到這裏送終。」他掛念妻子的傷勢，叫道：「賊婆娘，傷得怎樣？會要了你的小命麼？」梅超風怒道：「快殺啊，老娘死不了。」陳玄風見妻子扶住大樹，不來相助，知她雖然嘴硬，受傷一定不輕，心下焦急，只盼儘快料理了敵人，好去相救妻子。這時朱聰等五人已將他團團圍住，只柯鎮惡站在一旁，伺機而動。

陳玄風將郭靖用力往地下一擲，左手順勢揮拳往全金發打到。全金發大驚，心想這一擲之下，那孩子豈有性命？俯身避開敵人來拳，隨手接住郭靖，一個觔斗，翻出丈餘之外，這一招「靈貓撲鼠」既避敵，又救人，端的是又快又巧。陳玄風也暗地喝了聲采。

這銅屍生性殘忍，敵人越強，他越是要使他們死得慘酷。何況敵人傷了他愛妻，尤甚於傷害他自己。黑風雙煞十指抓人的「九陰白骨爪」與傷人內臟的「摧心掌」即將練成，此時火候已到十之八九，他驀地一聲怪嘯，左掌右抓，招招攻向敵人要害。

江南五怪知道今日到了生死關頭，那敢有絲毫怠忽，奮力抵禦，卻均不敢逼近，包圍的圈子漸漸擴大。戰到分際，韓寶駒奮勇進襲，使開「地堂鞭法」，著地滾進，專向對方下盤急攻，一輪盤打揮纏，陳玄風果然分心，蓬的一聲，後心給南希仁一扁擔擊中。銅屍雖不受傷，卻也奇痛入骨，右手猛向南希仁抓來。

南希仁扁擔未及收回，敵爪已到，急使半個「鐵板橋」，上身後仰，忽見陳玄風手臂關節喀喇一響，手臂陡然長了數寸，一隻大手已觸到眉睫。高手較技，相差往往不逾分毫，明明見他手臂已伸到盡頭，這時忽地伸長，那裏來得及趨避？給他手掌按在面門，五指即要向腦骨中插進。南希仁危急中左手疾起，以擒拿法勾住敵人手腕，向左猛撩，就在此時，朱聰已撲在銅屍背上，右臂如鐵，緊緊扼住他喉頭。這一招自己胸口全然賣給了敵人，他見義弟命在呼吸之間，顧不得觸犯武家的大忌，救人要緊。

便在此際，半空中忽然打了個霹靂，烏雲掩月，荒山上伸手不見五指，跟著黃豆大的雨點猛撒下來。

只聽得喀喀兩響，接著又是噗的一聲，陳玄風以力碰力，已震斷了南希仁的左臂，同時左手手肘往朱聰胸口撞去。朱聰前胸劇痛，全身脫力，不由自主的放鬆了扼在敵人頸中的手臂，向後直跌出去。陳玄風也感咽喉間給扼得呼吸爲難，躍在一旁，狠狠喘氣。

韓寶駒在黑暗中大叫：「大家退開！七妹，你怎樣？」韓小瑩道：「別作聲！」說著向旁奔了幾步。

柯鎭惡聽了衆人的動靜，心下甚奇，問道：「二弟，你怎麼了？」全金發道：「此刻漆黑一團，甚麼都瞧不見！」柯鎭惡大喜，暗叫：「老天助我！」

江南七怪中三人重傷，本已一敗塗地，這時忽然黑雲籠罩，大雨傾盆而下。各人屏息凝氣，誰都不敢先動。柯鎭惡耳音極靈，雨聲中仍辨出左側八九步處那人呼吸沉重，並非自己兄弟，當下雙手齊揚，六枚毒菱往他打去。

陳玄風剛覺勁風撲面，暗器已到眼前，急忙躍起。他武功也眞了得，在這千鈞一髮之際，竟將六枚毒菱盡數避開。這一來卻也辨明了敵人方向。他悄無聲息的突然縱起，雙爪在身前一尺處舞成圓圈，猛向柯鎭惡撲去。柯鎭惡聽得敵人撲到的風聲，急閃避開，回了一杖，白日黑夜，於他全無分別，但陳玄風於黑暗中視不見物，功夫恰如只賸下半成。兩人登時打了個難分難解。陳玄風鬥得十餘招，一團漆黑之中，似乎四面八方都有敵人要撲擊過來，自己發出去的拳腳是否能打到敵人身上，半點也無把握，瞬息之間，宛似身處噩夢。

韓寶駒與韓小瑩、全金發三人摸索著去救助受傷的三人，雖明知大哥生死繫於一髮，但漆黑之中，實無法上前相助，只有心中乾著急的份兒。大雨殺殺聲中，只聽得陳玄風掌聲颼颼，柯鎮惡鐵杖呼呼，兩人相拆不過二三十招，但守在旁邊的衆人，心中焦慮，竟如過了幾個時辰一般。猛聽得蓬蓬兩聲，陳玄風狂呼怪叫，竟然身上連中兩杖。衆人正自大喜，突然電光閃亮，照得滿山通明。

全金發急叫：「大哥！有電光！」陳玄風已乘著這剎時間的光亮，欺身進步，運氣於肩，蓬的一聲，左肩硬接了對方一杖，左手向外搭出，已抓住了鐵杖，右手急探，電光雖隱，右手已搭上了柯鎮惡胸口。

柯鎮惡大驚，撒杖後躍。陳玄風這一得手那肯再放過良機，適才一抓已扯破了對方衣服，倏地變爪爲拳，身子不動，右臂陡長，潛運內力，一拳結結實實的打在柯鎮惡胸口，剛感到柯鎮惡直跌出去，左手揮出，奪來的鐵杖如標槍般投向他身子。這幾下連環進擊，招招是他生平絕技，不覺得意之極，仰天怪嘯。便在此時，雷聲也轟轟響起。

霹靂聲中電光又是兩閃，韓寶駒猛見鐵杖正向大哥飛去，而柯鎮惡茫如不覺，這一驚非同小可，金龍鞭倏地飛出，捲住了鐵杖。

陳玄風叫道：「現下取你這矮胖子狗命！」發足向他奔去，忽地腳下一絆，似是個人體，俯身抓起，那人又輕又小，卻是郭靖。

郭靖大叫：「放下我！」陳玄風哼了一聲，這時電光又是一閃。郭靖見抓住自己的人面色焦黃，目射兇光，可怖之極，大駭之下，順手拔出腰間短劍，向他身上揷落，這一下正揷入陳玄風小腹的肚臍，八寸長的短劍直沒至柄。

陳玄風大聲狂叫，向後便倒。他一身橫練功夫，罩門正是在肚臍之中，別說這柄短劍鋒銳無匹，就是尋常刀劍碰中了他罩門，也立時斃命。當與高手對敵之時，他對罩門防衛周密，決不容對方拳腳兵刃接近小腹，這時抓住一個幼童，對他全無絲毫提防之心，何況先前曾抓住過他，知他全然不會武功，殊不知「善泳溺水，平地覆車」，這個武功厲害之極的陳玄風，竟自喪生在一個全然不會武功的小兒之手。

郭靖一劍將人刺倒，早嚇得六神無主，胡裏胡塗的站在一旁，張嘴想哭，卻又哭不出聲。

梅超風聽得丈夫長聲慘叫，夫妻情深，從山上疾衝下來，踏了個空，連跌了幾個觔斗。她撲到丈夫身旁，叫道：「好師哥，你……你怎麼啦！」陳玄風微聲道：「不成啦，小……師妹……快逃命吧。」梅超風咬牙切齒的道：「我給你報仇。」陳玄風道：「小師妹，我好捨不得你……我……我不能照顧你啦……今後一生你獨個兒孤苦伶仃的……你自己小心……」一口氣接不上來，就此斃命。

梅超風見丈夫氣絕，悲痛之下，竟哭不出聲，只抱著丈夫屍身，不肯放手，哀叫：

「好……好師哥，我也捨不得你……你別死啊……」韓寶駒、韓小瑩、全金發已乘著天空微露光芒、略可分辨人形之際急攻上來。

梅超風雙目已盲，同時頭腦昏暈，顯是暗器上毒發，她與丈夫二人修習「九陰白骨爪」，只因不會相輔的內功，這些年來只得不斷服食少量砒霜，然後運功逼出，以此不得已的笨法子來強行增強內力，身上由此自然而然的已具抗毒之能，否則以飛天蝙蝠鐵菱之毒，她中了之後如何能到這時尚自不死？便即展開擒拿手，於敵人攻近時凌厲反擊。江南三怪非但不能傷到她分毫，反連遇險招。

韓寶駒焦躁起來，尋思：「我們三人合鬥一個受傷的瞎眼賊婆娘，尚且不能得手，江南七怪眞威名掃地了。」鞭法變幻，唰唰唰連環三鞭，連攻梅超風後心。韓小瑩見敵人腳步蹣跚，漸漸支持不住，挺劍疾刺，全金發也是狠撲猛打。

眼見便可得手，突然間狂風大作，黑雲更濃，三人眼前登時又是漆黑一團。沙石爲疾風捲起，在空中亂舞亂打。

韓寶駒等各自縱開，伏在地下，過了良久，這才狂風稍息，暴雨漸小，層層黑雲中又鑽出絲絲月光來。韓寶駒躍起身來，不禁大叫一聲，不但梅超風人影不見，連陳玄風的屍首以及地下梅超風的長鞭也都已不知去向；只見柯鎭惡、朱聰、南希仁、張阿生四人躺在地下，郭靖的小頭慢慢從岩石後面探上，人人身上都爲大雨淋得內外濕透。

全金發等三人忙救助四個受傷的兄弟。南希仁折臂斷骨，幸而未受內傷。柯鎮惡和朱聰內功深湛，雖中了銅屍的猛擊，以力抗力，內臟也未受到重大損傷。只張阿生連中兩下「九陰白骨爪」，頭頂又遭猛擊一拳，雖然醒轉，性命已然垂危。

江南六怪見他氣息奄奄，傷不可救，個個悲痛之極。韓小瑩更心痛如絞，五哥對自己深懷情意，心中如何不知，只是她生性豪邁，一心好武，對兒女之情看得極淡，張阿生又終日咧開了大口嘻嘻哈哈的傻笑，是以兩人從來沒表露過心意，想到他爲救自己性命而故意把身子撞到敵人爪下，不禁既感且悲，抱住了張阿生放聲痛哭。

張阿生一張胖臉平常笑慣了的，這時仍微露笑意，伸出扇子般的屠牛大手，輕撫韓小瑩秀髮，安慰道：「別哭，七妹，我很好。」韓小瑩哭道：「五哥，我嫁給你作老婆罷，你說好嗎？」張阿生嘻嘻的笑了兩下，聽得意中人這麼說，不由得大喜若狂，但傷口劇痛，神志漸漸迷糊。韓小瑩道：「五哥，你放心，我已是你張家的人，這生這世決不再嫁別人。我死之後，永遠跟你廝守。」張阿生又笑了兩下，低聲道：「七妹，我一向待你不夠好。我……我也配不上你。」韓小瑩哭道：「你待我很好，好得很，我都知道的。我心裏一直喜歡你的。」張阿生大喜，咧開了嘴合不攏來。

朱聰眼中含了淚水，向郭靖道：「你到這裏，是想來跟我們學本事？」郭靖道：「是。」朱聰道：「那麼你以後要聽我們的話。」郭靖點頭答應。朱聰哽咽道：「我們七兄弟都是你的師父，現今你這位五師父快要歸天了，你先磕頭拜師罷。」郭靖也不知「歸天」是何意思，聽朱聰如此吩咐，便即撲翻在地，咚咚咚的，不住向張阿生磕頭。

張阿生慘然一笑，道：「夠啦！」強忍疼痛，說道：「好孩子，我沒能教你本事……唉，其實你學會了我的本事，也管不了用。我生性愚笨，學武又懶，只仗著幾斤牛力……要是當年多用點苦功，今日也不會在這裏送命……」說著兩眼上翻，臉色慘白，吸了一口氣，道：「你天資也不好，可千萬要用功。想要貪懶時，就想到五師父這時的模樣吧……你一生爲人，要……要俠義爲先……」欲待再說，已氣若遊絲。

韓小瑩把耳朵湊到他嘴邊，只聽他說道：「教好孩子，別輸給了……臭道士……」韓小瑩道：「你放心，咱們江南七怪，決不會輸。」張阿生幾聲傻笑，閉目而逝。

六怪伏地大哭。他七人義結金蘭，本已情如骨肉，這些年來爲了追尋郭靖母子而遠來大漠，更無一日分離，忽然間一個兄弟傷於敵手，慘死異鄉，如何不悲？六人盡情一哭，才在荒山上掘了墓穴，把張阿生葬了。

待得立好巨石，作爲記認，天色已然大明。

全金發和韓寶駒下山查看梅超風的蹤跡。狂風大雨之後，沙漠上的足跡已全然不見，不知她逃向何處。兩人追出數里，盼在沙漠中能找到些微痕跡，始終全無線索，只得回上山來說了。朱聰道：「在這大漠之中，諒那瞎……那婆娘也逃不遠。她中了大哥的毒菱，多半這時已毒發身死。且把孩子先送回家去，咱們有傷的先服藥養傷，然後三弟、六弟、七妹你們三人再去尋找。」

餘人點頭稱是，和張阿生的墳墓洒淚而別。

鐵木眞微微一笑，拉硬弓，搭鐵箭，右手放處，飛箭如電，穿入了一頭黑鵰的身中。衆人齊聲喝采。鐵木眞把弓箭交給窩闊台，道：「你來射！」

第五回　彎弓射鵰

一行人下得山來，走不多時，忽聽前面猛獸大吼聲一陣陣傳來。韓寶駒一提韁，胯下黃馬向前竄出，奔了一陣，韓寶駒見前面圍了一羣人，有幾頭獵豹在地下亂抓亂扒。他躍下馬來，抽出金龍鞭握在手中，搶上前去，只見兩頭豹子已在沙土中抓出一具屍首。

韓寶駒踏上幾步，見那屍首赫然便是銅屍陳玄風。不久朱聰等也已趕到，見陳玄風的屍首兀自面目猙獰，死後猶有餘威，想起昨夜荒山惡鬥，如不是郭靖巧之又巧的這短劍一戳，人人難逃大劫，都不由得不寒而慄。

這時兩頭豹子已在大嚼屍體，旁邊一個小孩騎在馬上，大聲催喝豹夫，快將豹子牽走。他一轉頭見到郭靖，叫道：「哈，你躲在這裏。你不敢去幫拖雷打架，沒用的東西！」這孩子便是桑昆的兒子都史。

郭靖急道：「你們又打拖雷了？他在那裏？」都史得意洋洋的道：「我牽豹子去吃他。你快投降，否則連你也一起吃了。」他見江南六怪站在一旁，心中有點害怕，不然早就縱豹去咬郭靖了。郭靖道：「拖雷呢？」都史大叫：「豹子吃拖雷去！」領了豹夫向前就跑。

一名豹夫勸道：「小公子，那人是鐵木眞汗的兒子呀。」都史舉起馬鞭，在那豹夫頭上唰的一鞭，喝道：「怕甚麼？誰叫他今天又來打我？快走。」那豹夫只得牽了豹子，跟他走去。另一名豹夫怕闖出大禍，放下豹繩，轉頭就跑，叫道：「我去稟報鐵木眞汗。」都史待要喝止，那豹夫如飛去了。都史恨道：「好，咱們先吃了拖雷，瞧鐵木眞伯伯來了又有甚麼法子？」命餘下的豹夫牽了豹子，自己揮鞭催馬馳去。

郭靖雖懼怕豹子，但終是掛念義兄的安危，對韓小瑩道：「師父，他叫豹子吃我義兄，我去叫他快逃。」韓小瑩道：「你若趕去，連你也一起吃了，你難道不怕豹子？」郭靖道：「我怕豹子。」韓小瑩道：「那你去不去？」

郭靖稍一遲疑，道：「我去！」撒開小腿，急速前奔。

朱聰因傷口疼痛，平臥在馬背上，見郭靖此舉甚有俠義之心，說道：「孩子雖笨，卻正是我輩中人。」韓小瑩道：「四哥眼力不差！咱們快去救人。」全金發叫道：「這個小霸王家裏養有獵豹，定是大酋長的子弟。大家小心了，可別惹事，咱們有三人身上帶傷。」

韓寶駒展開輕身功夫，搶到郭靖身後，一把將他抓起，放上自己肩頭。他雖身矮腳短，但雙腿移動快速已極，倏忽間已搶出數丈。郭靖坐在他肥肥的肩頭上，猶如乘坐駿馬一般，又快又穩。韓寶駒奔到追風黃身畔，縱身躍起，連同郭靖一起上了馬背，片刻間便搶在都史和獵豹的前頭，馳出一陣，果見十多名孩子圍住了拖雷。大家聽了都史號令，並不上前相攻，卻圍成了圈子不讓他離開。

拖雷跟朱聰學會了三手巧招之後，當晚練習純熟，次晨找尋郭靖不見，也不叫三哥窩闊台助拳，獨自來和都史相鬥。都史帶了七八個幫手，見他只單身一人，頗感詫異。拖雷說道，只能一個個的來打，不能一擁而上。都史那把他放在心上，自然一口答應。那知一動上手，拖雷三下巧招反覆使用，竟把都史等七八個孩子一一打倒。要知朱聰教他的這三下招數雖然簡易，卻是「空空拳」中的精微之著，拖雷甚是聰明，這三下又沒甚繁複變化，可以即學即用，使將出來，蒙古衆小孩竟無人能敵。蒙古人甚重然諾，既已說定單打獨鬥，衆小孩雖然氣惱，卻也並不一擁而上。都史讓拖雷連摔兩次，鼻上又中了一拳，大怒之下，奔回去趕了父親的獵豹出來。拖雷獨勝羣孩，得意之極，站在圈子中顧盼睥睨，也不想衝出來，卻不知大禍已經臨頭。

郭靖遠遠大叫：「拖雷，拖雷，快逃啊，都史帶豹子來吃你啦！」拖雷聞言大驚，要待衝出圈子，羣孩四下攔住，沒法脫身，不多時韓小瑩等與都史先後馳到，跟著豹夫也牽著兩頭獵豹到來。江南六怪如要攔阻，伸手就可以將都史擒住，但他們不欲惹事，且要察看拖雷與郭靖如何應付危難，並不出手。

忽聽得背後蹄聲急促，數騎馬如飛趕來，馬上一人高聲大叫：「豹子放不得，豹子放不得！」卻是木華黎、博爾忽等四傑得到豹夫報信，不及稟報鐵木眞，忙乘馬趕來。

鐵木眞和王罕、札木合、桑昆等正在蒙古包中陪完顏洪熙兄弟敘話，聽了豹夫稟報，大吃一驚，忙搶出帳來，躍上馬背。王罕對左右親兵道：「快趕去傳我號令，不許都史胡鬧。千萬不能傷了鐵木眞汗的孩兒！」親兵接命，上馬飛馳而去。完顏洪熙昨晚沒瞧到豹子鬥人的好戲，正自納悶，這時精神大振，站起來道：「大夥兒瞧瞧去。」完顏洪烈暗自打算：「要是桑昆的豹子咬死了鐵木眞的兒子，他兩家失和，不免從此爭鬥不休，打個兩敗俱傷，鷸蚌相爭，我大金漁翁得利！」

完顏兄弟、王罕、桑昆、札木合等一行馳到，只見兩頭獵豹頸中皮帶已經解開，分別四腿踞地，作勢欲撲，喉間不住發出低聲吼叫，豹子前面並排站著兩個孩子，正是拖雷和他義弟郭靖。

鐵木眞和四傑把弓扯得滿滿的，箭頭對準了豹子，目不轉瞬的凝神注視。鐵木眞雖見幼子處於危境，但知那兩頭獵豹是桑昆心愛之物，從幼捉來馴養教練，到如此長大兇猛，實非朝夕之功，只要豹子不暴起傷人，就不想發箭射殺。

都史見衆人趕到，仗著祖父和父親的寵愛，反而更恁威風，不住口的呼喝，命豹子撲上去咬人。王罕叫道：「使不得！」忽聽得背後蹄聲急促，一騎紅馬如飛馳到。馬上一個中年女子，身披貂皮斗篷，懷裏抱著一個幼女，躍下馬來，正是鐵木眞的妻子、拖雷之母。她在蒙古包中正與桑昆的妻子等敘話，得到消息後忙帶了女兒華箏趕到，眼見兒子危險，又驚又急，喝道：「快放箭！」隨手把女兒放在地下。

她這時全神貫注的瞧著兒子，卻忘了照顧女兒。華箏這小姑娘年方四歲，那知豹子的兇猛，笑嘻嘻的奔到哥哥身前，見豹子全身花斑，甚是好看，還道和二哥察合台所豢養的獵犬一般，伸手想去摸豹子腦袋。衆人驚呼喝止，已經不及。

兩頭獵豹本已蓄勢待發，忽見有人過來，同時吼叫，猛地躍起。衆人齊聲驚叫。

鐵木眞等雖扣箭瞄準，但華箏突然奔前，卻為人人所意想不到，只一霎眼間，豹子已然縱起。這時華箏正處於鐵木眞及兩豹之間，擋住了兩豹頭部，發箭只能傷及豹身，一時不得便死，只有更增凶險。四傑拋箭抽刀，齊齊搶出。卻見郭靖著地滾去，已抱起了華箏，同時一頭豹子的前爪也已搭上了郭靖肩頭。

四傑操刀猱身而上，忽聽得嗤嗤嗤幾聲輕微的聲響，耳旁風聲過去，兩頭豹子突然向後滾倒，不住的吼叫翻動，再過一會，竟肚皮向天，一動也不動了。

鐵木眞的妻子忙從郭靖手裏抱過嚇得大哭的華箏，連聲安慰，同時又把拖雷摟在懷裏。

桑昆怒道：「誰打死了豹子？」衆人默然不應。原來柯鎭惡聽著豹子吼聲，生怕傷了郭靖，憑聲辨形，發出四枚帶毒的鐵菱，只一揮手之事，當時人人注視豹子，竟沒人見到是誰施放了暗器。鐵木眞笑道：「桑昆兄弟，回頭我賠你四頭最好的豹子，再加八對黑鷹。」桑昆大怒，並不言語。王罕怒罵都史。都史在衆人面前受辱，忽地撒賴，在地下打滾，大哭大叫。王罕大聲喝止，他只是不理。

鐵木眞感激王罕昔日的恩遇，心想不可爲此小事失了兩家和氣，當即笑著俯身抱起都史。都史只是哭嚷，猛力掙扎，但給鐵木眞鐵腕拿住了，那裏還掙扎得動？鐵木眞向王罕笑道：「義父，孩子們鬧著玩兒，打甚麼緊？我瞧這孩子很好，我想把這閨女許配給他，你說怎樣？」王罕看華箏雙目如水，皮色猶如羊脂一般，玉雪可愛，心中甚喜，呵呵笑道：「那還有甚麼不好的？咱們索性親上加親，把我的大孫女給了你的兒子朮赤吧？」

鐵木眞喜道：「多謝義父！」回頭對桑昆道：「桑昆兄弟，咱們可是親家啦。」桑昆自以爲出身高貴，對鐵木眞一向又妒忌又輕視，很不樂意和他結親，但父王之命不能違背，只得勉強一笑。

完顏洪烈斗然見到江南六怪，大吃一驚：「他們到這裏幹甚麼來了？定是爲了追我。不知那姓丘的惡道是否也來了？」此刻在無數兵將擁護之下，原也不懼這區區六人，但若下令擒拿，只怕反而招惹禍端，見六怪在聽鐵木真等人說話，並未瞧見自己，當即轉過了頭，縱馬走到衆衛士身後，凝思應付之策，於王罕、鐵木眞兩家親上加親之事，反不掛在心上了。

鐵木眞機靈精明，見了豹頭的血洞，又見兩豹中毒急斃，料得是這幾個忽然出現的漢人以古怪法門射殺豹子，救了女兒性命，待王罕等衆人走後，命博爾忽厚賞他們皮毛黃金，伸手撫摸郭靖頭頂，不住讚他勇敢，又有義氣，這般奮不顧身的救人，別說是個小小孩子，就是大人，也所難能。問他爲甚麼膽敢去救華箏，郭靖卻傻傻的答不上來，過了一會，才道：「豹子要吃人的。」鐵木眞哈哈大笑。拖雷又把與都史打架的經過說了。鐵木眞聽得都史揭他從前的羞恥之事，心下恚怒，卻不作聲，只道：「以後別理睬他。」微一沉吟，向全金發道：「你們留在我這裏教我小兒子武藝，要多少金子？」

全金發心想：「我們正要找個安身之所教郭靖本事，若在這裏，那是再好也沒有。」當下說道：「大汗肯收留我們，得在大汗身邊效勞，正是求之不得。請大汗隨便賞賜吧，我們那敢爭多論少？」

鐵木眞甚喜，囑咐博爾忽照料六人，隨即催馬回去，給完顏兄弟餞行。

江南六怪在後緩緩而行，自行計議。韓寶駒道：「陳玄風的屍身，定是梅超風埋葬的，她到過這裏，不知去了那裏？」柯鎮惡道：「現下當務之急，要找到鐵屍的下落。」朱聰道：「正是，此人不除，終是後患。我怕她中毒後居然不死。」韓小瑩垂淚道：「五哥的深仇，豈能不報？」

韓寶駒、韓小瑩、全金發三人騎了快馬，四下探尋，但一連數日，始終影跡全無。韓寶駒道：「這婆娘不知去那裏躲了起來，最好她雙目中了大哥的毒菱，毒性發作，跌死在山溝深谷之中。」各人都道最好如此。柯鎮惡素知黑風雙煞的厲害狠惡，暗自憂慮，忖念雖銅屍已死，但如不是親手摸到鐵屍的屍首，總是一件重大心事，但怕惹起弟妹們煩惱，也不明言。

江南六怪待居處整妥後，便叫郭靖帶去見他母親，想詳詢段天德的下落。李萍乍見六怪，一開口便是江南鄉談，不由得眼淚撲簌簌而下，臨安與嘉興相鄰，言語口音甚近，李萍來到大漠後，六七年來連漢人也極少遇到，更不必說杭嘉湖一帶的浙西小同鄉了。她跟韓小瑩說及往事，兩個女子都是失了心愛的男人，流落異鄉，不由得一把眼淚、一把鼻涕的絮絮不休。

當晚李萍煮了紅燒羊肉、白切羊羔、羊肉獅子頭等蘇式蒙古菜餚款待六怪。六怪興高采烈的吃完，便商量起與郭靖母子同回江南的事來。全金發道：「咱們答應了大汗，要留下教導他小兒子的武功，自當言而有信，教得一兩個月才能走。」

六人回入自居帳篷，柯鎮惡叫韓小瑩暫且不回她與一名蒙古婦女共居的帳篷，要先計議今後行止。南希仁道：「回江南，不好！」韓小瑩道：「四哥，咱們在這苦寒之地，挨了這幾年苦，既已找到了郭靖，帶他回臨安、嘉興，慢慢教他武功，豈不是好？」南希仁道：「我也想家呢！七妹，靖兒回臨安，幹啥？」韓小瑩沉吟道：「像他爹爹，耕田、種菜、打柴、打獵！咱們雖養得起他，可不能把人養懶了。」南希仁道：「種田人好忙，有空練武麼？」韓小瑩道：「要耕田、播種、揷秧、耘田、天旱了還得車水、收割、打穀、堆草、播糠、放牛，從早忙到晚，一天有一個時辰空下來練武也就罷了。」柯鎮惡道：「不夠！靖兒不聰明。」

全金發嘆了口氣道：「咱們嘉興的小伙子，到得十五六歲，如果不忙著種田、澆菜，家裏有錢，那便唱曲子、找姑娘、賭錢，要不就讀書、寫字、下棋。練武打拳給人瞧不起。我看哪，倘若大家都不學武，咱們江南文弱秀氣的小伙子，五個人聯手，還打不過這裏一個蒙古少年。」南希仁道：「練武，這裏好，江南太舒服，不好！」

他這句話，其餘五人盡皆贊同。江南山溫水軟，就是男子漢，行動說話也不免軟綿綿的溫雅斯文，江南七怪武功卓絕，那是絕無僅有的傑出之士，大多數人卻絕非學武的材料。六怪均想，以郭靖的資質，在蒙古風霜如刀似劍的大漠中磨練，成就決計比去天堂一般的江南好得多。六人雖然思鄉，想到跟丘處機的賭賽，決定還是留在大漠教導郭靖。

韓小瑩次日去跟李萍說了。李萍雖然思鄉，但六怪既不南歸，她也難以孤身攜子回鄉。江南六怪就此定居大漠，教導郭靖與拖雷的武功。鐵木眞知道漢人這些近身搏擊的本事雖巧，卻只能防身，不足以稱霸圖強，因此要拖雷與郭靖只略略學些拳腳，大部時刻都去學騎馬射箭、衝鋒陷陣的戰場功夫。這些本事非六怪之長，是以教導兩人的仍以神箭手哲別與博爾忽爲主。

每到晚上，江南六怪把郭靖單獨叫來，拳劍暗器、輕身功夫，一項一項的傳授。郭靖天資頗爲魯鈍，但有一樣好處，知道將來報父親大仇全仗這些功夫，因此咬緊牙關，埋頭苦練。雖然朱聰、全金發、韓小瑩的小巧騰挪之技他領悟甚少，也學不來柯鎭惡發射暗器和鐵杖的剛猛功夫，只韓寶駒與南希仁所教的紮根基功夫，他一板一眼的照做，竟練得甚爲堅實。可是這些紮根基功夫也只能強身健體而已，畢竟不是克敵制勝的手段。韓寶駒常說：「你練得就算駱駝一般，壯是壯了，但駱駝打得贏豹子嗎？」郭靖聽了只有傻笑。

六怪雖傳授督促不懈，但見教得十招，郭靖往往學不到一招，也不免灰心，自行談論之際，總是搖頭嘆息，均知要勝過丘處機所授的徒兒，機會百不得一，只不過有約在先，難以半途而廢罷了。全金發是生意人，精於計算，常說：「丘處機要找到楊家娘子，最多也只八成的指望，眼下咱們已贏了二分利息。楊家娘子生的或許是個女兒，生兒子的機會只有一半，咱們又賺了四分。若是兒子，未必養得大，咱們又賺了一分。就算養大了，說不定比靖兒更加笨呢。所以啊，我說咱們倒已佔了八成贏面。」五怪心想這話倒也不錯，但說楊家的兒郎學武比郭靖更蠢，卻均知不過是全金發的寬慰之言。總算郭靖性子純厚，又能聽話，六怪對他人品倒很喜歡。

漠北草原之上，夏草青青，冬雪皚皚，晃眼間十年過去，郭靖已是個十六歲的粗壯少年，距比武之約已不過兩年，江南六怪督促得更加緊了，命他暫停練習騎射，從早到晚，苦練拳劍。

在這十年之間，鐵木眞征戰不停，併吞了大漠上部落無數。他收羅英豪，統率部屬，軍紀嚴明，人人奮勇善戰，他自己智勇雙全，或以力攻，或以智取，縱橫北國，所向無敵。加之牲畜繁殖，人口滋長，駸駸然已有與王罕分庭抗禮之勢。

朔風漸和，大雪初止，北國大漠卻尙苦寒。

這日正是淸明，江南六怪一早起來，帶了牛羊祭禮，和郭靖去張阿生墳上掃墓。蒙古人居處遷徙無定，這時他們所住的蒙古包與張阿生的墳墓相距已遠，快馬奔馳大半天方到。七人走上荒山，掃去墓上積雪，點了香燭，在墳前跪拜。

韓小瑩暗暗禱祝：「五哥，十年來我們傾心竭力的教這個孩子，只是他天資不高，沒能將我們功夫學好。但願五哥在天之靈保佑，後年嘉興比武之時，不讓這孩子折了咱們江南七怪的威風！」六怪向居江南山溫水暖之鄉，這番在朔風如刀的大漠一住十六年，憔悴冰霜，鬢絲均已星星。韓小瑩雖風姿不減，自亦已非當年少女朱顏。

朱聰望著墳旁幾堆骷髏，十年風雪，兀未朽爛，心中說不出的感慨。這些年來他與全金發兩人踏遍了方圓數百里之內的每一處山谷洞穴，找尋鐵屍梅超風的下落。此人如中毒而斃，定有骸骨遺下，要是不死，她一個瞎眼女子勢難長期隱居而不露絲毫蹤跡，那知她竟如幽靈般突然消失，只餘荒山上一座墳墓，數堆白骨，留存下黑風雙煞當年的惡跡。

七人在墓前吃了酒飯，回到住處，略一休息，六怪便帶了郭靖往山邊練武。

這日他與四師父南山樵子南希仁對拆開山掌法。南希仁有心逗他儘量顯示功夫，接連拆了七八十招，忽地左掌外撒，翻身一招「蒼鷹搏兔」，向他後心擊去。郭靖矮身避讓，「秋風掃落葉」左腿盤旋，横掃師父下盤。南希仁「鐵牛耕地」，掌鋒戳將下來。郭靖正要收腿變招，南希仁叫道：「記住這招！」左手倏出，拍向郭靖胸前。郭靖右掌立即上格，這一掌也算頗爲快捷。南希仁左掌飛出，啪的一聲，雙掌相交，雖只使了三成力，郭靖已身不由主的向外跌出。他雙手在地下一撐，立即躍起，滿臉愧色。

南希仁正要指點他這招的精要所在，樹叢中突然發出兩下笑聲，跟著鑽出一個少女，拍手而笑，叫道：「郭靖，又給師父打了麼？」郭靖脹紅了臉，道：「我在練拳，你別來囉唣！」那少女笑道：「我就愛瞧你挨打！」

這少女便是鐵木眞的幼女華箏。她與拖雷、郭靖年紀相近，自小一起玩耍。她因父母寵愛，脾氣不免嬌縱。郭靖卻生性戇直，當她無理取鬧時總是挺撞不屈，但吵了之後，不久便言歸於好，每次都華箏自知理屈，向他軟言央求。六怪與郭靖母子的生活所資，由鐵木眞派人充足供應。華箏的母親念著郭靖曾捨生在豹口下相救女兒，也對他另眼相看，常常送他母子衣物牲口。

郭靖道：「我在跟師父拆招，你走開吧！」華箏笑道：「甚麼拆招？是挨揍！」

說話之間，忽有數名蒙古軍士騎馬馳來，當先一名十夫長馳近時翻身下馬，向華箏微微躬身，說道：「華箏，大汗叫你去。」其時蒙古人質樸無文，不似漢人這般有諸般不同的恭敬稱謂，華箏雖是大汗之女，衆人卻也直呼其名。華箏道：「幹甚麼啊？」十夫長道：「是王罕的使者到了。」華箏立時皺起了眉頭，怒道：「我不去。」十夫長道：「你不去，大汗要生氣的。」

華箏幼時由父親許配給王罕的孫子都史，這些年來卻與郭靖頗爲親近，雖然大家年幼，說不上有甚情意，但每想到將來要與郭靖分別，去嫁給那出名驕橫的都史，總是好生不樂，這時撅起了小嘴，默不作聲，挨了一會，終究不敢違拗父命，隨著十夫長而去。原來王罕與桑昆以兒子成長，要擇日成婚，命人送來禮物，鐵木眞要她會見使者。

當晚郭靖睡到中夜，忽聽得帳外有人輕輕拍了三下手掌，他坐起身來，只聽得有人以漢語輕聲道：「郭靖，你出來。」郭靖微感詫異，聽聲音不熟，揭開帳幕一角往外張望，月光下只見左前方大樹之旁站著一人。

郭靖出帳近前，只見那人寬袍大袖，頭髮打成髻子，不男不女，面貌爲樹影所遮，看不清楚。原來這人是個道士，郭靖從沒見過中土的道士，問道：「你是誰？找我幹甚麼？」那人道：「你是郭靖，是不是？」郭靖道：「是。」那人道：「你那柄削鐵如泥的短劍呢？拿來給我瞧瞧！」身子微晃，驀地欺近，發掌便往他胸口按去。

郭靖見對方沒來由的出手便打，而且來勢兇狠，心下大奇，當下側身避過，喝道：「幹甚麼？」那人笑道：「試試你的本事。」左手劈面又是一拳，勁道甚爲淩厲。

郭靖怒從心起，斜身避過，伸手猛抓敵腕，左手拿向敵人肘部，這一手是「分筋錯骨手」中的「壯士斷腕」，只要敵人手腕一給抓住，肘部非跟著遭拿不可，前一送，下一扭，喀喇一聲，右腕關節就會立時脫出。這是二師父朱聰所授的分筋錯骨功夫。

朱聰言語行止詼諧洒脫，心思卻頗縝密，他和柯鎭惡暗中計議了幾次，均想梅超風雙目雖中毒蔆，但此人武功怪異，說不定竟能解毒，她若不死，必來尋仇，來得越遲，布置必定更爲周密，手段也必越加毒辣。十年來梅超風始終不現蹤影，六怪非但不敢怠懈，反加意提防。朱聰每見手背上爲梅超風抓傷的五條傷疤，總起慄然之感，想她一身橫練功夫，急切難傷，要抵禦「九陰白骨爪」，莫如「分筋錯骨手」。這門功夫專在脫人關節、斷人骨骼，以極快手法，攻擊對方四肢和頭骨頸骨，卻不及胴體。朱聰自悔當年在中原之時，未曾多向精於此術的名家請教，六兄弟中又無人能會。後來轉念心想，天下武術本是人創，既無人傳授，難道我就不能自創？他外號「妙手書生」，一雙手機靈之極，加之精擅點穴，熟知人身的穴道關節，有了這兩大特長，鑽研分筋錯骨之術自不如何爲難，數年之後，已深通此道精微，手法雖不及出自師授的穩實狠辣，卻也頗具威力，與全金發拆解純熟之後，都授了郭靖。

這時郭靖陡逢強敵，一出手就是分筋錯骨的妙著，他於這門功夫習練甚熟，熟能生巧是生不出的，熟極而流卻也差相彷彿。那人手腕與手肘突然遭拿，一驚之下，左掌急發，疾向郭靖面門拍去。郭靖雙手正要抖送，扭脫敵人手腕關節，那知敵掌驟至，自己雙手都沒空，無法抵擋，只得放開雙手，向後躍出，只覺掌風掠面而過，熱辣辣的甚是難受。一轉身，明暗易位，只見對手原來是個少年，長眉俊目，容貌秀雅，約莫十七八歲年紀，只聽他低聲道：「功夫不錯，不枉了江南六俠十年教誨。」

郭靖單掌護身，嚴加戒備，問道：「你是誰？找我幹麼？」那少年喝道：「咱們再練練。」語聲未畢，掌隨身至。

郭靖凝神不動，待到掌風襲到胸口，身子略偏，左手拿敵手臂，右手暴起，揑向敵腮，只要一搭上臉頰，向外急拉，對方下顎關節應手而脫，這一招朱聰給取了個滑稽名字，叫做「笑語解頤」，乃笑脫了下巴之意。這次那少年有了提防，右掌立縮，左掌橫劈。郭靖仍以分筋錯骨手對付。轉瞬間兩人已拆了十多招，那少年道士身形輕靈，掌法迅捷瀟洒，掌未到，身已轉，劇鬥中瞧不清楚他的來勢去跡。

郭靖學藝後初逢敵手便是個武藝高強之人，鬥得片刻，心下怯了，那少年左腳飛來，啪的一聲，正中他右胯。幸而他下盤功夫堅實，敵人又似未用全力，當下只身子一晃，立即雙掌飛舞，護住全身要害，盡力守禦，又拆數招，那少年道士步步進逼，郭靖眼見抵敵不住，忽然背後有人喝道：「攻他下盤！」

郭靖聽得正是三師父韓寶駒，心中大喜，挫身搶到右首，再回過頭來，見六位師父原來早就站在自己身後，只因全神對付敵人，竟未發覺。這一來精神大振，依著三師父的指點，猛向那道士下三路攻去。那人身形飄忽，下盤果然不甚堅穩，江南六怪旁觀者清，早看出他的弱點所在，他給郭靖一輪急攻，不住倒退。郭靖乘勝直上，忽見敵人一個踉蹌，似在地下絆了一下，當下一個連環鴛鴦腿，雙足齊飛。那知對手這一下卻是誘敵之計，韓寶駒與韓小瑩同聲呼叫：「留神！」

郭靖畢竟欠了經驗，也不知該當如何留神才是，右足剛踢出，已給敵人抓住。那少年道人乘著他踢來之勢，揮手向外送出。郭靖身不由主，一個觔斗翻跌下來，篷的一聲，背部著地，撞得好不疼痛。他一個「鯉魚打挺」，立即翻身躍起，待要上前再鬥，只見六位師父已把那少年道人團團圍住。

那道士既不抵禦，也不作勢突圍，雙手相拱，朗聲說道：「弟子全眞敎小道尹志平，奉師尊長春子丘道長差遣，謹向江南各位師父請安問好。」說著恭恭敬敬的磕下頭去。江南六怪聽說這人是丘處機差來，都感詫異，但恐有詐，卻不伸手相扶。

尹志平站起身來，從懷中摸出一封書信，雙手呈給朱聰。

柯鎭惡聽得巡邏的蒙古兵逐漸走近，道：「咱們進裏面說話。」尹志平跟著六怪走進蒙古包內。全金發點亮了羊脂蠟燭。這蒙古包是五怪共居之所，韓小瑩則與單身的蒙古婦女另行居住。尹志平見包內陳設簡陋，想見六怪平日生活淸苦，躬身說道：「各位前輩辛勞了這些年，家師感激無已，特命弟子先來向各位拜謝。」柯鎭惡哼了一聲，心想：「你來此若是好意，爲何先將靖兒跌個觔斗？豈不是在比武之前，要先殺我們個下馬威？」

這時朱聰已揭開信封，抽出信箋，朗聲讀了出來：

「全眞教下弟子丘處機沐手稽首，謹拜上江南六俠柯公、朱公、韓公、南公、全公、韓女俠尊前：江南一別，忽忽十有六載。七俠千金一諾，間關萬里，雲天高義，海內同欽，識與不識，皆相顧擊掌而言曰：不意古人仁俠之風，復見之於今日也。」

柯鎭惡聽到這裏，皺著的眉頭稍稍舒展。朱聰接著讀道：

「張公仙逝漠北，尤足令人扼腕長嘆，耿耿之懷，無日或忘。貧道仗諸俠之福，幸不辱命，楊君嗣子，亦已於九年之前訪得矣。」

五怪聽到這裏，同時「啊」了一聲。他們早知丘處機了得，他全眞教門人弟子又遍於天下，料想那楊鐵心的子嗣必能找到，是以對嘉興比武之約念茲在茲，無日不忘，然尋訪一個不知下落之女子的遺腹子息，究屬渺茫，生下的是男是女，更全憑天意，若是女子，武功終究有限，這時聽到信中說已將男孩找到，心頭都不禁一震。

六人一直未將比武賭賽之事對郭靖母子說起。朱聰見郭靖並無異色，又讀下去：

「二載之後，江南花盛草長之日，當與諸公置酒高會醉仙樓頭也。人生如露，大夢一十八年，天下豪傑豈不笑我輩痴絕耶？」讀到這裏，就住了口。

韓寶駒道：「底下怎麼說？」朱聰道：「信完了。確是他的筆跡。」當日酒樓賭技，朱聰曾在丘處機衣袋中偷到一張詩箋，是以認得他的筆跡。

柯鎭惡沉吟道：「那姓楊的孩子是男孩？他叫楊康？」尹志平道：「是。」柯鎭惡道：「那麼他是你師弟了？」尹志平道：「是我師兄。弟子雖年長一歲，但楊師哥入門比弟子早了兩年。」

江南六怪適才見了他的功夫，郭靖實非對手，師弟已是如此，他師兄當然更加了得，這一來身上都不免涼了半截；而己方的行蹤丘處機知道得一清二楚，張阿生的逝世他也已知曉，更感到己方已全處下風。

柯鎭惡冷冷的道：「適才你跟他過招，是試他本事來著？」尹志平聽他語氣甚惡，心感惶恐，忙道：「弟子不敢！」柯鎭惡道：「你去對你師父說，江南六怪雖然不濟，醉仙樓之會決不失約，叫你師父放心吧。我們也不寫回信啦！」

尹志平聽了這幾句話，答應又不是，不答應又不是，十分尷尬。他奉師命北上投書，丘處機確是叫他設法查察一下郭靖的爲人與武功。長春子關心故人之子，原是一片好意，但尹志平少年好事，到了蒙古斡難河畔之後，不即求見六怪，卻在半夜裏先與郭靖交一交手，考較一下他的功夫。這時見六怪神情不善，心生懼意，不敢多耽，向各人行了個禮，說道：「弟子告辭了。」

柯鎭惡送到蒙古包口，尹志平又行了一禮。柯鎭惡厲聲道：「你也翻個觔斗吧！」左手倏地伸出，抓住了他胸口衣襟。尹志平大驚，雙手猛力上格，想要掠開柯鎭惡的手臂，豈知他不格倒也罷了，只不過跌個觔斗，這一還手，更觸柯鎭惡之怒。他左臂上挺，將尹志平全身提起，揚聲吐氣，「嘿」的一聲，將小道士重重摔在地下。尹志平跌得背上疼痛如裂，過了一會才慢慢掙扎起身，不作一聲，一跛一拐的走了。

韓寶駒道：「小道士無禮，大哥教訓得好。」柯鎮惡默然不語，過了良久，長長嘆了口氣。五怪人同此心，俱各黯然。

南希仁忽道：「打不過，也要打！」韓小瑩道：「四哥說得是。咱們七人結義，同闖江湖以來，不知經過了多少艱險，江南七怪可從來沒退縮過。」柯鎮惡點點頭，對郭靖道：「回去睡吧，明兒咱們再加把勁。」

自此之後，六怪授藝更加督得嚴了。可是不論讀書學武，以至彈琴弈棋諸般技藝，倘若企盼速成，戮力以赴，有時反而窒滯良多，停頓不前。六怪望徒藝成心切，督責綦嚴，而郭靖又絕非聰明穎悟之人，較之常人實更蠢鈍了幾分，他心裏一嚇，更加慌了手腳。自小道士尹志平夜訪之後，三個月來竟進步甚少，倒反似退步了，正合了「欲速則不達」、「貪多嚼不爛」的道理。江南六怪各有不凡藝業，每人都是下了長期苦功，方有這等成就，要郭靖在數年間盡數領悟練成，就算聰明絕頂之人尚且難能，何況他連中人之資都也還夠不上。江南六怪本來也知若憑郭靖的資質，最多只能單練韓寶駒或南希仁一人的武功，二三十年苦練下來，或能有韓南二人的一半成就。張阿生倘若不死，郭靖學他的質樸功夫最是對路。但六怪一意要勝過丘處機，明知「博學衆家，不如專精一藝」的道理，總不肯空有一身武功，卻眼睜睜的袖手旁觀，不傳給這傻徒兒。

這十六年來，朱聰不斷追憶昔日醉仙樓和法華寺中動手的情景，丘處機的一招一式，在他心中盡皆清晰異常，尤勝當時所見。但要在他武功中尋找甚麼破綻與可乘之機，實非己之所能，有時竟會想到：「只有銅屍鐵屍，或能勝得過這牛鼻子。」

這天清晨，韓小瑩教了他越女劍法中的兩招。那招「枝擊白猿」要躍身半空連挽兩個平花，然後迴劍下擊。郭靖多紮了下盤功夫，縱躍不夠輕靈，在半空只挽到一個半平花，便已落下地來，連試了七八次，始終差了半個平花。韓小瑩心頭火起，勉強克制脾氣，教他如何足尖使力，如何腰腿用勁，那知待得他縱躍夠高了，卻忘了劍挽平花，一連幾次都是如此。

韓小瑩想起自己六人爲他在漠北苦寒之地挨了十多年，五哥張阿生更葬身異域，教來教去，卻教出如此一個蠢才來，五哥的一條性命，六人的連年辛苦，竟全都是白送了，心中一陣悲苦，眼淚奪眶而出，將長劍往地下一擲，掩面而走。

郭靖追了幾步沒追上，呆呆的站在當地，心中難過之極。他感念師恩如山，只盼練武有成，以慰師心，可是自己儘管苦練，總是不成，實不知如何是好。

正自怔怔出神，突然聽到華箏的聲音在後叫道：「郭靖，快來，快來！」郭靖回過頭來，見她騎在一匹青驄馬上，一臉焦慮與興奮的神色。郭靖道：「怎麼？」華箏道：「快來看啊，好多大鵰打架。」郭靖道：「我在練武呢。」華箏笑道：「練不好，又給師父罵了是不是？」郭靖點了點頭。華箏道：「那些大鵰打得眞厲害呢，快去瞧。」

郭靖少年心情，躍躍欲動，但想到七師父剛才的神情，垂頭喪氣的道：「我不去。」華箏急道：「我自己不瞧，趕著來叫你。你不去，以後別理我！」郭靖道：「你快去看吧，回頭你說給我聽也是一樣。」華箏跳下馬背，撅起小嘴，說道：「你不去，我也不去。也不知道是黑鵰打勝呢，還是白鵰勝。」郭靖道：「就是懸崖上那對大白鵰跟人打架麼？」華箏道：「是啊，黑鵰很多，但白鵰厲害得很，已啄死了三四頭黑鵰……」

郭靖聽到這裏，再也忍耐不住，牽了華箏的手，縱躍上馬，兩人共乘一騎，馳到懸崖之下。果見有十七八頭黑鵰圍攻一對白鵰，雙方互啄，只打得毛羽紛飛。

懸崖上宿有一對白鵰，身形極巨，比之常鵰大出倍許，實是異種。鵰羽白色本已稀有，而鵰身如此龐大，蒙古族中縱是年老之人，也說極爲少見，都說是一對「神鳥」，愚魯婦人竟有向之膜拜的。

白鵰身形既大，嘴爪又極厲害，一頭黑鵰閃避稍慢，給一頭白鵰啄中頭頂正中，立即斃命，從半空中翻將下來，落在華箏馬前。餘下黑鵰四散逃開，但隨即又飛回圍攻白鵰。又鬥一陣，草原上不少蒙古男女得訊趕來觀戰，懸崖下圍聚了六七百人，紛紛指點議論。鐵木眞得報，也帶了窩闊台和拖雷馳到，看得很有勁道。

郭靖與拖雷、華箏常在懸崖下遊玩，幾乎日日見到這對白鵰飛來飛去，有時觀看雙鵰捕捉鳥獸爲食，有時將大塊牛羊肉抛向空中，白鵰飛下接去，百不失一，是以對之已生感情，又見白鵰以寡敵衆，三個人不住口的爲白鵰吶喊助威：「白鵰啄啊，左邊敵人來啦，快轉身，好好，追上去，追上去！」

酣鬥良久，黑鵰又死了兩頭，兩頭白鵰身上也傷痕累累，白羽上染滿了鮮血。一頭身形特大的黑鵰忽然高叫幾聲，十多頭黑鵰轉身逃去，沒入雲中，尚有四頭黑鵰兀自苦鬥。衆人見白鵰獲勝，都歡呼起來。過了一會，又有三頭黑鵰也掉頭急向東方飛逃，一頭白鵰不捨，隨後趕去，片刻間都已飛得影蹤不見。只剩下一頭黑鵰，高低逃竄，給餘下那頭白鵰逼得狼狽不堪。眼見那黑鵰難逃性命，忽然空中鵰鳴急唳，十多頭黑鵰從雲中猛撲下來，齊向白鵰啄去。鐵木眞大聲喝采：「好兵法！」

這時白鵰落單，不敵十多頭黑鵰的圍攻，雖然又啄死了一頭黑鵰，終於身受重傷，墮在崖上，衆黑鵰撲上去亂抓亂啄。郭靖與拖雷、華箏都十分著急，華箏甚至哭了出來，連叫：「爹爹，快射黑鵰。」

鐵木眞卻只是想著黑鵰出奇制勝的道理，對窩闊台與拖雷道：「黑鵰打了勝仗，這是很高明的用兵之道，你們要記住了。」兩人點頭答應。

眾黑鵰啄死了白鵰，又向懸崖的一個洞中撲去，只見洞中伸出了兩隻小白鵰的頭來，眼見立時要給黑鵰啄死。華箏大叫：「爹爹，你還不射？」又叫：「郭靖，郭靖，你瞧，白鵰生了一對小鵰兒，咱們怎地不知道？啊喲，爹爹，你快射死黑鵰！」

鐵木眞微微一笑，拉硬弓，搭鐵箭，颼的一聲，飛箭如電，正穿入一頭黑鵰身中，眾人齊聲喝采。鐵木眞把弓箭交給窩闊台道：「你來射。」窩闊台一箭也射死了一頭。待拖雷又射中一頭時，眾黑鵰見勢頭不對，紛紛飛逃。

蒙古諸將也都彎弓相射，但眾黑鵰振翅高飛之後，就極難射落，強弩之末勁力已衰，未能觸及鵰身便已掉下。鐵木眞叫道：「射中的有賞。」

神箭手哲別有意要郭靖一顯身手，拿起自己的強弓硬箭，交在郭靖手裏，低聲道：「跪下，射項頸。」

郭靖接過弓箭，右膝跪地，左手穩穩托住鐵弓，更無絲毫顫動，右手運勁，將一張二百來斤的硬弓拉了開來。他跟江南六怪練了十年武藝，上乘武功雖未窺堂奧，但雙臂之勁，眼力之準，卻已非比尋常，眼見兩頭黑鵰比翼從左首飛過，左臂微挪，瞄準了黑鵰項頸，右手五指急鬆，正是：弓彎有若滿月，箭去恰如流星。黑鵰待要閃避，箭桿已從項頸對穿而過。這一箭勁力未衰，恰好又射進了第二頭黑鵰腹內，利箭貫著雙鵰，自空急墮。眾人齊聲喝采。餘下的黑鵰再也不敢停留，四散高飛而逃。

華箏對郭靖悄聲道：「把雙鵰獻給我爹爹。」郭靖依言捧起雙鵰，奔到鐵木眞馬前，單膝半跪，高舉過頂。

鐵木眞生平最愛的是良將勇士，見郭靖一箭力貫雙鵰，心中甚喜。要知北國大鵰非比尋常，雙翅展開來足有一丈多長，羽毛堅硬如鐵，撲擊而下，能把整頭小馬大羊攫到空中，端的厲害之極，連虎豹遇到大鵰時也要迅速躲避。一箭雙鵰，雖主屬巧運，究亦難能。

鐵木眞命親兵收起雙鵰，笑道：「好孩子，你的箭法好得很啊！」郭靖不掩哲別之功，道：「是哲別師父教我的。」鐵木眞笑道：「師父是哲別，徒弟也是哲別。」在蒙古語中，哲別是神箭手之意。

拖雷相幫義弟，對鐵木眞道：「爹爹，你說射中的有賞。我安答一箭雙鵰，你賞甚麼給他？」鐵木眞道：「賞甚麼都行。」問郭靖道：「你要甚麼？」拖雷喜道：「眞的賞甚麼都行？」鐵木眞笑道：「難道我還能欺騙孩子？」

郭靖這些年來依鐵木眞而居。諸將都喜他樸實和善，並不因他是漢人而有所歧視，這時見大汗神色甚喜，大家望著郭靖，都盼他能得到重賞。

郭靖道：「大汗待我這麼好，我媽媽甚麼都有了，不用再給我啦。」鐵木眞笑道：「你這孩子倒有孝心，總是先記著媽媽。那麼你自己要甚麼？隨便說罷，不用怕。」

郭靖微一沉吟，雙膝跪在鐵木眞馬前，道：「我自己不要甚麼，我是代別人求大汗一件事。」鐵木眞道：「甚麼？」郭靖道：「王罕的孫子都史又惡又壞，華箏嫁給他將來定要吃苦。求求大汗別把華箏許配給他。」

鐵木眞一怔，隨即哈哈大笑，說道：「眞是孩子話，那怎麼成？咱們講究言而有信，許諾了的事可不能反悔。好罷，我賞你一件寶物。」從腰間解下一口短刀，遞給郭靖。蒙古諸將嘖嘖稱賞，好生艷羨。原來這是鐵木眞十分寶愛的佩刀，曾用以殺敵無數，若不是先前把話說得滿了，決不能輕易解賜。

郭靖謝了賞，接過短刀。這口刀他見到鐵木眞常時佩在腰間，這時拿在手中細看，見刀鞘是黃金所鑄，刀柄盡頭處鑄了一個黃金的虎頭，猙獰生威。鐵木眞道：「你用我金刀，爲我殺敵。」郭靖應道：「是。當爲大汗盡力！」

華箏忽然失聲而哭，躍上馬背，疾馳而去。鐵木眞心腸如鐵，但見女兒這樣難過，也不禁心中一軟，微微嘆了口氣，掉馬回營。蒙古衆王子諸將跟隨在後。

郭靖見衆人去盡，將短刀拔出鞘來，只覺寒氣逼人，刃鋒上隱隱有血光之印，知道這口刀已不知殺過多少人了。刀鋒雖短，但刀身厚重，甚是威猛。

把玩了一會，將刀鞘穿入腰帶，拔出長劍，又練起越女劍法來，練了半天，那一招「枝擊白猿」仍練不成功，不是躍得太低，便是來不及挽足平花。他心裏急躁，沉不住氣，反而越來越糟，只練得滿頭大汗。忽聽馬蹄聲響，華箏又馳馬而來。

她馳到近處，翻身下馬，橫臥草地，一手支頭，瞧著郭靖練劍，見他神情辛苦，叫道：「別練了，息忽兒吧。」郭靖道：「你別來吵我，我沒功夫陪你說話。」華箏就不言語了，笑吟吟的望著他，過了一會，從懷裏摸出了一塊手帕，打了兩個結，向他拋擲過去，叫道：「擦擦汗吧。」郭靖嗯了一聲，卻不去接，任由手帕落地，仍然練劍。華箏道：「剛才你求懇爹爹，別讓我嫁給都史，那爲甚麼？」郭靖道：「都史很壞，從前放豹子要吃你哥哥拖雷。你嫁了給他，他會打你的。」華箏微笑道：「他如打我，你來幫我啊。」郭靖一呆，道：「那……那怎麼成？」華箏凝視著他，柔聲道：「我如不嫁給都史，那麼嫁給誰？」郭靖搖搖頭，道：「我不知道。」華箏「呸」了一聲，本來滿臉紅暈，突然間轉成怒色，說道：「你甚麼都不知道！」

過了一會，她臉上又現微笑，只聽得懸崖頂上兩頭小白鵰不住啾啾鳴叫，忽然遠處鳴聲慘急，那頭大白鵰疾飛而至。牠追逐黑鵰到這時方才回來，想是衆黑鵰將牠誘引到了極遠之處。鵰眼視力極遠，早見到愛侶已喪生在懸崖之上，那鵰晃眼間猶如一朵白雲從頭頂飛掠而過，跟著迅速飛回。

郭靖住了手，抬起頭來，只見那頭白鵰盤來旋去，不住悲鳴。華箏道：「你瞧這白鵰多可憐。」郭靖道：「嗯，牠一定很傷心！」只聽得白鵰一聲長鳴，振翼直上雲霄。

華箏道：「牠上去幹甚麼……」語聲未畢，那白鵰突然如一枝箭般從雲中猛衝下來，噗的一聲，一頭撞上岩石，登時斃命。郭靖與華箏同聲驚呼，一齊跳起，嚇得半晌說不出話來。

忽然背後一個洪亮的聲音說道：「可敬！可敬！」

兩人回過頭來，見是一個蒼鬚漢人，臉色紅潤，神情慈和，手裏拿著一柄拂塵。這人裝束甚是古怪，頭頂梳了三個髻子，高高聳立，一件道袍一塵不染，在這風沙之地，不知如何竟能這般清潔。郭靖自那晚見了尹志平後，向師父們問起，知道那是中土的出家人道士。他說的是漢語，華箏不懂，也就不再理會，轉頭又望懸崖之頂，忽道：「兩頭小白鵰死了爹娘，在這上面怎麼辦？」這懸崖高聳接雲，四面都是險岩怪石，無可攀援。兩頭乳鵰尚未學會飛翔，眼見是要餓死在懸崖之頂了。

郭靖向懸崖頂望了一會，說道：「除非有人生翅膀飛上去，才能救小白鵰下來。」拾起長劍，又練了起來，練了半天，這一招「枝擊白猿」仍毫無進步，正自焦躁，忽聽得身後一個聲音冷冷的道：「這般練法，再練一百年也沒用。」郭靖收劍回顧，見說話的正是那頭梳三髻的道士，問道：「你說甚麼？」

那道士微微一笑，也不答話，忽地欺進兩步，郭靖只覺右臂一麻，也不知怎的，但見青光一閃，手裏本來緊緊握著的長劍已到了道士手中。空手奪白刃之技二師父本也教過，雖然未能練熟，大致訣竅也已領會，但這道士刹那間奪去自己長劍，竟不知他使的是甚麼手法。這一來不由得大駭，躍開三步，擋在華箏面前，順手抽出鐵木眞所賜的金柄短刀，以防道士傷害於她。

那道士叫道：「看清楚了！」縱身而起，只聽得一陣嗤嗤嗤之聲，已揮劍在空中連挽了六七個平花，然後輕飄飄的落在地下。郭靖只瞧得目瞪口呆，楞楞的出了神。

那道士將劍往地下一擲，笑道：「那白鵰十分可敬，牠的後嗣不能不救！」一提氣，直往懸崖腳下奔去，只見他手足並用，捷若猿猴，輕如飛鳥，竟在懸崖上爬將上去。這懸崖高達數十丈，有些地方直如牆壁一般陡峭，但那道士只要手足在稍有凹凸處一借力，立即竄上。

郭靖和華箏看得心中怦怦亂跳，心想他只要一個失足，跌下來豈不是成了肉泥？但見他身形越來越小，似乎已鑽入了雲霧之中。華箏掩住了眼睛不敢再看，問道：「怎樣了？」郭靖道：「快爬到頂了……好啦，好啦！」華箏放下雙手，正見那道士飛身而起，似乎要落下來一般，不禁失聲驚呼，那道士卻已落在懸崖之頂。他道袍的大袖在崖頂烈風中伸展飛舞，自下望上去，眞如一頭大鳥相似。

那道士探手到洞穴之中，將兩頭小鵰捉了出來，放在懷裏，背脊貼著崖壁，直溜下來，遇到凸出的山石時或手一鉤，或腳一撐，稍緩下溜之勢，溜到光滑的石壁上時則順瀉而下，轉眼間腳已落地。

郭靖和華箏急奔過去。那道士從懷裏取出了白鵰，以蒙古語對華箏道：「你能好好的餵養麼？」華箏又驚又喜，忙道：「能、能、能！」伸手去接。那道士道：「小心別給啄到了。鵰兒雖小，這一啄可仍厲害得緊。」華箏解下腰帶，把每頭小鵰的一隻腳縛住，喜孜孜的捧了，道：「我去捉蟲來餵小鵰兒。」

那道士道：「且慢！你須答應我一件事，才把小鵰兒給你。」華箏道：「甚麼事？」那道士道：「我上崖頂捉鵰兒的事，你們兩個可不能對人說起。」華箏笑道：「好，那還不容易？我不說就是。」那道士微笑道：「這對白鵰長大了可兇猛得很呢，先餵蟲，大了再餵肉，餵的時候得留點兒神。」華箏滿心歡喜，對郭靖道：「咱們一個人一隻，我拿去先給你養，好麼？」郭靖點點頭。華箏翻上馬背，飛馳而去。

郭靖楞楞的一直在想那道士的功夫，便如傻了一般。那道士拾起地下長劍，遞還給他，一笑轉身。郭靖見他要走，急道：「你……請你，你別走。」道士笑道：「幹麼？」郭靖摸頭搔耳，不知如何是好，忽地撲翻在地，砰砰砰不住磕頭，一口氣也不知磕了幾十個。道士笑道：「你向我磕頭幹甚麼？」

郭靖心裏一酸，見到那道士面色慈祥，猶如遇到親人一般，似乎不論甚麼事都可向他傾吐，忽然兩滴大大的眼淚從臉頰上流了下來，哽咽道：「我我……我蠢得很，功夫老學不會，惹得六位恩師生氣。」那道士微笑道：「你待怎樣？」郭靖道：「我日夜拚命苦練，可總不行，說甚麼也不行……」道士道：「你要我教你一門法子？」郭靖道：「正是！」伏在地下，又砰砰砰的連磕了十幾個頭。說到尊敬長上，蒙古人和漢人的習俗相同，均以磕頭最爲恭敬。

那道士又微微一笑，說道：「我瞧你倒也誠心。這樣吧，再過三天是月半，月亮最圓之時，我在崖頂上等你。你可不許對誰說起！」說著向著懸崖一指，飄然而去。郭靖急道：「我……我上不去！」那道士毫不理會，猶如足不點地般，早去得遠了。

郭靖心想：「他是故意和我爲難，明明是不肯教我的了。」轉念又想：「我又不是沒師父，六位師父這般用心教我，我自己愚笨，又有甚麼法子？這個道士伯伯本領再大，我學不會，那也沒用。」想到這裏，望著崖頂出了一會神，就撇下了這件事，提起長劍，把「枝擊白猿」那一招一遍又一遍的練下去，直練到太陽下山，始終沒練會，腹中饑餓，這才回家。

三天晃眼即過。這日下午韓寶駒教他金龍鞭法，這軟兵刃非比別樣，巧勁不到，不但傷不到敵人，反損了自己。驀然間郭靖勁力一個用錯，軟鞭反過來唰的一聲，在自己腦袋上砸起了老大一個疙瘩。韓寶駒脾氣暴躁，反手就是一記耳光。郭靖不敢作聲，提鞭又練。韓寶駒見他努力，於自己發火倒頗爲歉然，郭靖雖接連又出了幾次亂子，也就不再怪責，教了五招鞭法，好好勉勵了幾句，命他自行練習，上馬而去。

練這金龍鞭法時苦頭可就大啦，只練了十數趟，額頭、手臂、大腿上已到處都是烏青。郭靖又痛又倦，倒在草原上呼呼睡去，一覺醒來，圓圓的月亮已從山間鑽了出來，只感鞭傷陣陣作痛，臉上給三師父打的這一掌，也尙有麻辣之感。

他望著崖頂，忽然間生出一股狠勁，咬牙道：「道士伯伯能上去，我爲甚麼不能？」奔到懸崖腳下，攀藤附葛，一步步的爬上去，只爬了六七丈高，上面光溜溜的崖陡如壁，寸草不生，又怎能再上去一步？

他咬緊牙關，勉力試了兩次，都是剛爬上一步，就是一滑，險些跌下去粉身碎骨。他心知無望，吁了一口氣，要想下來，不料望下一瞧，只嚇得魂飛魄散。原來上來時一步步的硬挺，待得再想從原路下去時，本來的落腳之點已給凸出的岩石擋住，已摸索不到，但若踴身下跳，勢必碰在山石上撞死。

他處於絕境之中，忽然想起四師父說過的兩句話：「天下無難事，只怕有心人。」心想左右是個死，與其在這裏進退不得，不如奮力向上，拔出短刀，在石壁上慢慢鑿了兩個孔，輕輕把左足搬上，踏在一孔之上，試了一下可以吃得住力，又將右足搬上，總算上了數尺，接著又再向上挖孔。這般勉力硬上，只覺頭暈目眩，手足酸軟。

他定了定神，緊緊伏在石壁之上，調勻呼吸，心想上到山頂還不知要鑿多少孔，而且再鑿得十多個孔，短刀再利，也必鋒摧刃折，但事已至此，只有奮力向上爬去，休息了一會，正要舉刀再去鑿孔，忽聽得崖頂上傳下一聲長笑。

郭靖身子不敢稍向後仰，面前看到的只是一塊光溜溜的石壁，聽到笑聲，只感詫異，卻不能抬頭觀看。笑聲過後，忽見一根粗索從上垂下，垂到眼前就停住不動了。又聽得那三髻道人的聲音說道：「把繩索縛在腰上，我拉你上來。」郭靖大喜，還刀入鞘，左手伸入一個小洞，手指緊緊扣住了，右手將繩子在腰裏繞了兩圈，打了兩個死結。那道人叫道：「縛好了嗎？」郭靖道：「縛好了。」那道人似沒聽見，又問：「縛好了麼？」郭靖提高聲音再答：「縛好啦。」那道人仍沒聽見，過了片刻，那道人笑道：「啊，我忘啦，你中氣不足，聲音送不到。你縛好了，就扯三下繩子。」

郭靖依言將繩子連扯三扯，突然腰裏一緊，身子忽如騰雲駕霧般向上飛去。他明知道人會將他吊扯上去，但決想不到會如此快法，只感腰裏又是一緊，身子向上飛舉，落將下來，雙腳已踏實地，正落在那道人面前。

郭靖死裏逃生，雙膝點地，正要磕頭，那道人拉住了他臂膀一扯，笑道：「三天前你已磕了成百個頭了，夠啦，夠啦！好好，你這孩子有志氣。」

崖頂是個巨大平台，積滿了皚皚白雪。那道人指著兩塊石鼓般的圓石，道：「坐下。」郭靖道：「弟子站著侍奉師父好了。」那道人笑道：「你不是我門中人。我不是你師父，你也不是我弟子。坐下吧。」郭靖心中茫然，依言坐下。

那道人道：「你這六位師父，都是武林中頂兒尖兒的人物，我和他們素不相識，但一向聞名相敬。你只要學得六人中任誰一位的功夫，就足以在江湖上顯露頭角。你又不是不用功，爲甚麼十年來進益不多，你可知是甚麼原因？」郭靖道：「那是因爲弟子太笨，師父們再用心教也教不會。」那道人笑道：「那也未必盡然，這是教而不明其法，學而不得其道。」郭靖道：「請師……師……你的話我實在不明白。」那道人道：「講到尋常武功，你眼下的造詣，也算不錯了。你學藝之後，第一次出手就給小道士打敗，於是心中怯了，以爲自己不濟，哈哈，那完全錯了。」

郭靖心中奇怪：「怎麼他也知道這回事？」那道人又道：「那小道士雖然摔了你一個觔斗，但他全以巧勁取勝，講到武功根基，未必就強得過你。再說，你六位師父的本事，也並不在我之下，因此武功我是不能教你的。」郭靖應道：「是。」心道：「那也不錯。我六個師父武功很高，本來是我自己太蠢。」

那道士又道：「你的七位恩師曾跟人家打賭。要是我教你武功，你師父們知道之後必定不願意。他們是極重信義的好漢子，跟人賭賽豈能佔人便宜？」郭靖道：「賭賽甚麼？」那道人道：「原來你不知道。嗯，你六位師父既然尚未對你說知，你現今也不必問。兩年之內，他們必會跟你細說。這樣吧，你一番誠心，總算你我有緣，我就傳你一些呼吸、坐下、行路、睡覺的法子。」郭靖大奇，心想：「呼吸、坐下、行路、睡覺，我早就會了，何必要你教我？」他暗自懷疑，口中不問。

那道人道：「你把那塊大石上的積雪除掉，就在上面睡吧。」郭靖更是奇怪，依言撥去積雪，橫臥在大石之上。那道人道：「這樣睡覺，何必要我教你？我有四句話，你要牢牢記住：思定則情忘，體虛則氣運，心死則神活，陰盛則陽消。」郭靖念了幾遍，記在心中，但不知是甚麼意思。

那道人道：「睡覺之前，必須腦中空明澄澈，沒一絲思慮。然後斂身側臥，鼻息綿綿，魂不內蕩，神不外遊。」於是傳授了呼吸運氣之法、靜坐斂慮之術。

郭靖依言試行，起初思潮起伏，難以歸攝，但依著那道人所授緩吐深納的呼吸方法做去，良久良久，漸感心定，丹田中卻有一股氣漸漸暖將上來，崖頂上寒風刺骨，也已不覺如何難以抵擋。這般靜臥了約莫一個時辰，手足忽感酸麻，那道人坐在他對面打坐，睜開眼道：「現下可以睡著了。」郭靖依言睡去，一覺醒來，東方已然微明。那道人用長索將他縋了下去，命他當晚再來，一再叮囑他不可對任何人提及此事。

郭靖當晚又去，仍是那道人用長繩將他縋上。郭靖與母親同住一帳，平日跟著六位師父學武，有時徹夜不歸，他母親也從來不問。郭靖依著那道人囑咐，每晚上崖之事並不向六師說起，六位師父不知，自也不問。

如此晚來朝去，郭靖夜夜在崖頂打坐練氣。說也奇怪，那道人並沒教他一手半腳武功，然而他日間練武之時，竟爾漸漸身輕足健。半年之後，本來勁力使不到的地方，現下一伸手就自然而然的用上了巧勁；原來拚了命也來不及做的招術，忽然做得又快又準。江南六怪只道他年紀長大了，勤練之後，終於豁然開竅，個個心中大樂。

他每晚上崖時，那道人往往和他並肩齊上，指點他如何運氣使力。直至他沒法再上，那道人才攀上崖頂，用長索縋他上去。時日過去，他不但越上越快，而且越爬越高，本來難以攀援之地，到後來已可縱躍而上，只在最難處方由那道人用索吊上。

又過一年，離比武之期已不過數月，江南六怪連日談論的話題，總脫不開這場勢必轟動天下豪傑之士的嘉興比武。眼見郭靖武功大進，六怪均覺取勝頗有把握，再想到即可回歸江南故鄉，更喜悅無已。然而於這場比武的原因，始終不向郭靖提及。

這天一早起來，南希仁道：「靖兒，這幾個月來你儘練兵器，拳術上只怕生疏了，咱們今兒多練練掌法。」郭靖點頭答應。

眾人走到平日練武的場上，南希仁緩步下場，正要與郭靖過招，突然前面塵煙大起，人聲馬嘶，一大羣馬匹急奔而來。牧馬的蒙古人揮鞭約束，好一陣才把馬羣定住。

馬羣剛靜下來，忽見西邊一匹全身毛赤如血的小紅馬猛衝入馬羣之中，一陣亂踢亂咬。馬羣又是大亂，那紅馬卻飛也似的向北跑得無影無蹤。片刻之間，只見遠處紅光閃動，那紅馬一晃眼又衝入馬羣，搗亂一番。衆牧人恨極，揮動索圈四下兜捕。那紅馬奔跑迅捷無倫，卻那裏套牠得住？頃刻間又跑得遠遠地，站在數十丈外振鬣長嘶，似乎對自己的頑皮傑作甚爲得意。衆牧人好氣又好笑，都拿牠沒法子。待小紅馬第三次衝來，三名牧人張弓發箭。那馬機靈之極，待箭到身邊時忽地轉身旁竄，身法之快，連武功高強之人也未必及得上。

五怪和郭靖都看得出神。韓寶駒愛馬如命，一生之中從未見過如此神駿的快馬，他的追風黃已是世上罕有的英物，蒙古快馬雖多，竟也少有其匹，但比之這小紅馬，顯又遠遠不及。他奔到牧人身旁，詢問紅馬來歷。

一個牧人道：「這匹小野馬不知是從那處深山裏鑽出來的。前幾天我們見牠生得美，想用繩圈套牠，那知道非但沒套到，反惹惱了牠，這幾日天天來搗亂。」一個老年牧人神色嚴肅，道：「這不是馬。」韓寶駒奇道：「那是甚麼？」老牧人道：「這是天上的龍變的，惹牠不得。」另一個牧人笑道：「誰說龍會變馬？胡說八道。」老牧人道：「小夥子知道甚麼？我牧了幾十年馬，那見過這般厲害的畜生？……」說話未了，小紅馬又衝進了馬羣。

馬王神韓寶駒的騎術說得上海內獨步，連一世活在馬背上的蒙古牧人也自嘆勿如。這時見紅馬又來搗亂，他熟識馬性，知道那紅馬的退路所必經之地，斜刺裏兜截過去，待那紅馬馳到，忽地躍起，那紅馬正奔到他胯下，時刻方位扣得不差分釐。韓寶駒往下一落，準擬穩穩當當的便落上馬背，他一生馴服過不知多少兇狠的劣馬，只要一上馬背，天下更沒一匹馬能再將他顛下背來。豈知那紅馬便在這一瞬之間，突然發力，如箭般往前竄出，他這下竟沒騎上。韓寶駒大怒，發足疾追。他身矮腿短，卻那裏追得上？驀地裏一個人影從旁躍出，左手已抓住了小紅馬頸中馬鬣。那紅馬吃驚，奔馳更快，那人身子給拖著飛在空中，手指卻緊抓馬鬣不放。

眾牧人都大聲鼓噪起來。

江南五怪見抓住馬鬣的正是郭靖，都不禁又驚奇，又歡喜。朱聰道：「他那裏學來這般高明的輕身功夫？」韓小瑩道：「靖兒這一年多來功力大進，難道他死了的父親真的在暗中保佑？又難道五哥……」

他們怎知過去兩年之中，那三髻道人每晚在高崖之頂授他呼吸吐納之術，雖然未教他半點武藝，但所授的卻是上乘內功。郭靖每晚上崖下崖，其實是修習了極精深的輕身本領「金雁功」。他自己尚自渾渾噩噩，那道人既囑他每晚上崖，也就每晚遵命上崖睡覺。他內功日有精進，所練的「金雁功」成就，也只在朱聰、全金發和韓小瑩所教的輕功中顯示出來。連他自己都不知，六怪自也只是時感意想不到的欣慰而已，絕未察覺其中眞相。這時郭靖見那紅馬奔過，三師父沒擒到，飛身躍出，已抓住了馬鬣。

五怪見郭靖身在空中，轉折如意，身法輕靈，絕非朱聰和全金發、韓小瑩所授輕功，定是另有所師。五人面面相覷，詫異之極。柯鎭惡目不視物，不知何以各人詫聲連發。

郭靖在空中忽地一個倒翻觔斗，上了馬背，奔馳回來。那小紅馬一時前足人立，一時後腿猛踢，有如發瘋中魔，但郭靖雙腿夾緊，始終沒給牠顚下背來。

韓寶駒在旁大聲指點，敎他馴馬之法。那小紅馬狂奔亂躍，在草原上前後左右急馳了一個多時辰，竟然精神愈長。

衆牧人都看得心下駭然。那老牧人跪下來喃喃祈禱，求天老爺別爲他們得罪龍馬而降下災禍，又大聲叫嚷，要郭靖快快下馬。但郭靖全神貫注的貼身馬背，便如用繩子牢牢縛住了一般，隨著馬身高低起伏，始終沒給摔下馬背。

韓小瑩叫道：「靖兒，你下來讓三師父替你吧。」韓寶駒叫道：「不成！一換人就前功盡棄。」他知道凡駿馬必有烈性，但如讓人制服，那就一生對主人敬畏忠心，要是衆人合力對付，牠卻寧死不屈。

郭靖也是一股子的倔強脾氣，給那小紅馬累得滿身大汗，忽地右臂伸入馬頸底下，雙臂環抱，運起勁來。他內力一到臂上，越收越緊。小紅馬翻騰跳躍，擺脫不開，到後來呼氣不得，窒息難當，這才知道遇了眞主，忽地立定不動。

韓寶駒喜道：「成啦，成啦！」郭靖怕那馬逃去，還不敢跳下馬背。韓寶駒道：「下來吧。這馬跟定了你，你趕也趕不走啦。」郭靖依言躍下。

那小紅馬伸出舌頭，來舐他的手背，神態十分親熱，衆人看得都笑了起來。一名牧人走近細看，小紅馬忽然飛起後足，將他踢了個觔斗。郭靖把馬牽到槽邊，細細洗刷。

他累了半天，六怪也就不再命他練武，各存滿腹狐疑。

射鵰英雄傳(大字版) / 金庸作.　-- 二版.
-- 臺北市：遠流,　2017.10
冊；　公分. -- (大字版金庸作品集；9–16)

ISBN 978-957-32-8121-4 (全套：平裝).

857.9　　106016835